山河誓

Oath To The Land

下篇

Book 2

战乱时期的爱情故事

山河誓

西市独柳 作品

下篇

山河誓 (下篇) / Oath To The Land (Book 2)

ISBN 979-8-9889568-7-7 (Paperback, Book 1)
ISBN 979-8-9889568-8-4 (Paperback, Book 2)

First U.S. Edition 2024.

Published by Xi Shi Du Liu Studio.
9169 W State St #943, Garden City, ID 83714, U.S.A.
https://xishiduliu.com/

Cover Image: *Yun Dan Feng Qing*　　封面图片：云淡风清
Cover Design: *Cu Liu Yu*　　封面设计：醋溜鱼

The dialogues and interactions among historical figures in this book are original creations and artistic interpretations by the author, and are not based on historical records. They should not be used as a basis for historical research.
本书中的历史人物对话和互动，均系作者本人原创及艺术加工，并非依据史料记载，不可作为历史研究之依据。

Printed in the United States of America.　　本书于美国印刷。

目　錄

第二十四章·破陣子

天宝十四载十一月九日，久蓄异志的安禄山起范阳、平卢、河东、幽、蓟之众，号为父子军，马步相兼十万，以诛杨国忠为名，南下径犯两京。河南河北承平日久，士民不识兵戈。叛军所至，郡县无兵御捍，甲仗器械朽坏，只得开门延敌。沿途牧守或弃城逃走，或被擒杀，或自缢路旁，而降者不可胜计。

叛军留史思明守幽州，高秀岩守大同，并出奇兵劫杀太原尹杨光翙，扬言"光翙今已就擒，国忠岂能更久"。大同军西接胜州，数百里便至朔方管内。安禄山自灵昌渡过黄河之际，大同军使高秀岩也提偏师偷袭振武军，企图从东受降城渡河南下直指关中，与叛军主力会师。

然而朔方军并不像他们随处所见的官军那般不堪一击。郭子仪自八月返回军中，密嘱部下厉兵秣马。振武军守将郭幼贤也做足了准备，没让偷袭者占到半点便宜。烽火传至天德军，郭子仪立刻点起轻骑驰援振武，在途中正遇到匹马单枪从长安赶来投军的李光弼。这次重逢不比往日。两人见面都无一句寒暄，先紧锣密鼓地商议起军情。赶到东受降城时，叛军暂时败退。郭幼贤部下也有不少伤亡，本人腿上中了两箭，一时无法骑马。郭子仪一下马就忙着点兵布防，哪里顾得上照料弟弟。只得安排家奴暂将幼贤送回灵武，顺便向安思顺报信。

谁知行人还没出门，一道圣旨先被快马加鞭送到边关：重臣叛国，天子震怒；因安思顺是安禄山远亲，遂解其兵权召回京师，而以右兵马使郭子仪代为朔方节度使。

郭幼贤一瘸一拐地来向兄长道贺："那我可不回灵武了。你们去打河东河北，我就在这里给你们看家。"

郭子仪却没心思和他开玩笑，板脸道："路都不会走，这里谁有工夫伺候你。回去换几个能用的人过来。"

错金鱼符在烛光下静静地流光溢彩。它见识过千百种目光，贪婪，艳羡，或是狂喜；却是第一次见到将它握进掌心里的人，瞳中写满忧虑。

郭子仪无意识地拿兵符叩着桌子："安大夫此去，怕是凶多吉少……"

李光弼的注意力却始终只在舆图上，随口应道："大夫与安禄山素无来往，清者自清，身正不怕影子斜。"

郭子仪想说什么却终于没有开口，只与他并肩站在河东道舆图前。这幅行军图还是王忠嗣留下的旧物。王忠嗣年轻时经营河东数年，高秀岩也由他一手提拔至大同军使，不想此地如今竟成了叛军的据点。

大同军治所云中，距此地有五百里路，途中须经过静边军。朔方军东出伐叛，静边军便是第一关。

"高秀岩新败，必定固守不出。听说静边城池虽小，却十分坚固。一路都是深山，馈运艰难。我们最好等步兵带来攻城器械，再从长计议。"

李光弼听罢，抿起嘴唇良久不语。他和郭子仪一样不愿打无准备之战。河东朔方兵力不相上下，高秀岩偷袭铩羽而归，他们的反击又能有几成把握？然而此刻安禄山大军横行河朔摧枯拉朽，唐军上下畏之如虎，他们又太需要一场漂亮的胜仗来挽回士气了。

两人相对沉默，都觉房中气氛压抑。郭子仪下意识支开一角窗户透气。李光弼原本负手背对他站着，一线冷风入室，那人猛地转身："下雪了？"

郭子仪也闻见冷冽的泥土气味，提灯推开门，鹅毛大雪扑面而来。天黑不过半个时辰，地上已积了寸许深。

而李光弼已从桌上抄起佩刀挂上腰间："点兵。选最好的兵最好的马，只要两千骑，三日粮，每人带铁锹铁镐，现在就出发。"

郭子仪当即照办，没有一句多余的话。麾下将士出于对主帅的信任，也没有一人抱怨雪夜行军。直到人马陆续上路，两人一路边走边议，李光弼才有空解释他的计划。

"静边城屯军不过三五千，粮草也不多。高秀岩未必肯在那里久留，大约已回云中了。静边正东二百里是云中，东南三百里是马邑，三处犄角拱卫。这也正是当年王大夫选址的意图：一处有变，另两城发兵，轻骑一日夜即到。故而静边军虽小，却不可轻敌。幸而这一场大雪帮了我们的忙。雪后路滑，日进不过百里。我们趁现在积雪尚薄，抢先一夜，便争取到至少三天的时间，足以在援军赶到之前破城。"

郭子仪仍有几分不放心："三日说长也长，可我们初来乍到，人困马乏，要在三日内破城也不是易事。假如守军闭城不出，我们单凭弓刀也奈何他们不得……"

黑夜里看不清李光弼脸上表情。郭子仪只听见那人勒住马，避于道旁让后面的士卒先行。一小队骑兵过后，前后暂时无人，才继续开口："用地道。我们明天傍晚到城外，从紫河东岸开始挖。这一带黄土质地疏松，一夜即可挖出半里直抵城内。王大夫当年筑静边城时，为防地道，曾效古人筑统万城，蒸土版筑为墙，钢锥入土不能逾寸。非但城墙坚如铁石，墙基两侧百步范围内皆穴地三尺夯土为基。——你别急，听我说完。——那时候安禄山已经在千方百计蚕食河东军，王大夫屡遭侵扰，也担忧自己有朝一日调离此地，所守或匪亲，化作狼与豺。于是他在城西南角留下一处'罩门'，城墙内有二十步宽的一段地面未经版筑。铺砖之后与别处无异，不挖土完全看不出区别。这处机关他只告诉过几个最亲信的部下，如今守城将士无人知晓，必无防

备。我们只要能有几十人从地道入城，里应外合夺下城门，这一仗就
结束了。"

郭子仪听得目瞪口呆，再想不到王忠嗣死后数年，竟还在危难时
刻捍卫这片深深辜负他的土地。李光弼的计划缜密到没有外人置喙的
余地。他只有颔首默叹的份："大夫在天有灵，必定保佑我们马到成
功。"

雪夜行军颇为艰难。时不时就有人马一脚踏空跌倒在路旁，甚至
掉落山崖不幸殒命。黎明时进入洪涛山口，人人都是满身的雪和泥。
停在路边休整时郭子仪为李光弼拂去眉间白霜，却故意留着兜鍪上的
积雪。倒好像一夜之间白头偕老。点数兵马，已有二三百人掉队。因
后面还有高浚、薛兼训带粮草辎重接应，前军并未久候，小歇两个时
辰便继续上路，沿紫河谷地进入河东境内。一路遇到两处小关卡，守
军皆未料到大雪中会有官军来战，未及抵抗便被轻易攻克。傍晚按期
到达静边军城西。大雪初晴，朔方军顾不得筑营，立刻着手准备战
斗。

郭子仪将人马分四队，一队挖洞，一队散土，一队巡营放哨，一
队休息。每个时辰轮换一番。城中守军很快发现了敌情，派出几小队
哨兵四出侦查，但黑夜里踏着二尺深的积雪，人马皆无斗志，虚晃一
枪便退回城中闭门不出。

第二天太阳升起，明晃晃一座银装世界，玉碾乾坤。城中叛军眯
起眼睛张望半晌，昨夜里紫河岸边灯火点点似有上千人马，此刻竟都
不见踪影。正纳闷时，一声号角忽从脚下传出。一个少年将军如天上
掉下来一般，不知从哪里钻进城内，顷刻砍翻一片戍卒。西南两处城
楼同时起火。混乱中城门洞开，官军骑兵长驱直入。守将见大势已
去，扔下佩刀解甲受缚，手下将士也大半归降。

朔方军这一仗打得扬眉吐气，将士们虽经行军战斗，却好像全然
忘了疲惫，竟在城内打起雪仗。郭子仪正看着行军司马草拟捷报，冷

不防脖子里一凉，被灌进拳头大一团雪球。回头只见浑瑊冻得脸蛋通红，也不戴帽子，满头直冒热气。郭子仪衣服里的雪球卡在腰间，当着一屋子人，扭得好似被燎了毛的猴子。浑瑊一边咧嘴大笑，一边朝他杀鸡抹脖地示意"别出声"，手里拿着一个小雪球悄悄靠近李光弼。

郭子仪一时淘气，果然咬紧牙关默默忍耐。少年蹑到李光弼身后，趁那人凝神拨弄算筹时一手拨开领口，另一手——早被李光弼反身死死钳住了手腕。

"你们，你们合伙作弊！我都看见你朝他比划了！"少年装出被捏痛的表情，龇牙咧嘴地朝郭子仪抗议。李光弼瞟了他一眼，心道这孩子别的也还罢了，装委屈的表情实在像极了他郭二哥。正笑着，帐内忽闯进一个被雪糊了满身、连面目都辨认不出的汉子，一来就揪住浑瑊的领子往外拖："兔崽子！作弄你爷！有种的别躲！"

那厢里郭子仪终于将雪球掏出来，背后衣服都湿透了。笑了半晌，向李光弼邀功："你可得感谢我报信。"

李光弼淡淡一笑，却煞风景地掐断了话头："明天一早，云中和马邑就会接到这里的战报。两处加起来有三万人马。我们这里就算等到后军，也不过五千骑，二十日粮。是守是战，需要早拿主意。"

"你这样问我，自然已有主意，只是给我这个主帅留三分面子罢了。我替你说出来，看看猜得对不对：打是一定要打的。我已教人上奏朝廷，请从关中增派援兵，加上正从各处赶来的朔方军主力，一个月内约能聚起马步十万。假如我们能攻夺云中，沿桑干河东进，七百里便至幽州。这当然是最直接的路线。但高秀岩、史思明必定也有防备。云中是代北重镇，被逆胡占据数年，不是我泼冷水，恐怕不是一两场战斗能拿下来的。而雪后必有大寒，这条线沿途鲜少城寨，一路曝露，冻死人马在所难免……"

一席话听得李光弼放下算筹陷入沉思。自云中取幽州确实是他的"上策"，但被郭子仪这样一说，方觉自己考虑不周。此去千里皆是山路，冬季滴水成冰，纵然蕃骑耐寒，供应补给的后勤部队却未必跟得上。更不要说这一带已是唐帝国版图的最北端，境外常有奚、同罗、契丹诸部游弋，想趁中原内乱浑水摸鱼的恐怕也大有人在。

"那么，你还有什么更好的想法？"

"若是走南线呢？"郭子仪遣散了帐内闲人，踱到舆图下面，界尺点在马邑的位置上，"安禄山兼领河东数年，势力范围却始终在北方数州，不曾渗透到太原、泽潞、汾沁一带。这也是为什么他只敢出奇兵劫杀太原尹，骇人耳目，却不敢在当地停留。太原以北的代州目前立场不明，但现在逆胡所至，烧杀劫掠，官民皆恨之入骨。我们若能拿下马邑，向周围州县喻以大义，或许得道多助，先占人和。然后以太原为基，可进可退，占住地利。安禄山手下同罗、曳落河皆长住北地，喜凉惧热，因此严冬起兵。我们若能耗到春夏，就又占了天时。我这个班门弄斧之计，你看看是不是或许有那么一丁点可取之处？"

"你说得都对。这条线虽然不一定能速战速决，但更为稳妥。安禄山为起兵造反，准备了十年都不止。我们想计月计日剿灭叛军，也未免不切实际。至于马邑——"

郭子仪一只手落在他肩上："至于马邑怎么打，就是我要请教你的事了。"

这日的静边城下，两串脚印绕着城墙转了整整一圈。从雪地里的痕迹隐约可以看见他们有时登上高冈，有时驻足濠边，有时在平整的雪地上写写画画，又有时路过松柏，摇落了树上积雪，脚步跟跄狼藉仿佛发生过激战。足迹穿过厚实洁净的新雪，也穿过被马蹄踏乱的泥迹，最后回到城下，拾阶上了谯门，定格在西侧的女墙边。

斜阳缓缓沉入积雪的山脊，如一颗璀璨的珠宝被收入时光的匣中，轻轻合上盖子敛去光芒。皑皑白雪掩盖了战乱的痕迹，自顾自地万山一色静美如画。日落似乎和他们过去并肩所见的千百次没有什么分别。郭子仪看到爱人眼中的悲郁，想说点诸如"别担心，仗很快就打完了"的安慰，却终于开不了口。在他们身边尚有许多人认为这场蕃将作乱的闹剧很快就能收场，但他们太清楚天宝以来双方势力此消彼长，唐帝国的雕梁画栋早已是蠹虫的酒池肉林。

　　最终两人只是静静地看完又一个日落，在夜色四合的时候回到城内。第二天后军携粮草如期到达静边，入城休整之后，很快接到了下一步行动的指令。

　　"攻陷一座城往往只需要抓住一处突破口。"多年前的陇西雪原上，王忠嗣以鹰一般的目光俯瞰斜阳下烟火繁华的凉州城，又一一审视身旁的部将们，"而这个突破口，往往并不在城堞壕堑，弓刀砲石。"

　　彼时年轻的李光弼应声答道："在人。"

　　"高秀岩出身朔方军，清楚我们的实力。"十年后的李光弼站在舆图前从容号令，"此人专以阿谀长官为务，胆小怕事，经过两场败仗多半不敢轻动。假如我们此时固守静边，高秀岩或许还会伙同周边贼军一起来寇；而如果我们主动出击云中，此人必定死守城池但求无过。如此一来，云中、静边、马邑这三角中定了两角，便可专心对付马邑了。"

　　郭子仪默契地接过话头："马邑守将薛忠义是突厥降将，原名薛达干，怀恩当年在河东时认识他。此人自负勇力，轻动少谋。逆胡既失静边军，高秀岩多半会派薛忠义前来复夺，马邑的援军此时可能已在路上了。我们的计划是以三千轻骑偷袭云中，拖住高秀岩；另两千骑间道南下，包抄至薛忠义背后。剩余两千步卒在静边城外列阵，遇到薛部贼军，即将他们引入包围圈，然后两军齐发南北夹击。若能取胜，即连夜出奇兵南下马邑，城内精兵悉去，自然易破。——我讲明白了吗？"

　　帐下诸将纷纷点头，领命而去。浑释之、张用济领左军袭云中；郭子仪、仆固怀恩、公孙琼岩领右军南下设伏；李光弼、高浚、薛兼训领步兵出城会战。约定第三日卯时夹苍头河成阵，响箭为号发动围攻。临行时步卒骑兵都穿了钉鞋，郭子仪严嘱诸将：兵贵神速，时间就是人头。失机半个时辰，主将即斩！

郭子仪麾下兵马刚出发时不敢走太快，怕迎头遇上来袭静边的叛军。半日后哨探出薛忠义进军的路线，方挑了一条小道，避开敌军放心赶路。当天夜里郭子仪不住地派人去探马邑援军的动向，至黎明时接到回报，说叛军近万人侵晨起灶，距离静边军已不足百里。

从振武带来的五千精锐骑兵俱已出城。李光弼部下只有步卒，凭城固守尚非易事，更何况还要诱敌入伏，配合他们围歼。多年戎马生涯，早已让他们对种种担忧熟悉到麻木。他知道此刻自己所能做最重要的事是按时按计划行事，而最无用，却也最不能自已的事则是为那人牵肠挂肚，祷告上苍。

好在雪后路滑，叛军行动也比往日迟缓。一日下来勉强赶到苍头河边，天黑后只得原地安营扎寨。郭子仪也在两个时辰后绕到敌军背后的密林里，下令只吃干粮，不得生火。薛忠义万不曾料到身后能有官军，歇宿一夜略无疑心。

第二天一早，叛军前锋在静边城南十里处与官军不期而遇。薛忠义虽有几分意外官军会主动出战，但听说这次朔方军来得急，先锋一共只有不到五千人马，因此并不慌乱。遂交代麾下："把他们撵进楼子沟，一锅端了。"

静边军一带尽是山地，丘壑纵横，不是本地人很难辨出哪里有路。官军人少，战马更是不足，很快当不住他们的攻势，被逼入一条山谷中。薛忠义深知那是条断头路，尽头三面悬崖插翅难飞，至此已觉胜券在握。鼓角一声发起冲锋，却见对面步卒毫无惧色，依山势占据高处，架起硬弩有条不紊地还击。

以步对骑，还想以少覆众？薛忠义嗤笑一声，令旗一挥："上！一马一蹄子踩都能把他们踩平！"

唐军将士面对排山倒海的攻势，背后又是死路一条，也难免心里打鼓。弩手编队轮番射击，密集的箭雨之下敌军果然被挡在百步开外。然而这个战术过去都只在校场上演练，究竟能否经受住血雨腥风的考验，就连李光弼心中也没有十成把握。

　　眼看随身携带的弩箭已用去十之七八，身边部将都沉不住气，来找李光弼商议突围之策：谷中隐约有一条陡峭的山路，弃阵登山或有一线生机？李光弼看看日影，却只做了个"稍安勿躁"的手势。距离卯时还有半刻。他要给郭子仪足够的时间布阵。

　　叛军将卒敏锐地察觉出对方士气的微妙变化。虽然攻势仍被弩箭压制，半堵在谷口寸步难进，却将战鼓擂得震天响，"李光弼受死"的声浪一波高过一波。震耳欲聋的喊杀声逼得官军又退了几步，显然已经压不住阵脚。不一时果见一员大将出马阵前，执辔略一欠身，似乎有话要说。薛忠义见状，以为对方要谈判，忙下令噤声。李光弼也一挥手，身后弩手纷纷停下射击。阵前一时鸦雀无声。

　　就在这一霎寂静里，一串哨箭从唐军阵中呼啸而出，曳着尖利的锐响撕破层层朝霞。未等薛忠义回过神来，又一串哨声竟从背后传出。南北呼应回环不绝，如一对云雀往来嬉戏。叛军在惊愕间回首，方见退路已被官军斩断。只一霎的犹疑，谷中弩手已经纷纷提起陌刀，奋不顾身地冲入敌阵。郭李两支队伍如期会师，前后包抄打得落花流水。叛军多被赶进苍头河，结冰的河道滑得立不住脚，顿时人仰马翻。而官军骑卒到河边纷纷下马，穿着钉鞋，在冰面上往来砍杀健步如飞。从卯时酣战至正午，薛忠义麾下七千余骑几乎全军覆没，本人也被仆固怀恩斩于马下。郭子仪见斩了主将，立即命右军奔袭马邑。公孙琼岩到那里二话不说，挑起薛忠义的首级一把抡上墙头，兵不血刃地拿下了城池。

　　郭子仪率军进入马邑城时已近午夜。城中渐渐安顿下来。僚佐早为他安排下住处。入门解甲，顾不得擦洗脸上血污，先问："李将军吃饭了么？"

　　仆从纷纷面露惊诧。问了一圈，城中竟无人见过李光弼踪影。郭子仪当场就翻了脸色，闯进部将帐中挨个从床上揪起来："都怎么搞的？李将军呢？！我留到最后打扫战场，分明看见他们早回来了。好好一个大活人还能长翅膀飞了？"

　　找了一圈，才发现除李光弼外，张用济也没有按时回城。传话下去满营里询问，有人说在河边见过旗号，有人说往东边去了，还有人说又见了一队叛军追过来，七嘴八舌莫衷一是。郭子仪浑身上下已经冷到了指尖，牙齿直打颤，骂都骂不出一个字。发了半日的疯，派出五百人马四下探寻，终于在后半夜找回了人困马乏的薛兼训，报说："张用济佯攻云中，接到薛忠义被斩的战报即行撤退。却被高秀岩派兵出城追击，两军缠斗至桑干河畔。李将军本已收兵赴马邑，听说张用济遇险，又带人杀过去。好在已退了敌，大约天亮就回来。先派我来报信，教节帅不必担忧。"

　　郭子仪到这地步，只恨这姓薛的后生不是自己人，不得扇两巴掌出气。没好气地安排他入营休息，自己又点起五百人打着火把出去找。黎明时分李光弼和张用济如约回到马邑。李光弼下马第一句便是："没什么伤，倒是有点累。"郭子仪绷了一夜的神经铮的一声断了弦，只答了一句："回来就好，跟我睡觉去。"后面全不记得发生了什么。

第二十五章·訴衷情

　　拿下马邑，朔方军算是在河东站稳了一只脚。一连数日行军转战的队伍终于得以暂时松口气。郭李这一觉也睡得格外香甜，醒来时外面天色暗昧，一问仆从，竟已过了晚饭时间。

　　李光弼睁眼时已经察觉对方情绪不善，忍着浑身的酸痛先伸手去摸那人的脸："子仪，别怕。"

　　那人不由分说就将他按在床上剥除衣物。李光弼初时还有几分尴尬，及至被脱到赤身裸体才意识到此举无关风月。后背的箭伤，肩臂和腿上的刀伤，双膝和手肘的大面积挫伤，右胁下碗大一片紫黑色淤血，尽在爱人眼中展露无遗。经验老道如郭子仪，只消一眼便还原出战场情景：轻骑奔袭，穿的是最简薄的铠甲；驰援张用济时兵力不足，主将亲自上阵砍杀；冰天雪地赶夜路，不知几次摔下马，还被坐骑踢过一脚。那人仿佛从军二十年尚不知道什么叫"爱惜自己"，却知道在入城前拿短刀裁下外袍上的血迹，以免见面时被当场识破伤情。

　　李光弼起先还笑着想说"都是小伤，不要紧"，对上郭子仪的视线后生生被吓到噤口。那人也终于意识到自己濒临失控，转身霍地拉开房门朝外面吼："传医官！"

　　然后就一直背朝他站在门边，再不回头。

　　医官很快赶到，从已经凝血的创口中撕出脏兮兮的布条，重新清创，止血，包扎。伤员的视线跟随他的手机械地移动，自始至终仿佛只是在看一具无关的躯体。

　　直到处置完毕，郭子仪才敢转过身来。以为已经完事了，却见医官忽然拿出一副夹板：“伤筋动骨一百天。将军暂时开不得弓了。”

伤员满脸惊诧。郭子仪一阵风冲到两人中间：“你说他伤了骨头？！哪里？！”

医官已经麻利地给李光弼固定好左边小臂，唯唯道：“冬天行军，摔伤筋骨也是常事。好在没有碎，养一养就好了。”

他这才意识到早晨醒来时，李光弼没有像往常那样握住他的手，而是背对着他将左臂藏在身侧。

那人知道！——废话。世上哪有不知道自己骨折的人啊。

送走医官，郭子仪已是面无人色，干吞着空气强迫自己冷静。李光弼这时也怕了他，低眉道：“对不起。我又让你担心了。”

他将拳头捏得咯咯响：“李光弼，你知不知道你现在是朔方左兵马使，我是你的顶头上司？你知不知道你违令了！”

“你心里难过，可以朝我发脾气。但军令非儿戏，我确实不知所违何令。张用济手下当时不满千骑，我不去救，可能就回不来了。”

“我不管！他打不过活该挨刀掉脑袋。但是我命令你不许死，不许伤，不许一马当先以身犯险，不许做一丁点让我担心的事！”

李光弼愕然望向勃然大怒的爱人，良久无语。最后扁了扁嘴，移开视线，后脑勺仿佛在说：听听你自己说的是什么话。

“子仪，你平时不是这样的。今天到底为什么这么激动，我们之间有什么话不能直说吗？”

相识二十年，郭子仪没对他说过一句重话。从不知吵架为何物的伴侣之间，第一次争执竟也磕磕绊绊，好似湿柴取火，浓烟呛人，却怎么也烧不起来。

郭子仪擎起他打了夹板的手臂：“都什么时候了，你在我面前还要忍？还要装？受了伤还躲着我？为什么，你给我解释，为什么？！”

未等他组织起语言来回应，那人又继续质问：“为什么不在一见面的时候就告诉我？为什么那么疼也不吭一声？为什么你这个冷血怪物，我暖了你这么多年，就是学不会喊疼？！我知道战场上刀枪无眼，知道你重义轻死，知道我只能眼睁睁看着什么也做不了，但你至少得让我心疼你。我只剩这一件事可做了，你为什么还要拼命瞒我啊！"

说到最后已然压不住哽咽，一边是从昨夜积到现在满溢到爆发的情绪，一边是自责自厌"怎么能对伤员发脾气"。百种积郁和委屈哽在心口，最后还是李光弼将他拉到身边坐下，搂着肩膀软语安抚："子仪，别怕。我不会死。心里难受就哭出来。"在爱人怀抱中痛痛快快哭了一场，才终于渐渐平静下来。

"石堡城之战那年，我在河源打吐谷浑受了枪伤，又染风寒，送回凉州时以为自己就要死在那里了。当时我是不怕死的。只嫌过程磨人。中间大约时常昏迷，浑浑噩噩也不知过了多久，每次醒来，心里只是抱怨怎么还没完。

"后来有一天我半夜里醒过来，是和之前都不一样的那种清醒。好像压了我很久的大石头碎了。身体很轻，随时可以推门出去肆意奔跑。我就知道这是真的要死了。当时家母在旁边，我就对她说，别怕。我自己也一点都不怕。只是觉得很轻松，很解脱。

"那次真的……差一点就结束了。但最后还是记起你来。

"子仪……我在河西那几年，一直努力说服自己我们之间已经有结果了。我们结结实实地爱过，好过，成过亲。世上姻缘不过如此。有那么好的一个人那么温暖地爱过我，死又有什么可遗憾的呢。但就最后那一下，电光石火的一刹那，我还是反悔了。就忽然想着，我和子仪还没有一起打过仗啊，我们还没有为对方挥过刀，挡过箭，没有把最后一滴血流到一起去。就是死，也应该像那样死在一起啊。

"然后我大概是喝了一碗药。胃里好几天没进东西，一喝就吐。我就一口一口慢慢来，吃了吐，吐了吃，竟就那样捡回一条命。病一好，我就回朔方找你，后来的事你都知道了。"

从未被触碰过的陈年故事，他平静地讲，郭子仪则平静地听。室内浓重的药气渐渐散去，漫起湿冷的泥土气。竟辨不出是外面又在下雪，还是爱人身上固有的味道。不闻哭声。只见枕上湿迹缓缓洇开。

"我明白你是因为担心我，怕我死，才这么难过。往后我生病受伤都会告诉你。我也会记得我的性命不只属于自己，会努力好好活下去。子仪，我们为国效力，讳言生死不过是自欺欺人。所以我也希望你知道，这一生因为有你，被你疼爱过，珍惜过，和你一起流过血，打过仗，我确实已经没有任何遗憾了。真到了……生离死别的时候……"

他的声音终于哽住了。他不怕死也不怕谈死。以为心无芥蒂的话题，面对面看着爱人的眼睛，却怎么也说不下去一个字。

他从未见过一个人的眼里能容下这么多的悲伤。郭子仪自始至终没有发出任何声响。只是专注地看着爱人如凝视一捧随时会化在掌心的雪。李光弼被他看得心如刀割，却怎么也不舍得移开视线，最后不得不以颤抖的吻为对方合上眼睑。

"子仪，别怕。"

这个吻始于温暖的抚慰，渐渐添进坚定的许诺，演变为不能自拔的迷恋，情不自禁的挑逗，又在极短的时间里逆转为绝望的占有和贪婪的索求。他们吻过几万次，却仍旧丝毫不能抵抗唇舌纠缠间柔滑湿热的情欲气息。等到郭子仪反应过来的时候发现伤员正被压在身下，剑拔弩张的器官抵在一起厮磨不已。当即在自己腿根狠狠拧了一把，慌忙撑起身体："对不起，我是畜生。你难受么？我帮你弄出来，然后去吃点东西，好不好？"

"不好。"李光弼罕见地拒绝了他的好意，裹满绷带的右臂攀上他的后腰，用不容置疑的力量将他拉近，重新吻在一起。

他立刻察觉出那人在模仿他的亲吻技巧。紧紧地吮着唇瓣，咂弄出水淋淋的声响。直到他意乱神迷地张开嘴，舌尖便立刻探进口中纠缠不休。他勤勉好学的爱人，将从亲密关系中学到的一切——温柔，坚定，热诚，包容——全都反加于耐心的教导者。单是这一个"在被爱着，在被那么认真那么努力地爱着"的念头便瞬间冲垮了他的心防。中秋之后回到军中，一别数月，见面后又连日枕戈待旦刀头舐血，算起来这还是重逢后第一个像样的吻。他怎么能不动情。光是闻到爱人肤发间的气味便饥渴到丧失理智。压抑得太久，至此只消刹那的松懈，就再也聚不起一丝自制力。最后一点清明的意识里他将李光弼的双手压到头顶，命令"放在这里，不许动"，然后便顾不得更多，欺身覆上红热的胴体，舔舐脖颈，啃咬喉结，顺着震耳欲聋的心跳声一路吻到心口。

旧伤疤处的皮肤分外敏感。平日里他都会留到最后关头。今天却一来就直击要害，露骨的触碰激得身下人弓起腰躲避。他不敢像往常那样霸道地将人扳直，只搂紧李光弼的后腰，钻进两腿间含住性器。

他知道自己忍不了太久，于是下手格外凶狠。借着挣扎的力量越吞越深。喉头紧抵着末端，舌尖一一碾过每一道沟坎起伏，不间断的吮吸吞吐不留一分回旋喘息的余地，每一个动作都乞求着最激烈的快感，简直恨不得让对方立刻就射出来。

李光弼一来就被他弄到失神的地步，连推拒的力气都涣散了，只顾仰起头发出他自己也不知所云的叫声。那声音落在爱人的耳中不啻仙乐，立刻变本加厉地索求更多。双唇紧捋柱身，舌头顺着狭缝往复刮舔。滑嫩的柱头被呷弄出响亮的水声。与此同时又将蘸了油膏的手指探进后穴，按住微凸的敏感点狠狠搓捻。那人哪禁得住这样前后夹击，双腿死死缠住他，锐声喊起他的名字："子仪……不要……子仪！"

他察觉出那种失控的战栗，仅仅因着对方的反应就兴奋到不能自持，以一种近乎施虐的心理，在那人连声求饶的时候发狠地将硬挺的器官一吞到底，以痉挛般绞紧的咽喉肆意榨取爱人的最后一点羞耻心。

身下人的呻吟转为惊喘直至嘶哑的哭叫。剧烈的痉挛之后以手掩面，整个身子都瘫软下来。他勉强恢复了几分神智，匆匆咽下咸涩的体液，回身上来搂住爱人柔声安抚。

"好了。我的人。还难受么？"

　　这可能是他们之间最快的一次。李光弼也没料到自己如此不堪一击。尚未褪去的眩晕迷醉里又夹杂着某种恼羞成怒的恨意。

　　"不好！不许你这么……敷衍我。"

　　郭子仪一时没忍住，笑出声来："菩萨。我知错了。等吃了饭我们再来。今天做到你'好'为止。"

　　那人满脸通红，咬牙切齿半晌也说不出口，只忽然伸手抓住他的性器，不由分说就引向自己私处。

　　"我很想你。就现在。想极了。子仪，你得……干我。"

　　最后两个字几不可闻，却将他撩得血液逆流，心脏都停了几拍。原来他从一开始就错会了李光弼的意思，以为不过是久别重逢欲火焚身，泄出来就好了。然而皮肤滥淫怎么解得了相思之渴。爱人一反常态地索求无度，要的是破釜沉舟不死不休的欢爱，要的是撞碎灵魂的激烈交媾，要的是向他献祭，被他肢解，十指交扣一同跌进地狱深处化烟化灰。

　　"光弼，别这样。"暗哑的声线也抖得不成样子，"浑身都是伤……你不要命了吗？"

　　那人用手指轻吻他濡湿的脸："我很清楚死是怎样一回事。所以我知道，每次和你……做到最后的时候，就是一起死过了一回。子仪……过来。"

　　两人都已忍到极限，扩张的每一秒都是煎熬。几番被催促之后他也难免生出一丝恼怒，悄悄摸到软核的位置，毫无预警地重重一按。

　　身下人的喘息声骤然撕裂。身躯却早被巨大的力量压制在床上，一寸都逃不开。剧烈的刺激一旦开始就没有一秒喘息余地。揉按，碾磨，若即若离打着旋然后忽然直戳下去。李光弼叫都叫不出来，勉强睁开通红的眼睛，一句求饶的话都没出口，半硬的器官又被一把抓住狠狠捋动。余韵中敏感至极的身体，在粗暴的玩弄之下竟因疼痛而莫名兴奋，一头跌进比高潮更激烈，更加扯碎灵魂的漩涡。到最后已经射不出什么东西，只得断断续续吐出清澈的体液。仿若失禁般的体感击穿了羞耻心。李光弼一手抓着枕头将脸深深埋进去。呜咽着什么辨认不出的抗议，不肯服输的右手却握住他的物件往腿间送，仿佛刚才的这一切都还不够。远远不够。什么都算不得数。除了身贴身肉贴肉的媾合。

郭子仪还是有点担心爱人的承受能力，徘徊在穴口处不敢贸然挺进。"里面难受么？怎么这么着急？"

那人羞得缩了手，倒回枕上哑声呜咽："可以了……"

"疼就告诉我。"

细微的别扭随着肉刃推入体内的强烈刺激而消解。李光弼睁开一直闭着的眼睛，也不出声，只绷紧嘴唇，目不转睛地盯着他。他深知这是那人在无声忍痛，心疼不已，却也没有退路，只得揉着那人紧绷的大腿根帮他放松，同时用尽办法疼爱另几处，以期转移注意力。刚射过不久的年轻人，禁不住露骨的，富于技巧的逗弄，很快就再次起了反应，每一次挺腰迎凑时都将他夹紧到头皮发麻。

"心肝……可以吗？"

没等他问完，那人已将双腿盘上他的后腰，不由分说向上一送。隐秘处的水声稍稍缓解他的惊吓，下一刻囊袋处的触感告诉他已经顶到了头。

"我的天……"他来不及感叹爱人的心急，已经被湿热紧致的绞缠逼出了呻吟。残存的一线自控力压制住死命抽插的冲动，只战栗着搂紧怀中人，以狂热的吻暂时纾解。

"我的心肝……"他凭记忆稍稍退出几寸，不轻不重地抵在腺体处，极尽温柔地缓缓出入，"疼就咬我好不好。被你这么看…心都碎了。"

温柔缓慢的律动远比激烈交接更磨人。绵长的快感涨起落下，欲罢不能，却又总差那么一点点到不了顶峰。那人被他磨得喘息不止，重新闭上眼睛，用破碎的气声断断续续地说："你也不要忍。我不想让你……和我做……还要忍。我是你的。怎样都可以。想看到你……随心所欲……"

　　他叹口气，深深吮住爱人的唇舌，几番挣扎也说不出一个字。只得一声接一声唤着那人的名字，以期与爱人分享这满溢到无法承受的爱意。

　　"光弼……"他每叫一声爱人的名字，茎头便在极深处被紧紧吮住。软肉热得快要融化，却只是自虐般缠着粗硬的巨物，一刻也不肯松口。他实在被逼进了绝境。怎样恣意的嘶叫、绞杀般的拥吻、誓死誓活的情话，都无法纾解这雪崩海啸般的情潮。一切顾虑都被爱人的热烈回应冲到荡然无存。只剩下赤裸裸的本能，借着整个身体的重量一记一记凿下去，毫无技巧可言，只是一味求深求狠，不顾一切地向爱人体内索取致死量的欢愉。那一次他终于知道什么叫欲壑难填。早已过载的巨大刺激丝毫不能给他满足，只是血淋淋地掀起皮肉，凿穿骨髓，将每一寸血脉都灌满滚烫的饥渴。李光弼几乎被疯狂的抽插钉死他身下。起初还勾着他的后腰主动迎合，后来被插得太深，忽然顶到从未被触碰的敏感处，无以名状的强烈快感瞬间击碎了神智。还没来得及发出声响，已被吻到缺氧眩晕。腿脚都软了，被他一把捞起来，将整个人压成对折的形状，以便毫无阻隔地全进全出，每一次都长驱直入，狠狠碾过敏感的腺体，直撞上轻触一下都会战栗不已的最深处。李光弼一向倔强，无论多疼都不吭一声，却往往在床笫间承受不住惑溺无度的疼爱而向他告饶。然而这天他什么也没有听见，甚至分辨不清是那人崩溃失语还是自己已经失去了正常的五感。高潮持续了很久。一波未平一波又起，射了又射，满身狼藉，总也不肯就这样结束。最后是爱人冰凉的指尖摸上他的眼睑，嘶哑的喘音终于唤醒了意识："子仪……你哭了……"

　　他喘得说不出话，重重压在那人身上，被不知是谁的心跳震得浑身发抖。性器犹在两人紧密贴合的位置抽动不止，却都已射无可射。李光弼先恢复了几分体力，战栗的双臂搂住他的后背，带伤的小腿蹭着他，舔吻他湿漉漉的脸："你难受吗？"

　　他梗了梗脖子，喉咙生疼，到底还是说不出话，只强打精神翻了个身，侧躺着将爱人死死扣在怀里，好似要将一根前世遗失的肋骨按回胸腔。稍稍清醒后，第一件意识到的事是自己在无声哭泣。一点道理都讲不出来，就只是止不住地流泪，好似要以这种难堪的方式宣泄过剩的爱欲。

"对不起。"他也不知自己在为什么道歉。过于激烈的交合，还是不合时宜的情绪失控。肢体酥麻瘫软，过于用力的拥抱让手臂肌肉痉挛不止，却仍是欲求不满，怕冷一般紧紧搂着偎着，用嘶哑的气音求着："亲我。我好需要你……我的光弼，多亲我一会……"

爱人的吻甜蜜又热烈，细细啜干他沾满泪水的眼睫，又刻意讨好般地舔开嘴唇，将舌尖送进他口中任凭怜爱。无节制的缱绻爱抚让两人的身体都起了反应。可是谁都没有力气了，只能靠唇舌交缠稍稍纾解。他终于止住眼泪，在深吻中夺回主动权，将爱人的脸整个覆在掌心里用力抚摸："你好爱我。怎么能这么爱……"

那人疲惫的声音里带着掩饰不住的忐忑："你……难过吗？"

"光弼。"他叹口气，又吻了很久才说出话，"我……可以要走你的余生吗？对不起。你还这么年轻，大好前程就在眼前，可是我等不了了。你出将入相，建功立业，就总要离开我去走自己的路。而我想要你只属于我一个人。一寸一寸的皮肉一滴一滴的血，你身上一丝一丝的味道，都是我的，只是我的。恨不得你不谙世事，生来就只知道和我好。我知道这荒唐得要死。让你知道这些龌龊心思，也许你再也不愿多看我一眼。可是，光弼，这种日子我过不下去了。我一定无数次失去过你，太疼了。和你好的时候我甚至盼望就这样死在你怀里，到此为止，免得再受那种苦。我以为可以等到下辈子，下辈子我们找个天高皇帝远的地方，无君无父，大逆不道，什么都不要就要你。每天搂着你睡，一醒来就亲你。日日夜夜醉生梦死只要你。可是下辈子太远了……"

李光弼再次吻去爱人的泪水，将那人冰凉的脸颊贴在自己胸口。

"不远了。等打完仗我们就辞官。你想去哪里都可以。我的积蓄足够买一小片田地，或是做点小生意。子仪，不要有任何内疚的想法。

我对将来也是一样的打算。一次一次的分别……真的太苦了。”

不远了。那时他们想。再有半年，最多一年，就结束了。

第二十六章・戰城南

天宝十四年终结于一连串的坏消息里：唐廷仓促之间招募的防御力量不堪一击。叛军仅用六天时间便攻陷东都洛阳。溃败的官军逃至陕州，仓皇恐慌之中选择弃守。狼狈撤退时士马相腾践，死者甚众，直退到二百里外的潼关才站住脚。天子闻讯震怒不已，临阵赐死高仙芝、封常清，以哥舒翰代守潼关。

其时哥舒翰已因风疾半身不遂，君命难违，也不得不勉为其难地披挂上阵。消息传到马邑，正在紧锣密鼓备战的郭李相对叹息。而郭子仪甚至没有向李光弼透露安思顺的死讯，只强笑道："还有一个坏消息：往后我不再是你的长官，没办法再命令你乖乖养伤了。"

李光弼一头雾水地望向对方，手里却已被塞了一对冰凉的鱼符。

"李大夫，你现在是河东节度使。辖内兵马都听你调遣。但有驱使，末将万死不辞。"郭子仪说着，毕恭毕敬行下军礼。

李光弼嘀咕着"别闹"，将他扶起来，却掩饰不住一脸震惊。朔方军有太多劳苦功高的将领，而他一个月前还是赋闲在家的无业游民，一路带的都是郭子仪麾下将卒，直到现在也没有一支"嫡系"部队。他以为左兵马使已经是破格的待遇了。

郭子仪一眼将他的心思看了个对穿，谆谆道："安思顺在时，你已经是节度副使，就连这个朔方节度使也本该是你的。更何况现在不是妄自菲薄的时候。朝命是让我们兵分两路，一路取云中，一路由太原取常山。恐怕今年我来不及给你煮长寿面了。"

年都没过，谈何庆生。两人当即商议起分兵行军事宜。是时朔方军又有一万步卒进援马邑，很快攻取代州，与驻守太原的官军取得了联系。郭子仪遂分马步八千给李光弼，自己领其余兵力取云中。明眼人一看即知这个方案里不乏私心：颜杲卿、颜真卿兄弟首倡大义，河北十七郡反正，由太原出井陉当非难事。而云中城坚兵足，是块十足的硬骨头。

对此郭子仪也直言不讳："凭我的本事，也不见得真能拿下云中。倒时候上奏说打不动，依旧走南线和你会师。听说太原晋祠里有口铜钟，和常山开元寺里的钟是一对鸳鸯。在太原敲上一声，常山便能听见。你倒时候别忘了常派人去开元寺里候着，就知道我几时去找你了。"

李光弼自不信这些怪力乱神的传说，却也难免对晋祠古刹心向往之。本以为颜杲卿已得常山，此去一路无需征伐，到太原或许还有机会从容览古。不料刚出发就接到急报，太原尹王承业假意应援常山，暗中却偷换奏表欲窃其功，更不出一兵一卒接应。颜杲卿起事八日，史思明、蔡希德引叛军至城下。团练兵当不住胡骑铁蹄，数日后矢绝城陷，颜杲卿被送至洛阳受戮，颜氏一门死于刀锯者三十余人。

自此朔方军倍道兼程，二月十日抵达常山城下。城西既是连绵巍峨的太行山脉，无处屯军，必须速战速决。分兵之初李光弼即与郭子仪商定对策：攻城为下，攻心为上。

当日深夜，数千支弩箭飞越城堞。箭都没有矢镞，代之以一小团蜡丸。虚惊一场之后，常山军民中有好奇者悄悄展开蜡丸中的布条，在晦暗的月色里交头接耳。守将安思义从睡梦中被吵醒，叫来巡卒问话，却一个个都只说"射了一阵子箭就完了，别无他事"。

安思义忙教人传令"坚守勿出"，想了想到底不放心，披挂起来亲自沿城巡视。这一巡不要紧，竟望见城西开元寺不知几时燃起大火，借着风势烧到高塔上。安思义急令军士救火，左右却都支支吾吾不挪步。原来半月前史思明破城时，寺中庇护了许多唐军官员的家眷，不幸被奸细走漏消息，寺僧与妇孺老幼数百人被害，血流被地至今未干。自那时起，夜夜有人在寺外听见神号鬼哭。昔日宝刹一夜之间竟成无人敢踏足半步的禁地。如今寺内火势冲天，明晃晃照见五重宝塔顶上立着丈许高一尊金甲神人，银章朱绂，怒发冲冠，赫然竟是颜杲卿的面貌。那神人傲立火海，声如洪钟："朔方大军已下井陉，朝夕当至。先平河北诸郡。先下者赏，后至者诛！尔等世受国恩，累代忠良，与羯贼逆胡不共戴天。此夜不杀，更待何日？此时不杀，更待何时！"

安思义不知此话来历，城中三千团练兵却都清楚这正是城外射进来的蜡丸里的檄文，更是当日颜杲卿举事时激励他们的原话：再坚持一下，也许只要十天，朔方军马上就要来救我们了！

李光弼在西边山上望见城中火起，微微有些诧异。官军数日前就派细作混入城中，却只命他们散布檄文，传递消息，并没有举火的约定。但眼下天赐良机断不可错过，当即点起先锋连夜三面攻城。传令"火把要多，放箭要密，口号要响，一千人要打出三千人的气势！"

上弦月已经隐没在太行山背面，却仍有烈烈火光照着战场。城内城外一时喊杀震天。开元寺塔尖的金甲神人早已被烈焰吞噬，振聋发聩的号令声却仍在千门万户重峦叠嶂之间回环激荡：此夜不杀，更待何日？此时不杀，更待何时！

激战半夜，至黎明时城上忽然悬起白旗，西门洞开，一队团练兵手执简陋的武器，驱赶着被五花大绑的安思义出门迎接官军。这些人都曾是颜杲卿麾下，史思明陷城时力屈粮尽而降，如今终于等到了雪尽春回的一天。他们中的许多人在见到朔方军时痛哭失声，解下战袍，里面白茫茫一片尽是丧服。

天亮后李光弼亲率将佐来到滹沱河边，收殓被史思明军抛尸在此的军民义士。主将亲手为遗体拂去脸上血污尘沙，设奠哭祭，具棺安葬。初春的河面冰封未解，默哀的人群却分明听见冰层之下春水急流即将冲破桎梏的躁动，远如隔世又近在耳畔。地冷骨未朽，亡魂从未远离他们深爱的家园。

至于那天夜里开元寺的"鬼火"，高塔之巅的金甲神人，李光弼也曾派人查问，却始终没有一个合理的解释。寺僧几乎被史思明屠戮殆尽，如今又烧作一片焦土，唯一能辨认出的只剩摇摇欲坠的一口铜钟。

当然他也没有精力再继续调查下去。安思义被俘后很快同意归唐，提醒主将说史思明部正在围困饶阳，据此不过二百里。昨夜羽书既去，两日内就有轻骑来救，继以数万大军，不可不备。在他的建议下唐军以最快的速度将辎重粮草搬入城内，坚壁清野等待迎战。

那是李光弼与史思明的第一次交锋。儿时在营州故乡的旧相识，一旦兵戎相见便无半分温情。叛军先出二万骑兵包围常山，李光弼则以硬弩和枪阵挫其锐气，将他们逼退到数里之外。次日步兵先锋赶到，日夜急行军一百余里，至凌晨人困马乏，在九门县南暂歇。官军细作还报，李光弼便起步骑各二千，掩匿旗鼓沿滹沱河潜行。早饭时间赶到敌军营地，纵兵掩杀，五千人几无生还。史思明闻报失色，军心摇动，即日退入九门县。

是时常山治下九县，七附官军。李光弼各遣数百人成之，常山城内只剩下不满五千人马。而叛军渐渐纠集起三万兵力将常山团团围困，打的便是坐等城内粮尽矢绝的主意。

自战事初起，常山郡作为扼守井陉口的重镇便成为两军拉锯的焦点，四五个月里经历无数场兵火，城中钱粮早已耗尽。朔方军来时自挟十日粮，其后皆仰太原仓馈运。如今常山被围，官军大半兵力都用于护送粮草，再无余力四出征伐。李光弼当机立断遣人向郭子仪求救，同时在城内实行配给。无论官民将士，每日给粮半升，马草十束，而他本人连这份口粮都吃不下，索性吩咐悄悄分一半给浑瑊。吃了大半年的药也断了顿。薛兼训心细，到本地药铺凑了几服应急，反被主将板着脸教训："行军司马不管行军，且折腾这些没要紧的事？"遂因樵采艰难，连药也不煎了。

　　李光弼日日城头上统军御敌，夜里查点账目，胡乱休息两三个时辰便继续下一日的繁忙。麾下将士尚有轮番休整的机会，主将却不得片刻喘息。一个月下来便是铁打的人也熬到了油尽灯枯的地步。被流矢划破的伤口引发感染，成了压垮骆驼的最后一根稻草，一夜之间竟咯血不止，烧到不省人事的地步。

　　河西时代落下的病根，操劳过度时偶尔复发，却从未像这一次这般难捱。无间断的噩梦里他也一直清清楚楚听见身边有人走动，商量行军，筹划粮草。他无数次想凑近些听清楚那些人在说什么，却始终隔着一层甀閾，怎么也撞不开。终于醒来时只觉肋骨好似条条利剑割着肺腑，渴得喉咙冒烟。想坐起来找水喝，早惊醒了趴在床边打盹的浑瑊。少年眼泪汪汪盯着他喝了水，一摸额头还是热得厉害，几天来的恐惧担忧随着眼泪倾泄而出："四哥你不许再任性了！这样不爱惜自己，一城军民担惊受怕，高兴的唯有史思明。你想想，气不气？我都要气死了！"

　　李光弼眨眨眼睛，努力理解了一下浑瑊的意思。细想之下竟好像有几分道理：两军对垒，岂容主将卧病。遂哑声笑道："我也没想到自己这么弱。见笑了。我听你的。我改。你去请医官来。他开什么药我吃什么药。可以吗？"

　　少年抹了把脸，见一军长官如此低声下气，反倒赧然起来："对不起……我不该发脾气……"

　　"这有什么。阿进，答应我，等我病好了，这事不要对郭将军提起，可以吗？"

　　竟趁他心软的时候谈条件！浑瑊瞪了对方半晌说不出话来，气得一跺脚，转身跑出门。

　　"快找那个疯和尚去！李大夫醒了！"

　　只见过一次的人，李光弼往往记不得名字面貌。然而这似哭似笑的歪嘴唇实在太令人过目不忘了，他几乎立刻就认出了这来路不明的"医官"。

"你是神机？回纥来的？怎么会在这里？"

"无量寿佛。李将军别来无恙。今天出家么？"那人仍旧和大兴善寺里所见时一样打扮。李光弼甚至怀疑他那件脏兮兮的僧袍从去年夏天到现在一直没洗过。

"我有病要看。时间有限，有话直说。"他起初埋怨薛兼训怎么放个癫子进了军营，然而薛兼训解释说此僧在辕门口自荐，本来李光弼病倒的事只有身边三五个人知道，对外严守秘密，被这番僧一通乱嚷，卫兵都起了疑，不得已只好将他带进来先看管住再说。

神机嘻嘻笑道："将军也忒心急。不过贫僧也知国家事重，昨天就给将军敷了伤口。看病事小，看命事大。将军忒心急了。"

李光弼揭开被单，果然看见腿上箭伤处敷着气味可疑的药膏，有没有用不知道，红肿倒是真的消了七八分，脓水也收敛了。一旁的浑瑊惊喜万分，恨不得一把抱住番僧道谢。薛兼训却当场惨白了脸色，一双眼睛刀子一般戳向客人："你昨天几时来见李大夫的？谁放你进来了？！"

神机显然有恃无恐，只是嘻皮笑脸不答话。李光弼下意识摸了摸腰间短刀，幸而还在。他情知此人油盐不进，也无心深究余事，索性让浑瑊和薛兼训都退下，耐着性子对神机道："你说你能治我的病，请吧。该付的诊金我不会少。这里没有第三个人，也请你有话直说，不要再打哑谜了。"

"将军呀将军，自古名将如美人，不许人间见白头。将军舍了罢。舍了罢。舍了这三千烦恼丝，就再也不怕了。"

李光弼再没想过"见不到自己的白发"还能做这般解释，一时间哭笑不得。情知和这种人说什么都是对牛弹琴，为了尽快吃药治病，还是硬着头皮正色道："我记得你出身回纥，想是来报郭大夫昔年赠粮之恩，一片好意我心领了。只是我不信佛，剃发也无用。如今国家有难，更不是养生延寿的时候。我只要眼下能尽快起病理事，别的都不重要。症候不过是发热虚乏，胸痛咳血，想你昨晚也诊过脉了。若有药，就请赐教，若无药可治，直说无妨，又有什么大不了的。"

神机做作地长叹一声："将军年轻时忧劳伤肺，落下病根，迁延日久，寻常药石就算支撑一时，哪里治得根本。我倒是有一味大秦国秘传的还丹，其性大毒，服之气绝，十余日方苏。但这十几日里五脏六腑便有机会休养生息，绝处逢生。等醒来后再拿养肺益中的药调养三五个月，不许沾半点忧虑操劳，便可望好了。"

李光弼听得直想翻白眼："就算这药真能起死回生，我哪里有这闲工夫养病。三五个月，足够朔方军打进幽州剿灭逆胡了。你只说，如果不治，还能活多久？"

"长则三五年，短则半载……"

"我还以为多短呢。这足够了。"

神机还要再开口时，忽被李光弼做了个噤声的手势。番僧随他扭头朝向西窗，凝神静听，似有钟声从远处传来，拗然而怒，寥然而清，声震百里绵绵不绝。李光弼难以置信地睁大了眼，刚要唤人来问，浑瑊已经一头闯进室内："四哥你听，是开元寺的钟！真的响了！二哥要来救我们了！"

这句话比什么灵丹妙药都更立竿见影。主将脸上的病容一扫而光，一把掀开衾被跳下地，跌跌撞撞地去取铠甲，胡乱裹上两件，跟着少年一阵风夺门而出。

两人跑到中庭，李光弼忽然又想起什么，转身折回卧房，拦住被撂在那里的客人："我们攻城那天夜里，开元寺里装神弄鬼的，是不是你？"

神机脸上是一种他从未见过的，与他的认知完全不符的，哀戚落寞的神色。却又在他眼皮底下熟练地换上那副嘻皮笑脸的面具，似笑非笑道："将军忒心急。忒心急了。"

第二十七章·得勝令

　　天宝十五载正月初一，安禄山在洛阳即位称帝。闻讯震怒的李隆基宣布"亲征"，下制命朔方、河西、陇右兵留守城堡之外，皆赴潼关行营以图东京。是时郭子仪刚刚与李光弼分兵，进围云中，接到诏书后立即收兵，命令麾下在马邑待命，自己昼夜兼程回京面圣。正当唐廷上下为盘踞洛阳的草君急红了眼时，新任朔方节度使冷静地指出：崤函道路狭窄，数十万军聚于潼关并无优势。不如以哥舒翰固守潼关，而朔方军全军出井陉支援李光弼，直捣逆胡巢穴，质其妻子，则叛军必不战自溃。

　　李隆基看着丹墀下陌生的面孔，虽觉他说的有理，却仍有几分举棋不定。朔方军这位新帅，据说是在右兵马使的位置上蹉跎了十年。或许他的前几任上司也和自己一样，不信这样温厚和易的汉人能驾驭如狼似虎的蕃兵？

　　可是静边、马邑两场胜仗毕竟是最不容置疑的证据。安禄山自起兵以来，所过之处唐军一触即溃，唯有朔方军打出漂亮的防守反击，为末路的帝国挽回三分面子。正犹豫间，恰逢李光弼收复常山七县的捷报送入长安。天子越发对这支他一直视为偏师的队伍刮目相看，当即加李光弼范阳节度使，命郭子仪统朔方军与之合势平河北。

　　天宝十五载三月，郭子仪率朔方马步十万至代州，出井陉，四月九日至常山与李光弼合军。自此官军在河北所向披靡，很快打败燕军收复九门县。史思明收拾残众逃到赵郡，又在官军的追击之下放弃赵郡北奔博陵。自安禄山起兵以来，史思明、蔡希德等燕军诸部横行河北，所至烧杀抢掠。河朔之民苦贼残暴，所在屯结，多至二万人，少者万人，各为营以拒贼；及郭李军至，争出自效。平原太守颜真卿当即从清河仓库中调出十万余匹布帛为朔方军添置夏衣，以当地团练军官郝庭玉领兵押运。

车队行至赵郡时恰逢官军在此击败史思明。一日激战过后，朔方军俘获伪太守郭献璆，被郭子仪带到城头上，西向长安数其罪而斩之。而同时投降的四千燕军则被从宽发落，愿意参军的就地收编，愿意还乡为民的发三日干粮听其自便。俘虏皆感激涕零，城下一时欢声雷动。

城内打扫完战场的将卒此时也扛着战利品鱼贯出城，准备加入庆祝。谁知却在谯门口被拦下来。李光弼带着一队虞候挨个查验过往士卒，但凡有掳掠百姓财物的，皆当场被勒令退还。

第二天郝庭玉将布帛送至军中，交割完毕后却盯着李光弼说，我不回去了，愿为将军麾下一卒，死而无憾。

李光弼不是第一次见这种场面，先称赞对方的赤诚之心，随即便让浑瑊带郝庭玉去校场一试身手，量材授职。大半个时辰后两人回到衙署，少年抹一把脸上的汗珠："郝哥好身手！差点一枪扎穿我喉咙。"

他身后铁塔一般的汉子谦逊地低下头："小将军承让了。若论骑射我不是对手。"

李光弼笑道："你过去只有勋阶，我们可以奏你为郎将。至于职务，不如问郭大夫。我虽然节制两道，手下兵马还不足一万。朔方军终归是他的。"

说话间，郭子仪已经凑过来准备受拜，谁知郝庭玉竟不看他一眼，直勾勾地盯着李光弼："我不去朔方军。我是来找你的。"

郭子仪听见他对李光弼直呼"你"，当场皱起眉："叫李大夫。御史大夫。"

汉子又是一低头。"我是来投李大夫的。大夫不收，我依旧回平原就是了。"

李光弼奇道："一样为国效力，为什么非要找我？"

郭子仪已经猜到了七八分，正寻思自己在场说话不便，是不是该回避一下，那厢里郝庭玉已经直言相告："大夫麾下法纪严明，朔方军不能及。我曾在范阳军中做什将，见多了劫掠百姓，杀良冒功，虽名为兵，祸甚于贼。我也因为试图讨公道而被罢职。昨日见到大夫在城下令军士归还百姓财物，便……"

一直对答如流，到了最后一句却踌躇起来，几番开口也难以成句。郭子仪等得不耐烦，撇着嘴角替他补完："便一见倾心，甘愿牵马执镫赴汤蹈火粉身碎骨万死不辞了。"

李光弼朝他丢一个"别闹"的眼神，转朝郝庭玉道："你能带多少兵？"

"先在安禄山手下带过两千步卒。团练营中现有马步五千，不过多是百姓临时上阵。"

"没打过仗的百姓，你如何训练？"

"先列队教旗，申命令，明赏罚，教他们在队中如何站，如何走，如何听鼓看旗。然后视其长幼、体格、武艺、技能分派任务，各掌其事。"

"假如给你五千人马打史思明，你有何打算？"

"史思明已退至博陵，城坚难攻，不如断其粮道，等他出城挑战时设伏歼灭。"郝庭玉不曾准备过这样的问题，一边说一边心里打鼓，生怕对方笑他纸上谈兵。但看见郭子仪频频颔首，浑瑊偷偷朝他竖起大拇指，多少有了几分底气，鼓足勇气抬头看着李光弼。

那人眼里似有几分赞许，却依旧没有一丝笑意。对视了片刻，忽然问道："假如冲锋时你的同袍受了伤，退回来向你求救，你会怎么做？"

郝庭玉怔了一下，仿佛知晓答案却不敢说出来，动了动嘴唇，终究没有出声。正犹豫间，忽见郭子仪站在李光弼身后，隐蔽地朝他比了个抹脖子的手势。汉子的眉峰跳了一下，缓缓低下头："砍了他。"

李光弼莞尔一笑。郝庭玉犹在忐忑，浑瑊已经两步跨上来给了他一个大大的拥抱："哥！你考中了！"

晚间独处时，李光弼问郭子仪："你为什么帮他作弊？"

"谁？"

"郝庭玉。最后你肯定朝他打手势了。"

郭子仪情知瞒不过，赔笑道："好小伙子。配得上你。何必拿这种刁钻考题难为人家。"

"别乱说。"李光弼想起当年遇见薛兼训那一顿飞醋，犹有几分后怕，"我用人只看才能。别无他想。"

"我也没有。这后生看你的眼神，就像你当年看王大夫。我再不为这个吃醋的。"

一个月后的嘉山之战，郭李果然采纳了郝庭玉的构想：先围困博陵，趁史思明自顾不暇时出奇兵突袭恒阳。燕军粮草钱帛多贮于恒阳。史思明闻报大惊，不敢再隐瞒败绩，慌忙向洛阳的安禄山求救。安禄山随即遣蔡希德、牛廷玠各领万余援兵至博陵，合五万余人，尽是范阳、平卢两军精锐。唐军则顺水推舟"败退"回恒阳，深沟高垒以待。之前李光弼与史思明对峙期间便发现燕军所擅不过是骑兵冲阵，攻城夺寨并不在行。这次对垒唐军不愁粮草，便有了足够的底气和他们消磨较量。

到了五月里，天气渐热，郭子仪却十分沉得住气，将大军屯于恒阳内外养精蓄锐，每天只派几小队人马四出袭扰，遇到敌军也不恋战，敌进我退，敌去我追，昼则耀兵，夜则袭营。如此半个月下来，燕军上下通不曾睡过一个整觉，人人都窝着一肚子邪火。郭李登上嘉山远眺敌营，见旗帜凌乱，不时骚动，便知时机已到。

五月二十八日上午，恒阳城门大开，一队唐军押着数百辆粮车出城。史思明闻报，立即判断出这是向赵郡、清河输送的粮草，登时两眼放光，命令先锋全力围歼。然而训练有素的唐军并没有让他们占到太多便宜，很快将粮车围成一圈结阵自保。胶着一整天，两军各有伤亡。运粮的车队被燕军前后围堵，只得在恒阳东边的嘉山脚下依山扎营。史思明起初还有几分防备之心，生怕粮车是诱饵。然而一天下来并未见伏兵，抢来的几辆车里也都是扎扎实实的粟麦。自此再无疑虑，连夜调集主力聚集在嘉山脚下，只等天明动手。

而在同一个夜晚，唐军也在嘉山周围收紧了包围圈。郭子仪和李光弼各领三万人马南北包抄，嘉山上也埋伏了一万兵力。次日燕军向嘉山发起冲锋时，只听密集的鼓声如洪水从山上一路倾泻下来，一浪接一浪，渐次传至山脚，分作两股，南北呼应此起彼伏。史思明仗着胡骑骁勇，起初并不慌张，继续命令手下强攻，然而随着鼓声渐近，身前身后东西南北十面埋伏四下合围，人还没慌，马先乱了步伐。一次次冲锋都被陌刀和弩阵杀得铩羽而归，偶尔突围的小股燕军也被更外围的唐军轻骑围追堵截。这一场屠杀从日出持续到日落，嘉山脚下血流漂杵。唐军斩首过万，俘虏千余，史思明本人勉强在曳落河精锐的掩护下逃得一命，披发跣足奔于博陵。

太阳落山时李光弼见胜局已定，便按约定到嘉山脚下与郭子仪会合。自安禄山起兵后官军第一场酣畅淋漓的大捷，将士僚佐都有几分按捺不住的雀跃。两人相见，不及下马问候，郭子仪先揽住爱人结结实实抱在一起。身下坐骑被强行拉近，多少有几分别扭，恶作剧般突然朝反方向跑开。两人毫无防备，幸得李光弼反应快，飞身下马，再稳稳扶住跌落的对方，总算免于出丑。周围卫兵见状都扭过脸去偷笑。李光弼涨红了脸，慌忙推开试图再次拥抱的爱人，低声嗔道："这么多人呢。"

正拉扯间，忽闻身后一阵骚乱。火把之下看不清远处，郭子仪下意识先将爱人护在身后。下一瞬间一支流矢从暗处飞出，不偏不倚正中郭子仪心口。眨眼间一连串的变故看得众人目瞪口呆。一片惊呼声中李光弼朝西南方向一指："那边！去追！"

一声令下，衙兵们流星赶月一般朝箭来的方向冲出去。李光弼先将郭子仪带到一片隐蔽的山石背后，来不及查看伤势，只交待在场的判官："看好他，我去去就来。"一面翻身上马也去追敌。

不过是一小撮困兽犹斗的残兵。战场上流矢伤人也是常事，只是太过凑巧，明光甲胸前两片铜掩心刀枪不入，唯独外缘一圈皮革稍弱，就被一箭射穿。李光弼眼看那一小队残寇被围歼殆尽，犹不放心，又命衙兵四下巡视，自己却当不住牵肠挂肚，独自回马去山脚边找郭子仪。

山石下黑黢黢一片阒无人声。李光弼下马时心慌手软，叫一声"子仪？"已经带了明显的哽咽。

"在呢。"身旁响起一个笑意盈盈的声音。温暖从容更胜往日，仿佛只是躲在这里和爱人捉迷藏。

火把照见那人靠坐在石边，胸口的箭杆已被折断，一手按住伤处，指缝间血污狼藉。李光弼一见便急红了眼："怎么还流血？孙判官呢？我想着带你回营再处置，就一眨眼工夫，怎么就……"

郭子仪笑道："他一个书生，怪碍事的。被我打发回去找医官了。一点小伤而已。别怕。"

"我怎么能不怕？！"他踉跄地跪在地上，拔出佩刀割断勒甲索，一双颤抖的手怎么也解不开胸甲带扣，心一急，索性也一刀挑断。掩心翻起来，露出箭杆断茬和浸透了鲜血的半臂。李光弼几乎没有力气再看伤口一眼，被对方揽进怀中时终于绷不住情绪，伏在爱人肩头失声痛哭。

"真的没事。我胸脯上肉多，没扎进多深。光弼，别怕。"

李光弼心惊胆战地割开最后一层单衫，倒水冲洗伤口，皮肉内隐约可见箭镞末端的倒钩。算下来大约射进寸许深，幸而撞上肋骨，没有伤到心肺。虽然确认爱人暂无性命之虞，他还是出了一身冷汗。不敢贸然取箭，只从自己身上撕了一段干净中衣简单包扎。

"好了。没事了。"郭子仪握住爱人冰凉的手，"怎么吓成这样。你过去总和我说'别怕'，我以为你从来都不知道害怕呢。"

他分明听出爱人语气里微妙的揶揄，猜到那人是以其人之道还治其人之身的意思，不免有几分恼羞成怒。然而这种时候他没有一丝争辩的心力。

"对不起，我刚才太失态了。我……从没有想过你会死……"

郭子仪倒是头回听他这样说，颇觉不可思议："真的么？我比你大那么多，按理……是要走在你前面的。我还想过，我要是死得早，得安排一个靠得住的人接班照顾你……"

"少胡说。"他也不知该如何解释。或许爱人给了他太多的安全感，以至于他毫不怀疑只要他愿意，那人可以为他而死再为他死而复生。哪怕只剩一根手指头还活着，只消他轻唤一声"子仪"，便能立刻从阴曹地府里杀回来，只为在这个血肉横飞的末世里给他一个家。突如其来的情绪也如一枝冷箭，心口汩汩地涌出什么温热的东西，怎么也止不住。他将脸转到火把找不到的暗处，无事找事地理了理郭子仪胸前的绷带，万幸出血已经缓了许多。

"还疼么？"问的人已经预知了答案，只等对方说一句"不疼"就准备扶起来上马回营。

"疼着呢。"那人出其不意地揽过他的脖颈吻上嘴唇，"你再不亲我就要活活疼死了。"

第二十八章·塞垣春

时间地点场合一概错得离谱。他开始得心不在焉，只如哄一个胡搅蛮缠的顽童。铁胄和顿项磕碰在一起，甚至连双唇相贴都极为艰难。可是郭子仪无论如何不肯放手，也不管眉毛眼睛，但凡能碰到爱人肌肤之处都舔了又舔蹭了又蹭，好像一刻触不到对方就活不下去。

"别这样……我先带你回去找医官……"

"只差一寸。只差一寸你就见不到我了。光弼，你果真是铁打石凿的，连这都不能让你心软那么小小一刹那吗？"

他满脑子都写满荒唐二字，双手却不受控制地解下了自己的兜鍪："我不是……但也不能在战场上啊……"

"我们已经胜了，怕什么呢？光弼，你说你病危时惟一的遗憾是没有一起流过血，没有互相挡过箭。你看，现在我都满足你了……"

李光弼哪里禁得住这样的委屈和殷切，不知不觉又朝爱人靠近几寸，拥吻时甲叶撞出清脆的声响。只一刹那的失神，骤被那人一手伸进裙甲下面抓住了要害。

他惊得当场跳起来："郭子仪你干什么！有没有点轻重缓急！"

那人也不说话，左手按住胸前绷带，眼巴巴地仰望他。李光弼以为自己刚才撞到了伤口，顿时顾不得生气，忙又蹲下，拿火把照着仔细查看。

眼见猎物进入伏击圈，郭子仪这次再不客气。先夺下火把扔到一边，另一手将对方死死箍进怀里。

"菩萨，我这一辈子最要命的妄想就是在战场上和你好，你能不能也屈尊满足我一下呢？"

　　惟一的光源猝然熄灭。雨云低垂的夜空却被遍地烽烟映出异样的暖色。他们所背靠的山石依旧低语着远远近近的厮杀躁动。李光弼回来时分明见到几具燕军的尸体就横亘在三步开外，盛夏里万物躁动，青蝇已在余温未散的血污间开启飨宴。也许就在他们身旁触手可及的地方就散落着什么人的残肢，内脏，眼球。而他们却在这人间炼狱里偷欢。

　　他们平日里都是爱干净的人，床第间除了皂香和淡淡的木樨熏香，便是爱人发间那种被太阳晒过的温软体味。而这个浓稠的夏夜里他们交换尘土汗水皮革和马的味道，亦是刀光剑影生离死别的味道。平生第一次他意识到金属与血液尝起来如此相似，吻着爱人的伤口时他仿佛回到了十八岁的冬天，收到镔铁短刀的第一个夜晚，月下一遍遍拔刀出鞘，直到忍不住诱惑舔上霜刃。

　　湿。热。而且甜。

　　正如此刻耳畔的私语。

　　"就像这样……伤重的时候眼睛会瞎，耳朵会聋，但还能摸着你，亲着你，血流干了还在做你……光弼，将来我就要这样死。高潮的时候，死在你身子里……"

　　身体一旦被爱人触碰就再也藏不住羞耻的秘密。他很快开始恼恨于甲胄的笨重，在越来越放肆的拥吻间腾出一只手解甲，好让肉欲挣脱桎梏。出乎意料地，郭子仪攥着手腕拦住了他。欺身过来从颈窝吻到领口，吻上肩头兽吞，又一叶一叶沿着甲片吻到胸前，贪婪地吮舐明光铠的掩心。

　　他没来由地低喘一声，浑身的血都涌上来。明明隔着金属皮革和层层衣衫，触感近于无物，乳尖却不受控制地充血挺立，酥痒难耐。那人显然听见了他骤然急促的喘息，欣喜地吻上他的双手："知道吗？我刚刚反悔了。"

　　"什么？"

"记得我刚才说要是我死得早，要再找一个人替我爱你吗？我一亲到你就反悔了。我的人，你这么好，只能是我一个人的。谁也不许碰一下。隔着铁甲都不行。"

李光弼是要溺死在皮肉厮磨里才能满足的人，这点蜻蜓点水的触碰对他根本就是折磨。当即恼于对方在这种时候还有心思从空坛子里吃出醋来，恨得用手指堵上那人的嘴。

"要做就专心点。"

郭子仪分明察觉出怀中人的躁动，却故意装聋作哑，只管一路隔靴搔痒，撩拨到对方低吟出声，便伏低身体，掀起裙甲一口吞下硬挺的器官。

李光弼整个人都僵了片刻，直到熟悉的快感冲上头才反应过来发生了什么。可是又有什么东西与往日完全不同。充血的肉体敏感至极，很快就察觉出与织物摩擦的异样刺激，方意识到那人是隔着单裈在玩弄。

"哎你……怎么……"他手忙脚乱地将那人架起来。

"怎么？不够专心吗？"

"那也不能……"他又是惊又是羞，连裤子两个字都说不出口。

"听说用丝帛蘸水，湿着弄，格外爽。是真的吗？"蛊惑的声音渐渐凑近，手里却还在敲骨吸髓。

李光弼哪里还说得出话，挣扎闪避间两人的铠甲撞得铮铮作响。

"看来是真的。"郭子仪轻笑一声，捉住不安分的双手插进自己发间，"待会手就放在这里。往我嘴里插，揪住头发把我往你身上撞。别管我。想要多重就做多重。听见了吗？"

光是这一句话就扇起滔天的欲火。威严冷酷的将领在尸山血海的修罗场里享受罪恶淫乐，不能自已地沉迷堕落，辨不出将灵魂活活烧成灰烬的究竟是道德的鞭笞还是下流的爱抚。郭子仪向来在床上极有分寸，但凡听见一个"不"字便会收手，今天却只是变本加厉，誓将人推下悬崖，不，抱着爱人一起滚下悬崖粉身碎骨才肯罢休。粗重的喘息渐渐转为压不住的呻吟，偶尔迸出一声骤然拔高的嘶叫，尾音里分明带了哽咽。他却还嫌不够，手指伸进李光弼嘴里毫不客气地抽插亵玩，深深吞进性器的同时也猝不及防地捅进对方咽喉。两人几乎同时低吼出声。眩晕迷乱中李光弼以一种近乎怀恨的凶狠咬上他的手掌，刺痛传来的同时他也隔着丝帛尝到了腥咸的味道。

余韵里那人再次试图解开甲胄贴身相拥，郭子仪仍旧不许："乖。那样不安全。"说着便将对方的手贴在胸口，用自己的心跳安抚爱人。李光弼尚未从战栗中平复过来，摸到被新血洇透的绷带，又急又恨："原来你也知道这里不是胡闹的地方！"

郭子仪将那人的手移到脸上吻着："我知道。但是......是因为......很久之前的一个梦......"

暗夜。战场。坟墓。流不完的血。郭子仪曾下定决心不让爱人知道那个暴露了他内心最黑暗角落的噩梦，然而在这个过于相似的场景里他再也守不住秘密。

"你不在朔方的时候，我在九原西边的野地里看见一个墓穴，里面是两个人的尸骨，还有一把断刀。大概是那天打扰了先人，之后我就总梦见你死在战场上。浑身是血。就在我眼皮底下咽了气。我就......就把你拖到一个地洞里，拿石板把洞口盖上。里面一片黑，就像现在。然后我就抱着你......我不知道......我知道自己在做最下流最恶心的事......可是我想亲你......就算为此要堕进畜生道里也管不得那么多......你一走就是七年......对不起。我太想你，太想你了......"

艰涩的忏悔中止于爱人温柔的吻。"我记得这件事......你说，那个墓里，一个人是抱着他的伙伴死去的。"

"是我猜的。他们的遗骸贴得很近。肋骨都互相勾在一起。当时我莫名其妙地还挺羡慕......"他勉强笑了一下，"对不起。今天是高兴的日子，不该提这个......"

李光弼在他讲到肋骨的时候身躯微微一颤，不自觉地摸上胸腔，却只触到微凉的明光铠。在那一刻他似乎理解了爱人亲吻甲胄时的心绪。方才目睹郭子仪中箭时一刹那灭顶的恐慌绝望再次淹没了他。此刻隔开恋人的冰冷金属，曾是凉州到九原的漫漫长路，又终将是死亡本身。而又只有死亡，才能赐予他们所渴求的骨骼相缠，一千年，一万年。

不知几时两人再次吻在一起。他吮住爱人的双唇，将舌头吸过去，妄图以此堵住喉咙深处涌上来的声响。郭子仪便顺势在对方口腔里攻城略地，刻意做出抽插的动作，一记一记凿进湿软的呻吟中。不安分的手不约而同伸到对方腿间，聊胜于无地纾解满溢到胀痛的爱欲。掌心的细茧硌着贲张的血脉；勾弦的扳指刻意搔刮脆弱的铃口。李光弼经不住富于技巧性的逗弄，很快就意乱情迷地缠住他的舌，一路尾随到他口中，忘情地索取梦寐以求的温热气息。郭子仪得了甜头，手里的动作越发狠辣，换来对方报复性的啃咬，夹着被拼命压抑的尖锐嘶叫，因着这份兽物般的凶狠平添刺激。没过多久他的气息里也染上了湿热，难耐的声响混着无法辨认的低语，在爱人唇舌之下起伏缠绵。李光弼亦被他的情动所感染，应着揉弄的节奏吮吸舔舐，循着筋肉细微的痉挛寻找每一个让他欲罢不能的敏感点。到了最后关头复又抛弃了一切章法，只死死吸住他的喉结压制不堪入耳的叫声。他哪里受得住这种刺激。直被吻到眼前一片黑，耳边全是血液逆流的杂音，顾不得心跳呼吸，整个意识里只剩下对全盘占有爱人身心的极度渴求。销魂蚀骨的缠绵中他们跌入同一个梦境。数千年前他们用石斧，用拳头，数千年后他们用刀剑，用弩机，用叫不出名字的武器战斗。其间他们千百次在战场上相拥，亲吻，死去，痛哭，在坟墓里抵死缠绵，定格一生的遗憾。

于是他也吻起郭子仪的甲胄。冰凉的触感唤起关于尸骨的隔世记忆；微咸的味道不知来自血水汗水还是自己的泪水。他吻爱人的鬓发，眼睫，喉结，浸透鲜血的伤口，跪在那人腿间给他最极致的欢愉。轻薄的丝帛被舔舐到湿透。柔滑的口腔悦纳爱人炙热的肉体。他学着对方的样子用唇舌爱抚，侍弄，一次次吞到最深处。密布战创的双手羽毛般轻抚颤抖的腿根。他用濒死者最后的眷恋唤来无法承受的满足和不舍。高潮到来时他听见郭子仪不停地叫着自己的名字，极乐的呻吟里杂着至悲至痛的呜咽。光弼，我的光弼……别走……别走！

事后他在郭子仪怀中哭了很久，久到他暗自诧异那人竟没有出言安慰，只是默默让他靠在离心脏和伤口最近的地方。长久的沉寂之后那人似乎自言自语般低声道："别怕。只要你在，我无论如何都不会死。可是你，我的光弼，我能拿你怎么好呢……"

他也良久无语，最终只是轻轻握住爱人的手。广袤的华北平原上空滚过低沉的轰鸣，却不是战鼓，而是由远及近的雷声。

"我刚才是不是咬伤你了？"

郭子仪笑着把手上渗血的牙印送到对方唇边："这是今天最好的战利品。"

第一滴雨落下时判官终于带着医官找到他们。李光弼刚刚戴上兜鍪，起身整理好衣甲。裤子前面一片湿黏。明知隔着甲胄无人能见，还是让他浑身不自在。郭子仪倒是镇定自若，一边看着医官剜出箭镞，清创缝合，一边借口吃痛，抱着爱人的胳膊不撒手。

"光弼，等你打到幽州，勒石纪功，别忘了在这里立块碑，把我的名字也刻上去。"

第二十九章·離亭宴

　　嘉山大捷之后，李光弼进军博陵围困史思明。郭子仪则在恒阳整军以待北上。是时官军军声大振，与颜真卿的平原团练军连成一片。河北十余郡皆杀叛军守将而归唐。洛阳与范阳老巢之间交通再次断绝，叛军将士无不摇心。

　　然而世事难料。就在他们以为终结战乱指日可待的时候，关中忽然传来潼关失守的消息。原来哥舒翰一向与杨国忠争权，据守潼关期间两人仍在明争暗斗。是时天下皆以杨国忠骄纵致乱，无不切齿。杨国忠到了穷途末路的地步，开始疑心哥舒翰久据关中是对自己有所图谋。又遇上燕军放出"崔乾佑守陕州，只有四千老弱"的消息，杨国忠便一力撺掇天子催促哥舒翰出关进军陕洛。哥舒翰虽明知那是崔乾佑的诡计，坚守不出以待郭李扫平河北是当下最有希望的战略。奈何圣意已决，"抗旨挠逗"四个字能将铁打的汉子压成肉泥。催促进军的中使旁午于道。哥舒翰不得已，抚膺痛哭，引兵出关。

　　官军与燕军战于灵宝西原，官军大败，二十万大军仅得八千人逃回关内。六月九日潼关失守，哥舒翰被迫降敌；天子随即弃守长安出奔蜀中。算起来，是在嘉山大捷后的第十天。

　　接到军书的当晚，郭子仪驰赴博陵到李光弼营中商量对策。当时李光弼已经从最初的震惊中冷静下来，认为博陵粮尽，史思明数日内即将束手待毙，无论如何不能放弃这个绝佳的机会。他们现在距离长安数千里，远水解不了近渴，还是应该按原定计划先定河北，再与关中诸军共复两京。

郭子仪闻言沉默良久，心虚地避开对方的视线："我来这里，就是想劝你弃守河北，全军西撤。我知道这听上去不可理喻，但是你读的左传里也说过，天子蒙尘于外，敢不奔问官守……"

李光弼当即截断："我是范阳节度使。我的职责就是在此戡乱安民。天子身边尚有禁军数万足可自保，而我们一旦撤军，史思明反扑，现在这些反正的郡县必遭屠城，谁又能保护这些义士呢？"

郭子仪深深叹口气："我知道这对你很难。但是你听我说，我今天听到一些风传说，太子中途与天子分道扬镳，自留关中以图兴复。光弼，我们现在讨论的不只是用兵谋战，更是改朝换代生杀予夺的事。太子若有所图，必召四方诸侯勤王。早去的便是定难元臣，晚去的或许性命不保。我说得够明白么？"

"我不关心这些。子仪，很多年前是你让我思考'为皇帝打仗，还是为百姓打仗'。这句话我一直记在心里。可惜你大约已经忘了。"

"我没有。我还记得那天你问我'会为了保全性命做违心的事吗？'我说，那要看是谁的性命了。——光弼，今天我就不得不违心一次。你有选择，而我没有。我必须让你活下去！"

说到最后，他的语气已经近乎严厉。然而李光弼丝毫不为所动，霍地站起身："新收的景城、河间团练卒，他们的家园亲人都在这里。你让我怎么去和他们说，他们为国卖命，去向太子表忠心，而他们身后全家老小就只能坐待逆胡屠戮！"

郭子仪也站起来，按着爱人的肩膀试图安抚："别急。我们还有几天时间可以慢慢想办法。我去向将士们宣布撤军的消息，我会让他们知道这一切不是你的错。那些团练卒可以带上家小，跟着我们先撤到常山，再慢慢搬到太原，就安全了……"

"你不要避重就轻！我们可以带上五千团练的家小，河北二十四郡的百姓又该怎么办？天子可以躲到蜀中，他们能躲去哪里？"

"光弼，现在不是议论民贵君轻的时候……"

李光弼不等他说完，用力挣开他的手，一阵风冲出中军帐。

　　华北平原上的三伏天是沉滞浑浊的热。军营里人马杂处，令人反胃的气味在无风的夜晚里发酵，李光弼刚一出门就将晚饭吐了个干净。郭子仪很快赶过来递上茶水，也被他烦躁地推开，只管无头无绪地朝外跑。他也不知自己要去哪里，能去哪里。只知道跑起来时才能感到一丝风，而停下来，就只能溺毙在这个污浊的泥潭里。

　　在马厩里解缰绳时，身后出其不意地传来一声："什么人？"

　　李光弼惊讶地回头，只见郝庭玉带着一队虞候兵，想是巡营经过这里。见是长官，郝庭玉忙改容见礼："大夫要出营么？敢问口令。"

　　军中为防奸细，出入皆查验口令，将帅亦不能免。李光弼见部将如此一丝不苟，先是欣慰，随即又涌上无以名状的酸楚。一路跑过来，至此浑身暴热，汗出如浆，却说不出一个字。

　　郝庭玉见长官神色狼狈，已经猜到了七八分。遂命巡卒退到马厩外面，自己压低声音道："潼关的事，我也听说了。"

　　"听谁说的？"

　　汉子踌躇了一下，又很快判断出孰轻孰重："郭大夫说的。他说几日内就要撤军。"

　　李光弼无意识地抓着马项上的鬃毛。青娘被揪得不耐烦，扭过头来拱了拱主人。

　　"他还说，不是你的错。让我们不要埋怨。"

　　"你呢？"李光弼深埋着头，"你是不是觉得……我们是可鄙的懦夫。"

　　话一出口他便微觉失言。然而郝庭玉面无表情，只如常日里回答长官询问军务。

　　"我只知道兵兴以来，处处官军一触即溃，只有你们能打胜仗。关内两京，自然也只有靠你们来收复。"

　　李光弼苦涩地摇摇头。

　　"你还会跟着朔方军吗？——如果不愿意，我们绝不……"

　　"你让我去哪里，我就去哪里。"郝庭玉的回答简短，平静，却又是不容置疑的斩截。

而他只报以长久的沉默。

"你家在平原？这两天抽空回去，把家眷带过来吧。"

"我没有家小。"汉子停顿了一下，"都被杀了。"

他愕然抬头看着帐中爱将，愧疚地意识到自己竟从未真正关心过对方。

"对不起……"

"不是你的错。"沉稳的声调里微微泛起一丝波澜，"李大夫……人人都有无能为力的事。你……不要总怪罪自己。"

又一阵沉默中，郭子仪气喘吁吁地追到这里，先向郝庭玉投去感激的目光，再轻轻靠近李光弼，碰了碰那人的衣袖："回去吧。还没吃药呢。"

数日后太子教令至。朔方、河东两军奉命撤离河北战场，取道太原返回灵武。

整个过程中李光弼保持着一如既往的冷静和周密，撤军途中几次被史思明袭扰，都有条不紊地成功阻击。在传信的中使面前更无一句不该说的话。然而郭子仪分明察觉那人心中横亘着一道狰狞的创口，而对此，曾以为爱能治愈一切的他也平生第一次感到无力。

行军途中，帅帐内陈设极简。李光弼却还是用两个马鞍支起一块木板，坐在灯下写着什么。郭子仪凭本能感到对方此刻并不希望被打扰，便只默然坐在那人背后长长的影子里。李光弼喜读兵书，一直想博采众家之长，把自己治军取胜的心得也记录下来。他勉强安慰自己说，那人一定是忙里偷闲在总结过去几个月河北战事中的得失。

不知等了多久，渐闻刁斗声由远及近，方知已过三更。他正犹豫要不要催促李光弼早些休息，那人已经自觉地收拾起笔墨，熄了蜡烛，过来躺在他身边。十几年如一日地，在入睡时紧紧握住他的手。

行军途中他们不止一次遇到乡民遮道，叩问哪里能躲避战乱。郭

子仪心如刀割，却也只能以残忍的语气说，官军很快就回来。不会有
事的。

　　而在他们身后史思明、蔡希德卷土重来。八月攻陷九门，所杀数
千人。九月壬子，史思明围赵郡，丙辰拔之；又围常山，旬日城陷，
杀数千人。十月，史思明陷河间、景城，又使其将康殁野波将先锋攻
平原。太守颜真卿知力不敌，弃郡渡河南走。思明即以平原兵攻清
河、博平，皆陷之。复引兵围乌承恩于信都，承恩以城降。

　　贼攻饶阳，弥年不能下。及诸郡皆陷，思明并力围之，外救俱
绝，太守李系窘迫，赴火死，城遂陷。

　　安禄山初以卒三千人授思明，使定河北，至是，河北皆下之。贼
每破一城，城中人衣服、财贿、妇人皆为所掠。男子壮者使之负担，
嬴病老幼皆以刀槊戏杀之。

　　曾经触手可及的胜利与和平，就此化为泡影。

　　至德元载八月，朔方、河东两军全师至灵武。时新君初立，势单
力薄，及郭子仪、李光弼前来，灵武军威始盛。远在成都的太上皇也
当即宣布逊位。天子为表朔方军拥立之功，上下将领皆进官爵，郭子
仪拜兵部尚书、朔方节度使；李光弼拜户部尚书、河东节度使，并加
同平章事。少年时"出将入相"的戏语一朝成为现实，两人却只有相对
苦笑的份。

　　是时潼关溃散的官军也在大多聚齐在灵武。郭李二人见了王思
礼，说起哥舒翰痛哭出关，败军之际因风疾半身不遂，只能任凭部将
火拔归仁缚上马背送进叛军营中。那之后的事李光弼却比王思礼更清
楚：哥舒翰被执送洛阳，伪授司空同平章事，作书招降故旧，其中一
封信就送到了李光弼手中。

　　"我回他说，假如王大夫还在世，你也敢写信招降他么？——后来
听说他被囚禁在洛阳，想来他也是不由自主。又失悔过于刻薄了。"

　　王思礼闻言唏嘘不已。郭子仪只得强笑着劝解："你的信想也到不
了他手里。何必为这个难过。——思礼，和你一起在潼关的李承光，

怎么前日忽然被圣人杀了？”

王思礼将脸扭过一旁。李承光斩于纛下，公开的罪名是“丧军辱国”。然而和他一同从溃军中逃出来的王思礼却毫发未伤，甚至新提了关内节度使的帅印。这个问题在他听来难免刺心。

郭子仪见气氛不对，忙压低声音解释：“没有挤兑你的意思。我是微微听到点风声，说败军事小。他真正的问题是回来之后，暗中联络成都？”

说话间，郭子仪伸出食指微微向上一指。王思礼立刻意会：所谓联络成都，就是交通太上皇的意思。

“他是上皇从禁军中提拔出来的。”王思礼也只点到为止。两人都不再说话，心照不宣地点了点头。郭子仪在暗处心有余悸地攥紧了李光弼的衣袖。在来之前他们对太子的为人行事知之甚少。如今方验他果然继承乃父的猜嫌忌刻。幸而他们当时忍痛撤军，那句“晚去的或许性命不保”绝非危言耸听。

一旁沉默的李光弼此时只觉窒息，强迫自己走神，漫无目的打量他们相聚的这间酒楼。郭子仪见状笑道：“你也认出来了么？那年你们还在王大夫手下，大年下，我从回纥回来，就遇上你们在这里聚餐。

话音未落，李光弼的脸已经漾起红潮。王思礼也恍然大悟：“可不是！那时候你们小两口闹别扭，一盘子羊肉你推我我推你。我看得发急，要替你们吃了了事，你还偷偷骂我！”

李光弼双手掩面：“我不记得了。你们说点别的。”

王思礼一耸肩：“那时候几十个钱，满满一大盘羊肉堆得直往下掉。你看现在，只吃得起羊肉抓饭，一海碗米里扒坟一样刨上半晌才能扒出一小块肉。哎。”

“你还能吃上饭，知足吧。”郭子仪将自己碗里好容易刨出来的肉夹给李光弼。而后者只是盯着楼下街道发愣。

这是灵武城西门内的十字街，算得上城内最繁华的路口。当年沿街店铺张灯结彩庆祝新春，喜庆繁华目不暇接。而现在整条街上最醒目的，却是三三五五瑟缩在道旁的流民。他们有的从长安来，有的从华州来，有的从洛阳逃难到长安，又在长安失陷时再次出逃，即将在颠沛流离中度过第二个新春。

郭子仪家里的长幼亲属早在去年就被幼贤接来灵武；李光进领禁军追随新君，也得以将家眷搬到凤翔安顿下来。他们暂时庇护了自己的家人。然而还有那么多人的家人，他又能为他们做什么呢？

另两人显然也察觉出他的情绪，想劝点什么却都词穷。他们已见过太多苦难，多到必须学会漠然处之，将内心最后一点柔软的悲悯弃置道旁，才有力气去走眼前的荆棘路。最后王思礼在他肩上锤了一拳："好了。你不多吃点，谁替他们打仗送命。这狗日的世道，心疼不过来。不如只盯着自己的刀，砍一个算一个。"

匆匆一会之后，李光弼即将转战太原防御叛军。大厦既倾之际奔赴渺然不可见的前程，离别的气氛自不比往日。然而启程前的这段日子，两人几乎所有独处的时间都在谋划战略，分享自己所知关于战争的一切，考量前路上每一座城池每一个对手。直到临别前最后一晚，一切可交代的都已交代，可叮嘱的都已叮嘱，简单的行装也收拾齐备再三检查无虞，相对默坐，李光弼看着墙上地图似乎还想再说点什么，却被郭子仪轻轻遮住眼睛。

"别想这些了。想我好不好。就今天最后一晚上，只做'想我'这一件事，好不好……"

李光弼心头一酸，双眼涩得不敢睁开，只得阖目将脸埋进那人颈窝里。

爱人洞悉了他的心思，捧起他的脸细细地吻着眼睑，将每一滴泪水都饮进心底。

最后的几个时辰里甚至谁都没有求欢的心思，只是贴身相拥尽情感知对方的一切。他们的脑海里刻满了唐帝国的疆域道路，里坊阡陌，寸寸山河。而离别前的最后一晚，一切言语都苍白，一切行动都无谓的时候，他们只能在记忆的最后一片秘密领土内拓下爱人的模样。

次日清晨起身后，李光弼趁对方洗漱时从行李中取出一封信，悄然塞进爱人枕头底下。本以为行事隐秘天衣无缝，谁料只低头洗把脸的功夫，抬头便见郭子仪攥着赃物前来对质。

"你，一路上半夜里点灯熬油，就在写这个？"

信封看上去完好无损。以郭子仪的为人，也绝无偷看草稿的可能。然而那人惨白的脸色和颤抖不止的双手已经透露了一切。郭子仪两眼盯着自己执信的右手，好似眼睁睁看着肌肤血肉熔化在红热的铁水里。僵持片刻，那人终于鼓起全身最后一丝力气，将信封塞回李光弼手里。

"你读给我听。"

"子仪，别多心……"

"你读！现在就读！是男人你就当面一字一句读出来！"

他试图以拥抱支撑爱人摇摇欲坠的身体，却被强横地推开。两人间隔着书案的一角，书案上的信封没有抬头和落款，只有一行端严的八分书：假如这是最后一封信。

他从未见过郭子仪这样崩溃狼狈的样子，甚至从未想过那样一个游刃有余滴水不漏的人也会有这样一天。那种震惊甚至比他们将要讨论的话题还要令人生畏。他以近乎畏缩的小心翼翼向那人靠近一寸，又一寸，再一寸，直到微微触碰到爱人的手。

——他也平生第一次发现，郭子仪的手也有冰凉的时候。

"对不起。这其实……也只是一封普通的信。我一向不擅长表达情感。有很多对你的……感激，愧疚，还有……爱，一直没能说出口。也许我更适合写而不是说……所以……没有别的意思，只是希望把所有想对你说的话都记下来，让你有机会看到……子仪，别怕……"

说到最后两人都已满眼是泪。昨夜千百次的约定"不哭了。明天谁都不许哭"，甚至在太阳升起之前就已撕毁。郭子仪至此说不出一个字，只是像无助的孩童一般茫然摇头，仿佛这样就能拒绝眼前正在崩塌的世界。

"其实……我也想要你的——如果你认为这是遗书，那就叫它遗书好了——如果可能，我也一直希望得到你的这一份。这次分别谁也不知会有多久，谁也不知还有没有下一次。假如这就是我们的最后一面，至少……也算一份念想吧。"

说话间天色已明，远远听见中使在院外传话："圣人卯正在东门外郊饯，告诉李尚书别误了。"

眼看时限已近，李光弼不知该怎么安慰对方，只得强颜笑道："好了。你这么介意，信还给我就是了。别这么低眉顺眼的，待会教人看见，满朝文武都以为我欺负你了。"

最后一刹那郭子仪还是以迅雷不及掩耳之势抽走了信封，死死藏进袖子里。他抬眼看着爱人，深深叹口气，也不知是感叹离别之痛还是这拙劣到极点的玩笑话。最后在门外中使的催促声中他轻轻抱了抱李光弼："信我留着。但我要等你回来，一字一句念给我听。军可以败，国可以亡，但你得活着回来。我不会给你留遗书。一个字也不。我一肚子的肉麻话，要等你回来了抱在怀里讲给你听。"

是在李光弼走后，郭子仪渐渐平静下来，也开始奇怪自己那天缘何突然失态，才恍然醒悟那是一种对自己无能的怨愤。这些年他亲眼见证爱人从青葱少年长成果敢坚毅的统帅，如一段过刚易折的生铁百炼成钢，锻打成锋锐无匹的利器。他以为他们已经足够强大坚韧，可以安然渡过一切艰险苦厄。而当真正的战争开始，他们才发现利剑所向处除却敌人，还要承受来自背后的恶意和内心深处的良知撕扯。利剑终要离开温暖坚固的鞘。他注定只能眼睁睁看着雪亮的锋刃在漫长的末世里被搓磨摧折，在顽石上磕出道道缺口，在泥淖中缠上斑斑锈迹，直到毫无征兆地断裂崩解，走完宿命的一生。

我的光弼，我该拿你怎么好啊。

然而战乱中容不下这许多痛苦纠结。朔方军很快就被调往河曲一带征服趁火打劫的同罗叛军。遥远的北方边境与中原通信艰难，直到数月后郭子仪返回关中，才了解到这段时间里李光弼在太原，一直在以不满万人的老弱团练兵力与史思明十万大军抗衡，竟将敌军杀得伤亡惨重心有余悸。露布向来报喜不报忧。漂亮的斩获数字背后，那人又受了几次伤？熬了几场夜？记不记得多穿几件？能不能按时吃药？一切牵挂都只如断线的风筝，有去无回。

　　而关中战场上，朔方军并未因其临危受命而获得新君的全面信赖。李亨即位之初更倾向于给自己送来传国玉玺的宰相房琯。然而书生不知兵。陈涛斜一役，四万义军一日死，禁军兵力几近覆灭。天子别无选择，只得任郭子仪为天下兵马副元帅，统领朔方、关内诸道军与叛军决战。

　　那是郭子仪生涯里最艰难又是最辉煌的一段经历。他们最初的战略是以河东为突破口，一举拿下蒲州之后再攻取潼关。然而燕军内部并未上演君臣相猜临阵换帅的戏码，潼关易守难攻，让官军吃了不小的苦头。郭子仪随即回到关中打算强攻长安，却又在西郊清渠遭遇惨败。几次交锋中他终于不得不承认唐燕双方骑兵力量的悬殊，最初无法接受的方案——借兵回纥——也终于被摆上台面。至德二载，唐军与回纥援军与向叛军发起总攻，经过香积寺血战之后收复长安。官军随即一鼓作气进收陕州；十月，收复洛阳；十一月，收复河南、河东；短短两个月内完成了看似不可能的任务。郭子仪凯旋之日，天子劳之曰："虽吾之家国，实由卿再造。"

　　一整年的鏖战之后，官军虽然收复失地，却也元气大伤，不得不暂驻洛阳休整士马，扩充兵力。年近新春，郭子仪奉命入洛经营北讨，也终于偷得半日闲工夫坐下来，从从容容地写上一封家书。

第三十章·九張機

光弼卿卿见字如晤：

现在是除夕，洛阳下着雪。我无法知道太原的天气，但至少，你那里也是除夕。交子时的时候，白马寺会敲响祈福的钟声，正和你听到的晋祠的钟声一样。但愿这点微不足道的巧合也能让你心里暖和一点点。

上次像这样给你写信……还是在清渠之战后。那时候夏天长得好像永远都不会结束，就好像收复两京的任务一样渺茫。谁知转眼间已到年底，我竟然坐在被逆胡占据两年之久的洛阳城里想念你。照此看来，我们见面的日子大约也不会太远了。

这次给你送信的康殁野波、康英俊兄弟，是上个月跟着其父投诚过来的。从长安一路过来，收降文武官员几十人，只有他俩是真正的斗将。二人的武艺胆略你一见便知，自不劳我多嘴。遣他们去送信，正是为了让他们留在太原效力。——我知道你会下意识地推辞说，你那里守城绰绰有余，不需要增兵。但是这次请你务必收下这份"礼物"。一年前你奔赴太原前线时曾将朔方军精锐全部留给我，那时候君命在上，我实在无法推辞。这件事始终是我一块巨大的心病。这一年里太原有一丁点风吹草动的消息，我的心就揪得生疼生疼。光弼那里士卒够用吗？部将得力吗？僚佐贴心吗？就算知道以你的帅才守太原游刃有余，也要一天自责五百次"我为什么这么无能，没能多分几万兵力给光弼"。——当然了，一年后的今日我也还是没有办法分出足够的兵马给你，只能说聊胜于无吧。

退一万步，也正是因为有这样的猛将护送，这封信万无一失，我才好多说两句体己话。

光弼，这封信到你手里的时候你会在做什么呢？算下来大约会是在正月初七人胜日，早上要吃七宝羹，晚上要饮酴醿酒，要会亲友，剪彩胜，拿红纸剪成小人的形状贴在屏风上。如今战时，你想来是同士兵们吃一样的粗茶淡饭，过年也不肯为自己开禁。但是假如那天你能偷得片刻空闲，请用随信寄去的红纸剪一个我的影子吧。我在这里也会剪一个小小的光弼贴在床头，这样，两个小纸人就能把我们的梦牵到一起了。

你一个人会记得过年么？我是会的。过年的时候我会猜想，你会在初一做什么，初二做什么，我也去做同样的事，就好像一起过了年了。

说到过年，你还记得你回朔方的第二年，我们一起在灵武过的那个正月么？那年冬天真冷啊。出门不到半个时辰，眉毛上就全是霜。可那时候我们有多开心。四更里起来，摸黑爬上贺兰山看日出，到黄河滩上凿冰钓鱼，坐老乡的冰爬犁，他们的大狗足有二百斤重！一天下来，热得皮帽子都戴不住，晚上回家时头发一绺绺都冻硬了。

还记得那天经过黄河浮桥时，看见年轻小夫妻在桥栏杆上挂同心锁，我哄着你也去挂了一个么？去年我在灵武时还特意去找过。可惜，同罗叛乱之后为防河外诸胡趁火打劫，浮桥已经被拆，黄河那边的定远城也荒废了。

我想你一定急于知道长安和洛阳，还有陕州和潼关的情况。可是原谅我，东拉西扯了这么多废话，总也不肯写点你想看的东西。这对我来说太难了。对任何一个大唐子民来说，都太难了。

战前我们曾在一起假想过战争的一千种发展，唯独一次也不曾考虑过，覆巢之下的长安会是什么样子。或许那时我们已经在本能地抗拒这样的情形。我们见识过这座城最繁华美好的样子，仅仅是想一下她会毁于战乱，这个干巴巴的念头都让人难以承受。

然而又有哪座城不是如此呢？在我们甚至不曾路过的地方，一样有千万百姓眼睁睁看着自己的家园毁于一旦。在我们不过是舆图上微不足道的点和圈，而他们的整个世界都塌了。

至于长安，宫阙里坊都还在。万幸逆胡逃得匆忙，也没来得及放火。单看房子好像还是老样子，只是人再也回不去了。

我们只在长安停了短短几日。那几天西市没有开市。听说商铺十去八九，惟一兴旺的生意只剩下纸扎铺。街巷脏得不成样子，零星几个行人也都顾不得在意。野狗是比过去多了。很多还能看出是上好品种的细犬，天宝年间怕不是身价万计。主人逃难时带不走，现在便落得一身癞疮在街上啃死尸。

记得小时候读诗文，常看见那种感慨动物无知、不能同情乱离的句子。可我想它们是知道的。那些野狗的眼神，看上一眼就知道，他们什么都了解。他们有时甚至比人更敏锐。我随着广平王入城时许多百姓夹道欢迎我们，见到王师便感激涕零。而野狗见到带兵器的甲士，不问来路，照旧躲得远远的。

我派人去查看了你家在晋昌坊的老屋，还有我们在敦义坊的家。听人说都不曾被毁，只是家私财物都被洗劫一空，院里多了些杂草而已。还在就好。等战争结束我们回去，只消一天下午就能把杂草都除干净，没有什么是不能恢复原样的。我还特意问了那判官，后院里桂花树是不是死了。我以为种在盆里的树，几天没下雨就会死。不想他回说，树被移栽到了池塘边，已经枝繁叶茂。恰逢九月初，判官还给我带了一小包新摘的桂花。

唉光弼，我不知道该怎么形容我看见我们的桂花时的心情。不知这样说是否适宜，离开你的一年多里，那一刻我比其他任何时候都更想你。

我想是因为那种急于分享的心情吧。当时我真的回头张望了一下，以为你就在身后什么地方，只消唤一声"光弼"便会过来和我一起闻一闻那熟悉的香味，和我一起额手相庆：我们的树还在，还好好的。我的家也会好好的。

是啊，现在我们仍旧有机会在信里交流这一切，我甚至可以把那一小撮桂花晒干了捎给你，就算是分享了花香。可是那时那地眼里的泪水，心头的暖流，那一种狂喜与深悲交织的情绪，又该怎么凭借这干巴巴的信纸分享给你呢。

而像这样的时刻还有千千万万个。行军途中偶然看见道旁被践碎的花，或是一朵格外漂亮的云，或是吃到一口可心的饭，听见一个绝妙的笑话，当下那样一种"可惜不能分享给光弼"的遗憾，甚至比漫漫长夜里所有的思念都更难熬。

而这些过于琐细的事物之于乱世，好比污泥的海洋里扔进一颗小小的珍珠，眨眼就不见踪影。等到我坐下来提笔给你写信的时候，甚至只能模糊记起有过什么喜悦或是伤感的事想告诉你，最初的缘由早已忘记了。

光弼，读到这里的时候，请你闻一闻那小小的几朵桂花吧。

而我深知我们还不得不面临另一重煎熬。见到故宅劫后余生，在普通百姓自然是最欣慰不过的喜事。而我们身为战争的主角，还要因此再多背负一笔良心债。那么多人失去家园和亲人，那么多人甚至没能活到回家的那一天。在他们面前我们的幸运是有罪的。我清楚地知道这几年里我们每一点欢欣和幸福都是罪恶的，甚至连"想你"这念头本身都是有罪的。我身为统帅，没能在最短时间里平息叛乱，以致战火蔓延大唐半壁江山，以致国家不得不出卖金帛子女来借兵。世事流离若此，我早已无权思念憧憬或是回忆，无权想任何让自己内心柔软的事了。

可是光弼，我做不到啊。当我明知"现在不是开心的时候"我便能强迫自己冷静下来；明知"战场上不该多愁善感"我便能强迫自己摒除杂念；可当我想你的时候，哪怕是在最不合时宜的场合我也拿自己没有办法。正如一个人无论有多么坚决的死志，也无法靠屏住呼吸来憋死自己。"想你"就是这样霸道的东西。我会在计算粮草时想你，上阵厮杀时想你，一败涂地时想你，甚至，在给同袍收尸时想你。

真的没有办法。事到如今我也只得接纳和容许自己的软弱。我们有太多事需要自责、悔恨、愤怒、悲悼，苦海里最后的一点点甜，就留给思念吧。

光弼，我们收复洛阳的时候，田里的新麦又发芽了。是和天宝年间一般无二的绿。等它们长大的时候，但愿，我们已能将这一切结束了。

写到这里的时候新年的钟声响了。外面的雪已有寸许深。战后的洛阳城里没有烟火爆竹，只剩下远寺里的钟声。

在外面看雪的时候我在想光弼此时会在做什么？有没有在想我？回到桌前拿起笔，又想起你这些日子一定没睡上几个好觉，于是宁愿你是在梦里，梦见我把信一字一句读给你听。

那么来说说朋友们的事吧。

和我们一起打河东的人里，高浚在清渠之战里不幸阵亡了；公孙琼岩在香积寺受了重伤，被送回灵武休养，仆固家这一路也是伤亡惨重。怀恩的一个儿子，在河曲被同罗围困时一度降敌，后来好容易跑回来，被他爷在全军面前正法了。怀恩是怎样的硬汉啊，那次硬是抖到砍不下去，叫了刀斧手来才了事。后来闷在帐里哭了一夜，被孩子他娘提刀追着砍。太惨了。一年过去，写下这些的时候我都还要落泪。

其他人幸而都无恙。王思礼大约要被派去镇守泽潞，日后便是你的好邻居。光进一路跟着我们收复两京，在好畤打了场漂亮的反击战。就是他军中监军的中使，名叫鱼朝恩的，十分难缠，幸好收复长安后就调进宫中了。光进和你们说了吗？他家刚添了个小子！这家伙还真是忙里偷闲。要是太夫人之前还没听说，这恐怕是今年她最好的新春礼物了。他们家小暂时安顿在凤翔，母子平安，等年后就考虑搬回长安。我还没见过令侄，听说眼睛圆圆的，头发稠稠的，都随光进。哈哈，我听他讲的时候就心想，那一定也像光弼小的时候。这么一想，我倒比谁都更急着想见见这小婴儿了。

至于阿进，不要着急，我特意留到最后慢慢地讲。这孩子长大得太快了。快到让人心疼。不只是个子蹿了小半尺，更是说那方面，你明白么，就是说假如现在还是天宝年间，他本应是斗鸡走狗不问世事的懵懂少年啊。

怎么解释呢？比如说吧，怀恩杀子的时候大半个军营都在哭。释之也哭了。阿进却没有。他只是背对着刑场，刀落的时候微微颤抖了一下。我问他是不是太难过哭不出来；他说不是。他说，仆固玢临阵变节，丧军辱国，依律当斩。现在明正典刑以儆效尤，看的人应当反思，哭也应该私下里偷偷哭。

我不知道你听到这样的回答是怎样的心情，反正我是心疼坏了。他太早地长成了一位坚毅严明的将领，有骨气有担当的男子汉。这当然是好事。可我更宁愿他长成骄纵任性、不知责任为何物的轻薄纨绔，因为这世界本不需十七岁的孩子来承担重任啊。

还有一件事：十月里攻陕州的时候，阿进跟着回纥军冲锋，他的马在白刃战里被砍伤了一条腿。就是他从小一把麦一把草亲自喂大的"阿波达干"，六岁的时候雪夜里偷偷跑出去给马驹盖被子，差点被狼叼去。当时阿波达干倒在地上，他就找骑卒换了匹马继续冲锋，看也没往回看一眼。还是他的伴当把马从前线牵回来，找医生接骨敷药。你也知道，军马腿伤及骨便是废了，只有杀了吃肉的份。阿进后来抱着阿波达干哭成个泪人。可是第二天便来找我说，这马没用了。按规矩该怎样处理便怎样，不必因为是他的马就法外开恩。

唉，光弼，记得你说过他在常山的时候，因为不舍得受伤的豹子，被他爷好一顿教训。这才不到两年啊，两年的时光要将孩子磨砺成这个样子，实在是太残忍，太残忍了。

当然，他跟我一边说着一边就哭了。我庆幸自己终于有机会抱着孩子让他好好哭一场。后来我说，阿波达干的战功能值一个上柱国，怎么能和普通军马一样看待。当时恰好有槽船要入京，就让他们把马运回长安托人先养着，往后就算不能再厮杀，好歹也给孩子做个伴吧。

对不起光弼，本以为谈起朋友是会高兴的，没想到写着写着，颠来倒去总是伤感。最后说件有趣的事吧。你知道我家不少亲戚都搬去灵武，一直是幼贤在后方照料。上半年有次他扭扭捏捏问我，薛兼训多大了，急不急着娶亲？再一问，原来是一个婶子在灵武见了兼训一眼，喜欢得紧，要给我堂侄女求亲。幼贤自己也有个女儿，今年才十岁；他在振武军和兼训共事几个月，自己先打起小算盘来，偷偷跟我说，要是兼训不着急，不妨等几年，做他的东床快婿。

你说说，还有比他更鸡贼的上司么。我当时就凿了他一个爆栗，说你想的得倒美。也不照照镜子看自己哪点配得上这"女婿"。后来我们打到河内时见到了兼训的援军，我一问，才知道人家早就成家了。哈哈，也怪你我之间平时从不聊这些家长里短的，音讯不通，害得幼贤白白单相思一场。这回也想托你打听打听，薛家有没有兄弟子侄年纪合适的，哪怕小两岁也无妨，先订上，以免被人捷足先登。——幼贤原话便是这样。你们相不中他，回头揍他便是，不要殃及媒婆。

我已不记得打了几更了。外面的雪至少已有三四寸。这样大的雪，必定不只下了洛阳一处。但愿也下在了太原。明早起来一推窗，一片白茫茫大地，就好像回到了朔方一样。假如你那里真的也下了雪，就和我一起在雪里踩一串长长的脚印吧。

那么这封信先写到这里好了。雪后易冷，记得多添衣裤。给我回信不必写这么长，说说你最近一天吃几斤饭，有没有再发烧再咳血，缺不缺药，写这些就足够了。我听说上皇已经回京，圣上年后就要召见功臣。想来我们很快就能在长安重逢了。

在那之前，千万照料好自己。

不一。

子仪白。

又及：忽然记起上次问你见没见过神机法师，你回信里好像很警惕的样子。这里解释一下。没什么好紧张的。我不过是替回纥可汗打听一嘴。这事，咳，小孩没娘说来话长。我在定远的时候见过可汗和他家公主，就是这次帮我们收复两京的叶护太子的姐姐。那年回纥白灾，我奉王大夫之命去送粮，给他们捎过点汉人书，还为这个和你闹了点小别扭，不知你还记得不记得。长话短说，后来那公主不知怎地想不开，青春年少的非要闹着出家。爷娘都以为她中了邪，给送去大巫那里施法驱魔。大巫就是石野那，后来化名神机云游四海，回纥公主也在那个时候失踪了。她娘为找她都疯魔了。可汗听说神机到了大唐，这次来帮我们打仗，还在到处打听，想着找到那和尚，或许就能有公主的消息。来龙去脉大体如此。有人说见过他在常山开元寺里挂搭，但那想来是天宝年间的事了。你在常山日理万机，哪里顾得上管一个癫和尚。既没见过，也就只能算了。总之，你也不必再为此事悬心。说句多嘴的话，女娃闹着出家，多半是父母订的亲事不合心。兴许姑娘家早就找到自己如意郎君了呢。儿孙自有儿孙福，做爹娘的只好放下罢了。

又又：信使临走前又想起一件事。你今年，哦不，已经是去年了，是不是一直乖乖穿着我送的红色中衣？是就好。本命年这一年里你能逢凶化吉每战必胜，焉知不是借了它的彩头。新年虽然不是你本命年，我倒还想求你再多穿几日，到见面时我们穿着一样的红衣裳，多好看。

第三十一章·殿前歡

重逢远比他们期待的要迟。新君刚刚入主长安，忙于在父慈子孝的表演间隙树立自己的权威。各处行营也都亟待休整兵马。在安庆绪失势后，史思明望风归唐，也为唐廷赢得一段难得的平静。

而明眼者皆知史思明狼子野心，所谓的归顺也不过是权宜之计，但凡有机会必定会亮出利爪。眼下的和平不过是旷日持久的拉锯战之后双方短暂的默契罢了。

乾元元年七月，唐廷召郭子仪入朝，八月复召李光弼、王思礼入朝，在长安举行了隆重的封赏仪式。

郭子仪入京后，每逢朝堂上谈起官爵赏赐，他便明里暗里反复表示自己要等李光弼一起："晋阳龙兴之地。李尚书以老弱羸兵守城无失，功莫大焉。臣有尺寸微功，也是高祖、太宗洪福所泽。"天子倒也乐见将帅和睦不争，便定下以郭子仪为中书令、李光弼为侍中，中秋节后同日临轩册授。

李光弼接到诏书后当即动身，日夜兼程，总算在八月十一日赶回长安。郭子仪领百官郊迎。一别两年，见面时恍若隔世，当场都情不自禁，相拥落泪。在场文武百官无不感慨。是时长安浩劫之后，多出许多无主空宅，郭子仪在亲仁坊获赐一所宅院，住进去才知是与安禄山隔空做了邻居。安氏旧第早已人去楼空，扃锁甚密，不得一见。郭子仪倒也不在乎这些，只想方设法去勾搭礼部官员，想将李光弼的赐宅也选得近一些。谁料李光弼对此一口回绝，依旧只住在偏远的敦义坊。

只是两人如今都是朝廷重臣，在外总要避人耳目，再不能像天宝年间那样双栖同宿。郭子仪只能千方百计早点打发走家里宾客，赶在暮鼓结束之前微服赶去敦义坊，还同当年那样从客房一侧跳墙而入。李光弼见了，嗔他淘气。郭子仪叹道："十字街上到底有行人。我脸皮厚，从不在乎议论。只是担心你罢了。"

李光弼府上门无杂宾，外言不入里言不出，也不知外面有何议论，也懒得放在心上。两人一路进了内室，郭子仪终放不下心，又低声道："议论私情倒也没什么。可如今我们各自手握重兵，容易被圣人疑心……"

"手握重兵，无论做什么都要被疑心。你要是实在为这个担忧，大可以……"李光弼说到一半又咬断了话头——"大可以不来见我"，这话也未免太伤人。

他换了副颓然的语气："对不起。我只是……我们在外击贼讨逆，风餐露宿，背地里还要这样提防，怎么都……心里过不去。"

郭子仪疼惜地将爱人揉进怀里："我知道。我的人，你受委屈了。"

难得的重逢倒和偷情一般，天一亮就又要各自孤独地面对热闹的世界。一整夜里两人几乎不曾分开过，只嫌一人多生了一条胳膊，压在中间碍事。初秋暑热未消，缠绵后的床榻间处处潮湿黏腻。素有洁癖的李光弼却也不许爱人起身清洗，只是紧紧搂着，相顾无言，眼睁睁看窗外破晓。

他们终于实现了少时的愿景，出将入相，以身许国。却失去了相爱的自由。

到中秋这日，郭子仪府上门庭若市，李光弼前去祝寿，也只得坐在客席里远远看爱人忙碌。寿礼是一套明光铠和一条横刀，精工细作，华美坚利。主人一见心旌摇荡，却不敢在众人面前多夸两句，忙命仆从收进后房里。晚间客人渐渐散去，难得偷来片刻独处的时光，郭子仪想说两句解释宽慰的话，却被爱人轻轻按住嘴唇："你从早到晚与人周旋，不累么？和我在一起，可以什么都不用说，不用照顾体贴我，不用处处替我想。我能看着你，就很满足了。"

热流从心头涌上眼底。他静静抱着怀中珍贵易碎的小世界。天色一点点暗下去，喧腾一整天的尘埃都在他们身边安静下来。可他们的时间不多了。

最后他不得不硬着心肠将李光弼推开："你早点回家吧。明天一整天的仪式，晚上得好好睡一觉。"

"我在你这里睡，不可以么？"

"我想说一万个可以。可是明天一早就有卤簿仪仗到你家门口'接亲'。你宿在这里，还要一大早跑回城西，再跟着他们一路进宫，太累了。"

所谓"接亲"虽然是玩笑话，临轩册授的仪式倒真有几分暧昧感。第二天一早，两人都换上绛纱朝服，分别被两队仪仗从家护送到大明宫外，在丹凤门前会合。此时宰相以下满朝文武都在含元殿前列队，文官面西，武官面东，夹道迎接受册者。二人同行至龙尾道前止步。含元殿内黄钟鸣五声，奏太和之乐，天子服衮冕入殿。符宝郎置传国玉玺于御座；通事舍人引受册者入殿；中书侍郎宣读制文。

平日里若有多人受册，往往一人一册，一人礼毕入列，再接另一人。但郭李同制受册，便并肩跪在丹墀下拜谢。郭子仪听见册文里的"永惟缔构之勋，久著山河之誓"，忍不住偷眼望了同伴一眼，却见李光弼也正从眼角里看他。"山河之誓"本出汉代君主对功臣的许诺：【使黄河如带，泰山若砺。国以永存，爰及苗裔。】以汉史观之，却只剩下讽刺意味。而与爱人相望的那一刻郭子仪便知熟悉典故如李光弼，也宁愿从字面来解这四个字：曾见证他们誓言的盛世山河，如今也要靠他们用双手拼起碎片，抚平疮痍，以自身的血肉生魂换取它不绝如缕的最后一线生机。

　　仪式结束，尚未过巳时，却忽然下起雨来。百官散朝后各入衙署办公，两位挂名宰相却无处可去。眼看午后还要赴麟德殿的宫宴，中间一个时辰又不够回家。幸而通事舍人贴心，安排两人到延英殿避雨暂歇。

　　太上皇在位时，东内宫娥数以万计，殿堂每个角落都有人值守。如今丧乱之后大明宫里鬼比人多，赶上这样隆重的仪式和宴席，哪里忙得过来。午时前后，宫女宦者全被叫到麟德殿布置宫宴，一阵忙乱之后，延英殿里竟人去楼空，只剩下两个客人面面相觑。

　　郭子仪见周围没有闲人，便将座席搬到爱人身边去，不由分说就将人搂进怀里。不等李光弼挣扎，先抛出杀手锏："我明天就要上路去洛阳行营了。从现在开始满打满算不到十个时辰。你忍心不给我多抱一会吗？"

　　一句话便让怀中人乖顺下来。高高的武弁缀着貂蝉和白笔，磕磕碰碰比兜鍪还要碍事。李光弼只得虚靠在爱人肩上，听着外面淅淅沥沥的雨声。殿中一时静得荒凉。雨帘将他们锁进这方寸时空，外面战火连天，生灵涂炭；筵席上烹龙炮凤，歌舞升平；而他们困守愁城，什么也做不了。

　　郭子仪心里也觉凄寒，强笑着开解："已经是一品大员了，大丈夫不做小儿女态。这次一鼓作气干掉安庆绪，仗就打完了。我们辞了官，天天黏在一起，你尽有看我看腻了的时候呢。"

　　李光弼隔门望着雨帘之外含元殿宏大的背影，干笑一声："我不怕分别。只是忽然想到，小时候对这里有过种种不切实际的幻想，现在看来可笑又可悲。"

　　第一次穿着官服入京那年，隔着横街眺望含元殿的屋脊，华美的鸱尾是那么威风凛凛，高不可攀。那时候他多羡慕那些有机会入宫面圣的朝集使，可以将苍生百姓的声音上达天听。而如今他登上帝国官僚体系的宝塔尖，终于看清十二冕旒之后的面目，方知含元殿内百年不见天日，处处都是腐朽腥臭的霉味。

　　"那时候高秀岩笑我幼稚，现在回看，我真是幼稚。你那时大约也这样看我吧。难为你还说了许多安慰鼓励的话。"

"我没有。"郭子仪正色道，"光弼，你那时候年轻，好像新治的镜子，闪闪发亮不惹尘埃。那时我就想，真想一辈子守着你，看你年轻的样子啊。光弼，你知道吗，直到现在你在我眼里仍旧年轻得闪闪发亮。你在太原军中立威，杀了触犯军法的监军御史。中使想救他，宣他回朝做御史中丞，你当面回敬道：'今只斩侍御史；若宣制命，即斩中丞；若拜宰相，亦斩宰相。'把中使吓得屁滚尿流地爬回来，向圣人告状，圣人也惊得合不拢嘴。当时我一面百般替你开解，一面又忍不住在心里喝彩：真真是我的光弼，这些年我没看错他。"

"当时我也有几分气不过。可是……"

郭子仪按住对方的嘴唇："你不需要可是。大敌当前，你做的是最正确的事。"

"可是，我总这样让你操心，也许终有一天会撞在石头上……你不会……怪我么？"

"你会为此后悔吗？"

他心虚地压低视线，看着地上的尘埃。

"……讲心里话，不会。"

"那我还能说什么呢。"这次轮到郭子仪深深叹息起来，"于私情上，我宁愿你有时候退让妥协保全自己。毕竟高处不胜寒，我怕我不是每一次都能保护到你。可我也深知有一种烈性的鸟儿，拔去飞羽就会绝食求死。光弼，我拿你怎么才好呢……"

话说到死结处，延英殿内泥泞的空气也沉闷地让人窒息。李光弼坐不住，起身去支开窗户，却被同伴拦住，顺手掩上门，出其不意地将人打横抱到就近的胡床上。

"不想那些了。长大也有长大的好。也有许多事是年轻时做不了的。"

纠缠间两人的武弁撞在一起，滴溜溜滚到地上。李光弼大惊失色："郭子仪你疯了！随时都会有人进来！"

他将爱人按在大腿上："乖一点。这套衣裳滴滴答答拖泥带水的，弄乱了可要一整个时辰才能穿回去。"

"你！你也知道现在不是胡闹的时候？！"

"我们刚刚穿红袍双双拜了堂，领了婚书，送入洞房。现在不是时候，什么时候才是时候？"

李光弼气急败坏："好好的，正说着话，怎么忽然就发起疯来。"

"哪里来的'好好的'？你好好的，我整个人连皮带骨都快疼碎了。我能怎么办？除了抱着你亲着你有一刻算一刻，我还能拿你怎么办！？"

而彼时真正触动李光弼的似乎也并不是爱人突如其来的热情。他只是忽然对那种名为牵挂的痛楚感同身受。郭子仪固然长袖善舞，但宦途险恶又岂是宛转的辞令与恭顺的姿态所能化解。他们能从战前的无名之辈一路走到这里，很大程度上正因为人主忌刻迁怒，自毁长城。如今他们都对身上这件帝国臣子最高等级的礼服毫无兴致，却已无力推辞。所谓辞官偕隐的愿望更是心照不宣的虚景。从战争开始的那天起他们早已失去了选择的机会，只能沿着王忠嗣、高仙芝、封常清和哥舒翰的脚印走下去，直到像汉初功臣那样，为"山河之誓"添上又一笔苦涩辛辣的注脚。

所以为什么不呢？在那样的绝望里，"亵渎朝堂"的念头忽然激起某种罪恶的报复性的快感。他们的时间真的不多了。不在此时又能在何时？不在此地又能在哪里？假如泱泱唐帝国容不下他们一个小小的家，为什么不能"有一刻算一刻"，在最庄严肃穆的殿堂里享受最下流的快乐呢？

之后的一切都带着一种几乎自毁性的狂热。两人在胡床上对面踞坐，双腿以极为不雅的姿势盘在爱人腰间，只求在激烈的拥吻间互相磨蹭每一处敏感区。过于露骨的挑逗很快就惹火烧身。隔着层层织物抓揉套弄，只嫌不解渴，却连宽衣解带都忘记该从何处下手。

郭子仪尚存一线理智，小心翼翼地保护他的衣裳，层层拨开绛纱单衣，帷裳，蔽膝，假带，白纱中单，白裙白襦，才终于现出贴身单裈。一见果然是自己送的那条红绸裤，顿时眉开眼笑："光弼你真好。有件事我还一直没讲过。开元年间我第一次上你家的门，是去给蓟国公拜寿。当时我算着他老人家过本命年，就送了一套大红中衣。结果不知怎地落到你手里，被你气哼哼地追出门去扔到我脸上。算起来那时你才十五岁。三年后我打猎时见到你，一眼就认出来这是蓟国公家贵公子。光弼，你记得这事么？"

一行说，手里一行打理自己的层层衣裾。李光弼哪里听得进这许多话，恨道："要做就专心点！"先从对方的曲领里伸手进去掐捻乳尖。

郭子仪被他弄得失声，也耐不住欲火，一把扯下对方的单裈，附耳道："我实在没想到今天也要备那个东西。对不住。只好劳你先出点本钱。"

意乱神迷间李光弼根本没反应过来对方在说什么。下一刹那要害处便被握在炽热的掌心里，以远超他承受限度的力量和速度搓磨起来。呻吟声顿时溢出牙关，在空荡荡的殿堂里回响不止。郭子仪起初还有几分担心被人听见，后来也顾不得那么多，反想着万一有人来，听见声响或许能知趣止步。

喘息纠缠间，两人身侧忽然琮铮作响。顺手一摸才知是水苍玉撞在了一起。郭子仪忽然灵感大发，扯过组佩，拿上面一串细小的珍珠缠上肉柱，从根至顶往复滚碾。又刻意将珠子塞进铃口，眼睁睁看着翕张不止的小口欲罢不能地衔住异物。前所未有的触感激得怀中人痉挛不止，口中颤声求饶，腰间却不受控制地发力想去迎合这致命的淫乐。汩汩流淌的清液很快打湿了掌心。郭子仪不敢浪费半点，都拿手指涂到穴口内外，忙里偷闲地润滑扩张。

"好极了。就像这样。待会把你的琼浆玉液都捣进去，就好像和你一起干你自己，却不是比什么龙膏凤脂都妙。"

疯疯癫癫的荤话竟没有遭到抗议。李光弼此时早已无暇思考，连闪避腾挪都放弃了，只靠在爱人颈窝里勉强维持破碎的喘息，昏昏沉

沉的头脑里撕扯着极度需要宣泄的欲望和想将这一刻无限延长的不
舍。

　　郭子仪生怕时间不够，只想以最快的速度一击致命。眼角无意间
瞥见地上的武弁，一时福至心田，拿脚勾过来，俯身抽下冠上的貂
蝉，毛茸茸地去刷红热胀痛的茎头。怀中人顿时叫得收不住声，剧烈
的战栗之后瘫软在他怀中。郭子仪早有准备，趁对方失神的刹那拉过
那人右手，掌心拢成小碗状，亲手接住自己一股股温热的体液。

　　"好了，够用了。"微谑的嗓音轻轻吹进耳中，敏感至极的身体却
仿佛不知什么是节制，照旧血脉贲张，抽动着吐精不止。李光弼骤然
意识到手中盛了什么了不得的东西，被烫到一般就要甩手。却早被爱
人手疾眼快地压制，哄道："菩萨，这可比甘露还金贵，好生捧着别洒
了。"

　　事到如今李光弼为自己方才的一时情动悔青了肠子，却已然骑虎
难下。修长的手指蘸取他手中的浊液，还故意挑到他眼前，泫然欲滴
时再拿舌尖接住。恼羞成怒的人狠狠扑向对方吻在一起，在磨人的扩
张中分享腥咸味道的喘息和低吟。刚刚泄过的身体根本碰不得，却被
一次次无情地碾过软核，好似指甲搔刮烂熟的浆果，殷红甜腻的汁水
洇透了轻薄不堪一击的外皮。弄到两人都再也忍不下去的地步，郭子
仪匆匆褪下自己的红绸亵裤，拿爱人湿黏的右手裹住自己的物件，先
迫不及待地享受一番，才终于将它送去该去的地方。

　　叠坐的姿势并不便于激烈的动作，两人却因贪恋亲吻和耳语而无
心改变。一旦埋入爱人体内深处，被湿热爱意包裹的满足瞬间淹没了
五感。他只记得自己衔着爱人的耳垂哑声叫了句"别动"，之后的片刻
几乎什么都看不见听不见，心跳呼吸统统停滞，全身所有的意识只剩
下肢体相接的那一处。

　　即便已经欢好过一万次，也仍旧会在此时沉醉到手足无措。怀中
人顺从命令，坐在他腿间不敢动作，却控制不了断断续续的喘音和内
里深处暗涌的绞缠吮吸。他托着爱人缓缓顶弄，凭借千锤百炼的经验

很快找到要命的位置，却舍不得做得太快，只是温吞地小幅磨蹭，仿佛想将这片时偷欢饴糖一般抻出绵长的细丝，缕缕缠上近在眼前的漫长离别。

李光弼却受不住这样吊胃口的折磨，难耐地挺动腰肢暗中催促。见他熟视无睹，只得抛去尊严附耳求告："快一点……这样太难受了……"

包裹皮囊的是上得凌烟阁的，帝国官员最隆重肃穆的礼服。层层锦衣华服之下却是与兽物无二的沉浸于秽亵淫乐的肉体。而在最深的内里又有什么东西悄然膨胀，盈满身体又爆裂开来。

却不是情欲，而是悲伤。

"光弼……我在外面一个人睡，有时半夜会忽然闻见你身上的味道，忽然就想你想得捱不下去。那时候我都不敢睁眼，一睁眼你就没了。我就闭着眼睛抱紧你穿过的衣服，盖过的被子，想象你就在我怀里，我就在你里面。就是现在这种感觉。你有没有想过我？光弼，让我再这样待一会……"

怀中人早被磨人的快意卸去了全身的力气，又被缠绵情话激得连声呜咽，搂着他细细地战栗。火热的甬道深处痴缠不已，竭尽全力拿自己身体最羞耻的反应去取悦爱人。两人都渐渐失了神智。动作和言语不复节制，偎在情人耳畔肆无忌惮地倾吐最不可告人的相思。雕梁画栋间缠满泥泞淫靡的响动，精准地押着琮琮雨声的韵脚。高潮到来之际失控的嘶喊刺透轻薄的窗纱，直飞上含元殿高耸的屋脊，栖落在片片俯仰相合的鸳鸯瓦中。

雨收云散之际，郭子仪后知后觉地害怕起来：午时已过初刻，随时都会有人来传他们赴宴。果真被撞破，这笑话也闹得太大。遂柔声安抚道："起来罢。我给你理衣裳。"

层层朝服早乱成一团。万幸没有脏污破损。两人手忙脚乱一阵，总算互相捯饬出能见人的样子。亏得郭子仪心细，黏腻的体液都留在两件红绸亵裤上。李光弼拿起一条来，也不知是谁的，想着要将这湿嗒嗒的东西穿一下午，多少有几分犯难。郭子仪见了笑个不住，索性将两条单裤团一团塞进袖子里，一边一条。"我记得你说这套衣裳是古人制度，那时候可没人穿裤子，裙襦里面都是光溜溜的。我们要学就该学彻底才对。"

不久宫宴开始。两人面不改色地入席，倒也不曾被看出破绽。直到宴会后一路出宫，礼仪使颜真卿冷不防从背后叫住他们，带到人少的地方，磕磕绊绊地问："我记得……郭司徒是中书令，李司空是侍中，是这样么？"

郭子仪点头："是啊，我听说制书还是尚书草拟的，难道圣人改了主意？"

那厢里李光弼却已经变了脸色。与颜真卿交换了几个不明含义的眼神之后一把摘下自己的武弁，再扫一眼郭子仪的，顿时掩面跌足："糟糕，怎么会这样……"

"怎么呢？我明明给你戴得好好的……"郭子仪差点说漏嘴，赶紧咳嗽一声，朝颜真卿问，"到底怎么了？尚书别打哑谜。"

"戴反了……"李光弼一脸生无可恋地抢答道，"中书令和侍中朝服一模一样，只有武弁上的貂蝉一在右一在左。我们，我，我也不知道怎么回事，一直戴反了。我怎么都没发现……"

郭子仪倒是临危不乱，强笑道："我早就说我本该是侍中、他做中书令才对，侍中侍中，专一服侍中书令……"

颜真卿干咳一声，丢下一个"你们开心就好"的眼神，匆匆告辞了。

丹凤门外横街上人来人往车水马龙。李光弼杵在路中间茫然失措。事已至此，郭子仪也不知怎么劝解才好，索性心一横道："这有什么。你看我们的封爵，我是代国公，封在你河东节度使治下；你本是蓟国公，现在改封郑国公，可可地封在我老家，正是未嫁从父，既嫁从夫。可见满朝君臣都知你我交情非比寻常，不小心换个帽子，算得了什么。"

第三十二章·送將歸

次日郭子仪启程赴行营，百官出通化门送行。李光弼站在班列之首，却也不曾有机会与爱人再说一句"保重"。仪式结束后他只得随同僚返回城内。"青娘"仿佛也洞悉主人的心思，磨磨蹭蹭走得很慢，落在了队伍最后。

正无情绪时，他忽然听见前面有人唤了声："李侍中胜常。"

尚未适应新官衔的李光弼愣了一下才抬起头，只见内侍鱼朝恩勒马道旁似乎专程在等他，便勉强回礼："中尉胜常。"

鱼朝恩曾监李光进军。他也略知此君为人，心里颇为戒备。鱼朝恩倒是一团和气与他叙寒温，问了两句太原军情，又将话头转到郭子仪到行营后的打算。李光弼早被叮嘱过，面不改色地答道："想来令公自与圣人商量。我回京后不过去他家拜了个寿，不曾议军。"

鱼朝恩笑而不语，随着马的脚步摇头晃脑，仿佛在欣赏只有他能听见的乐曲。沉默半晌，忽又道："可是侍中送令公的寿礼实在非比寻常啊……"

李光弼实没料到这道题目，甚至根本没想到鱼朝恩竟连他们之间的私交都洞若观火，当场掩饰不住一丝焦躁，生理性地反胃起来。——他都知道些什么？

"我们多年同袍，这点交情还是有的。"

那人略显夸张地点点头："侍中与令公情好，朝中谁人不知。老奴只是纳闷，侍中熟知军令朝典，却偏偏送他盔甲兵器，难道有什么别致的缘故？"

　　——明明与他年龄相仿，却自称"老奴"。李光弼恍然意识到，这个问题的背后站着的乃是这奴才的主人。

　　"我不曾通读唐律，不记得有哪条说过不许送这个。"

　　"侍中总知道国朝何以禁用军器陪葬罢。"

　　"军器昂贵，自然要物尽其用。而我送人贺礼又不是陪葬。"

　　话说到这般地步，他已经知道多说无益。然而也无论如何做不到闭嘴认错。那厢里鱼朝恩又是一阵摇头晃脑，佯作叹息："都说侍中治军如周亚夫。老奴如今是见识了。"

　　图穷匕见。周亚夫以守节不逊为人主所忌，当年的"罪名"正是私藏甲胄，"纵不反地上，即欲反地下耳。"

　　李光弼不再答话，一低头，脚后跟轻轻磕一下马腹，"青娘"小跑起来，眨眼间就将鱼朝恩甩在身后。

　　数日后李光弼也回到太原，开始为围剿安庆绪的会战做准备。本以为郭子仪功高位尊，朔方军又是主力，必当以其为帅。谁知诏令出来，竟不设都统，只命鱼朝恩为观军容使，总摄九节度诸军。李光弼连道荒唐，正打算上表反对，却被薛兼训拦住："侍中听说了么，朝廷这回的理由是'郭李俱为元勋，难相统属'。这当然不是真的。然而举国甲士，半在侍中与令公麾下，自有人以此为患，千方百计想拆开你们。所以才会以鱼军容行都统事，这样侍中与令公凡事都只能与军容商议，再不能'私相交通'了。"

　　李光弼一时无言以对，方才醒悟送走郭子仪那日，鱼朝恩并非无故刁难，不过是敲山振虎罢了。对此他的第一反应是"得告诉郭子仪"。然而次日接到对方的信，附在公牒后送来，竟连信封都没有。他顿时明白郭子仪已经深谙他们的处境。明知一举一动片言只字都逃不过朝廷耳目，索性将私人信札明公正道亮出来任凭翻检。

　　至于信的内容，除去书仪里抄出来的客套话，便只剩"好好吃饭，好好吃药"数字而已。

　　事到如今他已无暇忧虑自己和爱人的安危，只在避人处对薛兼训叹息：这样怎么能打好仗啊。

　　乾元元年九月，朝廷聚郭子仪、鲁炅、许叔冀等七道节度使二十万兵讨安庆绪，又命李光弼、王思礼两军助之。十月，郭子仪引兵自杏园济河，东至获嘉，破安太清，斩首四千级，捕房五百人，围困安太清于卫州。安庆绪举邺中七万兵救卫州。郭子仪使善射者三千人伏于垒垣之内，令曰："我退，贼必逐我，汝乃登垒，鼓噪而射之。"随即领兵为饵与安庆绪交战，假装败退，贼逐之至垒下，伏兵起射之，矢如雨注，贼还走。子仪复引兵逐之，安庆绪大败。获其弟庆和，杀之。遂拔卫州。

　　安庆绪败退至相州，据城固守。继朔方军之后，河南、平卢、河东、泽潞诸道军也奉命至相州参与围城。然而相州城坚难下，几路大军群龙无首，胶着数月毫无进展。又一年新春，几十万大军在漳水决口后的泥沼中过了个冰冷脏乱的年。郭子仪纵然一万个不愿当出头鸟，此时也不得不绕过鱼朝恩直接向天子建言：去年史思明归降，乃是因为平卢军制其左胁。如今平卢主力南下，河北腹地空虚，史思明必有异动，将为心腹之患。相州之围必须速战速决。而安庆绪粮草仰给魏州。眼下当务之急，便是遣精锐一举攻克魏州，则相州孤立无援，必难久持。

　　他在奏表中没有明说所谓"精锐"指谁，实指望天子尚存一线清醒，分得清"进灭残寇"与"防备功臣"孰轻孰重。然而九重城阙之内的皇帝沉吟再三，不敢做主，又将此表转送到相州城下的鱼朝恩手中。

　　于是当李光弼来找鱼朝恩请求以河东朔方两军同攻魏州时，中使莞尔一笑，亮出郭子仪的奏表："侍中与令公可真是心有灵犀呢。"

　　李光弼一眼扫过案上文书，抬眼正对上鱼朝恩满脸的假笑，强压着声调："这不过是军情使然，明眼人皆知当如此用兵，难道军容怀疑我们暗中勾结？假如真有这样的事，我又何必来这里自投罗网？"

　　鱼朝恩当即两手一摊："侍中多心了。老奴不过是担心，史思明万一趁此机会举兵南下，官军兵力分散在相、魏两州，容易被胡骑各个击破。”

"只要我和令公联手，史思明惩嘉山之败，绝不敢轻动。"

"说来说去，侍中就是无论如何都要与令公合军，是这意思么？"

李光弼目眦欲裂："鱼朝恩，我们为国效力，何曾计较一身得失。只要能殄灭逆胡，就算事后褫夺官爵还乡为民，也绝无半个字怨言。可若是延误军机功败垂成……"

"李侍中，仗还没打，你怎么就知道要败了呢？"鱼朝恩也站起身，眯起眼睛与他对视，"'我们'又是谁？令公的心思，侍中原来这样清楚么？"

捏紧的指节迸出刺耳的响声，绷到极限，终如断线的人偶般松懈下来。李光弼没有再辩解一个字，转身黯然离场。

乾元二年春，史思明起兵南下与安庆绪合势。三月初六，官军与燕军会战于安阳河北。史思明自将精兵五万敌之，诸军望之，以为游军，未介意。思明直前奋击，李光弼、王思礼、许叔冀、鲁炅先与之战，杀伤相半；鲁炅中流矢。郭子仪承其后，未及布阵，大风忽起，吹沙拔木，天地昼晦，咫尺不相辨。两军大惊，官军溃而南，贼溃而北，弃甲仗辎重委积于路。

当日李光弼在沙暴中也被吹得睁不开眼，从铠甲内撕块白绢遮在眼前，凭借视野里模糊的虚影辨出两方旗帜，见敌军四下惊散，遂传令河东军原地下马避风，轻动者斩。军中子弟多来自河北团练营，从未见过这样的风暴。军中的老马却生长朔方沙碛间，从容背风卧倒。士卒见了也稍觉安心，偎在战马身旁蜷成一团。须臾一队官军逃向他们的阵地，李光弼听见王思礼的喊声，忙出列接应，帮他们收拾散卒也安顿下来。煎熬了一两个时辰，风势略减，人马勉强能站起来睁开眼，两人立刻整军南进去寻大部队。到了相州城外官军行营，却只见辎重粮草一地狼藉，除了零星几个掉队伤员之外再无一人踪影。派人哨探几回，报说朔方军已经溃散至黄河边，大约要渡河才能停住脚。李光弼心知大势已去，只得与王思礼收拢部属班师还镇。

六十万大军一年来的厉兵秣马，经营筹划，无数人的心血，近在咫尺的希望，都在这一场狂风里付诸东流。郭子仪在黄河岸边驻马，眼睁睁看着朔方军将卒如炸群的羊马一般惊惶逃命，不顾一切挤上浮桥，为求一线逃生的机会不惜向同袍举起屠刀。不时有部将僚佐来向他请求指示，还试图挽回些许，然而年近半百的将领一日之内老了二十岁，面对这一切只是颓然下马瘫坐在地，徒劳地抖动着干裂的嘴唇，发不出一丝声音。

完了。全完了。

当日九节度中七路皆溃，沿途掳掠，一路波及到南阳。唯有李光弼和王思礼两军全身而退。鱼朝恩也随溃军撤退至洛阳。诸道将领收拢残部之时，他则在奏表里将丧军之罪悉数推给郭子仪，全然不提事前自己生怕郭李立功，无数次阻拦他们的计划，养寇自重贻误战机，致使诸军观望师老兵疲，早已注定了结局。

郭子仪对此也不曾提出任何异议，以最恭顺的态度揽下了全部责任，主动提出自贬谢罪。皇恩浩荡，并未深究，只宣诏以李光弼代为副元帅、朔方军节度使。

而接到诏书的郭子仪甚至顾不得忧虑自己的前途，第一个念头便是：这对李光弼太难了。

朔方军被他一路带到这里，已经像父母和孩子一样相互依存密不可分。溃败之后骤然换帅，必然抵触情绪高涨。更何况还是执法从严、对擅退和劫掠者格杀勿论的李光弼。

果然消息一出，军中将校遮道阻拦，说什么也不放他走。郭子仪只得谎称为中使饯行，一出营便快马加鞭绝尘而去。

一口气赶到陕州，天色已晚，下马在驿站过夜。昔日指掌十万雄兵的主将，至此只剩下身边三两个仆从。入夜后驿站又住进征兵的官吏，驱赶着一群新募士卒。官吏入店住宿，新兵只得在廊下和马棚里歇脚。里面老的老小的小，人人面有菜色，早被无尽头的苦难榨干了骨髓。郭子仪到门外望了一会，听见老者安慰几个面容稚嫩的少年：

"不怕的。郭令公善抚士卒，待人如父如兄。不怕的。"

他站不住脚，心虚地出了驿站。门外即是黄河滩，郭子仪独自站着，一任月下的影子转了又转。

不知发呆了多久，骤听见背后马蹄声。郭子仪一个激灵回过神来，转头只见李光弼下马踏月而来，一时间不知是真是幻，还以为见了鬼。

"你……怎么……怎么可能……"

来人淡淡一笑："兼训和庭玉领兵在后面。我马快，先走一步。想着你可能会从这里过，没想到在驿站一问，真问到了。"

片刻的重逢喜悦之后，紧接着却是铺天盖地的愧疚煎熬。他眼看着爱人一步步走近，平生第一次竟不由自主地退后数尺。

"对不起光弼……对不起。我……我太无能，把一切都毁了……"

李光弼不觉停步，刹那的惊诧后也难过地移开了视线。盛夏的黄河水滔滔不绝，淹没了不知是谁的叹息。

"子仪，别这样。让我抱抱你。"

他在爱人柔软的怀抱中哭得像个孩子，额头撞着那人的胸腔，颠三倒四地道歉："对不起光弼，我无能，我该死，我辜负了你们，我辜负了我的光弼……"

李光弼也被他哭得满心凄凉，哽咽道："别这样。子仪，别这样……世无常胜将军，况且许多事，你也做不得主……"

"是我的错。是我平日里治军不严，姑息纵容，手下将士令不能行，禁不能止。光弼，我当时看着大军溃散，惟一的念头就是光弼不会这样的。但凡光弼在场，这一切就不会发生。我知道出了这种事我是该以死谢罪的，可是我又舍不得你啊……对不起，我是懦夫，孬种，窝囊废，我给你丢尽了脸……"

"天，子仪，别再这样说自己了。"他扶着郭子仪在河岸草地上坐下，将那人的脸埋进自己颈窝里，学着对方安慰自己的样子轻抚后背，"我不知道怎么安慰你才好，可是子仪，你在我这里可以尽情哭，尽情骂，尽情说你的委屈，只要不再伤害自己。我们还有机会。相州的事大家都看在眼里，绝不是你一个人的错。最该谢罪的那个人尚且飞黄腾达称心如愿，我们自戕自弃，惟一会高兴的只有逆胡啊。"

　　夜色最深处，上弦月陨落于黑沉沉的地平线。喧嚣整日的虫豸鸟雀都安静下来。只剩下黄河浩荡的水声陪伴失意人的嚎啕。滔滔浊浪将无数被战争碾碎的冤魂的控诉一次次推上岸边，将两人团团围在垓心。李光弼从未见人这样惨痛地哭过，初时还想劝解，后来无端想到，郭子仪一辈子对人笑脸相迎，无论怎样的困境都能默默背起所有的压力，只留给他坚实的臂膀和温暖的怀抱。可那人也是血肉之躯，也会受伤也会痛，也需要宣泄满腔积郁，也会被重负压断了脊梁啊。之后的很长时间里两人都没有再说一句话，只是无言相拥，在他们仅有的半个夜晚里偷偷抛弃这个荒唐残忍的世界，暂时躲进爱人肤发间安全的港湾里。

　　不知几更天，郭子仪哭够了，歇够了，渐渐整理起心绪，恢复了平稳的声调："你到那边行营，不听话的只管杀，不要顾我的面子。乱世用重典。朔方军是该好好治一治了。"

　　李光弼点头："我自有分寸。只是你回京去，鱼朝恩正小人得志，不知还要怎样为难你。我能帮你做点什么，你教教我。"

　　"你什么也不必做。"郭子仪干笑一声，"治军打仗我外行，磨牙扯皮倒是比你懂些。我最擅长的事就是在这种时候先让自己活下去。至于活下去还能做什么，或许，至少可以等你解甲归田的时候给你熬羊汤搓麻食吧。"

　　"玩笑归玩笑，子仪，希望你不是真的就此灰心。朔方军还需要你。你在那里的位置无人能替。只有你能让三军齐心，四夷宾服，只有你能带大家捱过最艰难的日子。子仪，将来必定还有想推都推不掉的重担要落在你肩上。你一个人在长安，也千万保重自己。"

　　刚刚收住的泪水重又漫过心防。东方泛起第一缕曙色，离别的时刻又到了。

　　"光弼……"他起身为爱人整理衣甲，"我答应你。就像过去答应过你的那样：只要你在，我无论如何都会活下去，等你好好地回来。你可以也答应我一次吗？我们之间坦白说罢，你比大唐江山珍贵一千倍一万倍，无论接下来发生什么，遭遇什么，你能不能答应我，一定，一定活下来……"

他的爱人对此报以一个极尽缠绵的吻。然后转身上马，迎着熹微的晨光绝尘而去。

第三十三章·四犯令

与郭子仪别后，李光弼先到泽州会见在他身后继领河东的王思礼，交割了太原军务。次日薛兼训与郝庭玉所带五百衙兵也赶到泽州，三人领兵同至洛阳城东朔方军行营。一路鞍马劳顿，入辕门时已是深夜。

及至清晨太阳升起，新的军法军规已经在全营要道路口张贴整齐。次日校旗，三令五申，仍不听指挥的当场身首异处。至第三日，虽是旧营垒、旧士卒、旧旗帜，已然号令一出，精彩皆变。

在这期间他也屡次听说有士卒因畏惧严刑峻法而逃亡，甚至有朔方军部将暗中密谋以精锐突入行营驱逐新帅，迎回郭子仪。薛兼训和掌书记张参不止一次提醒他"杀一人而三军震者，杀之"——是时候抓个出头鸟立威了。李光弼则只淡淡道："对事不对人。我们眼下还有更重要的事。"轻轻揭过话头。

他们确实还有比争权更重要的事。相州之战后，史思明火并安庆绪，夺取了整个河北的控制权。李光弼非常清楚只待天气一凉，燕军必将大举南下。而留给他们备战的时间只剩下一个多月，或许更少。在洛阳行营中稍微站住脚后，李光弼立即点起五千人马一路向东，准备在龙门、崿岭、汜水关乃至滑州汴州一路布防。出发的同时也向河阳行营传檄调兵，命兵马使张用济领步骑两千会于汜水关。

几日后李光弼和麾下将士按期到达汜水关，从早等到晚，却不见张用济的踪影。遣铺兵去打探，回报说此去河阳一路太平，只是不见兵马。

　　眼看入夜，李光弼教部下们散去吃晚饭，自己仍坚持守在关下苦等。又等了大半个时辰，只见官道上一人一骑悠悠走近。张用济倒不是没见识过李光弼的威严，然而此一时彼一时，他如今是朔方军二把手，没有他点头，主帅也只好做个光杆司令。这次他故意单骑谒见，正是要向新来的长官亮明态度。

　　汜水关城门下，几支火把剪出李光弼笔挺的影子。张用济倒没想到主将这么晚还亲自在外面等，多少有几分措手不及，遂下马行礼："末将张用济，见过侍中。"

　　"让中丞带步骑两千来，人呢？"

　　张用济一扬下巴，正要开口，才意识到李光弼话未说完。

　　"约定今日会兵。午夜之前人马不到关下，中丞须依军法处置。"李光弼面无表情一抬右手，指着谯门上新张贴的军法。

　　【呼名不应，点时不到，违期不至，动改师律，此谓慢军，犯者斩之。】

　　"此十七禁令五十四斩，月初已遍传河上诸营。中丞若是忘记了，我可以读给你听。"

　　张用济强绷着脸皮，生怕流露出内心的恐慌："河阳兵不满三千，马不足五百，出不了这么多人。"

　　"中丞之前上奏天子的奏表里，河阳行营可是'虽经败衄，犹未大溃'，称有五千步卒，二千铁骑。怎么还不到一个月就只剩三千了？你可以说兵被我吓跑了，马难道也被我吓跑了么？"

　　张用济已是咬牙切齿："清水下杂面，侍中何必揭人长短。虚报兵额夸饰战功的事，全军上下谁没做过？"

　　"我没有。中丞若有证据，请现在拿出来。——何况今日我只问你愆期违令之罪。倘我作奸犯科，自有朝廷法度。"

　　说话间李光弼身后十几只火把聚拢过来。一小队虞候在两人身旁列队，个个汉子都和主将一个模子里刻出的一般，目光炯炯，面无表情。

　　直至此刻张用济才终于意识到自己性命难保，攥住横刀的手上青筋暴跳："李光弼，我是朔方军都知兵马使。我身后还有仆固怀恩、康元宝、辛京杲，还有蕃浑诸部，还有河阳洛阳行营几万兄弟！你杀了我，问问他们哪个答应？！"

李光弼看也不再看他一眼，只转向身旁掌书记张参："劳御史拟一道奏表，张用济违令慢军，某年月日于汜水关辕门斩讫。乞归葬长安，以便亲属吊祭。——再发一道牒文到河阳，召仆固怀恩领步骑一千，三日内来见。"

那厢里几个虞候已将张用济缴了械，剥去甲胄五花大绑起来。犯人困兽犹斗，倒在地上死命挣扎："李侍中！我跟着令公三十年，他没动过我一指头！你怎么敢！"

李光弼交待完左右，转身要走，猛听见那人提到郭子仪，不由自主地回头扫了一眼。

"你不该在这个时候提他。"

也是直到此刻李光弼才忽觉脊背发凉：军中有人为迎回郭子仪而违抗主将，甚至煽动兵乱；这消息但凡传入长安，已是戴罪之身的郭子仪哪里还有活路。

眼见长官的背影隐没在夜色里，张用济犹不敢相信自己已经死到临头，一骨碌爬起来，跌跌撞撞就朝李光弼的方向追过去："侍中……光弼……你，你早知必有今日，当初在云中又何必舍命救我？侍中你再想想，我们是一起流过血的同袍啊……"

张参如一堵墙一般堵住人犯的去路，莫可奈何地摇摇头："张将军怎么还不明白？今日不是侍中要杀你，是那个东西非杀你不可啊。"

顺着他指的方向看去，辕门口写满十七禁五十四斩的军法告示在初凉的夜风里猎猎作响。

乾元二年十月，史思明举十万大军南侵，企图完成安禄山未竟的事业。李光弼正在黄河沿岸巡视诸道军行营，一查才发现各节度使虚报兵额领空饷早已是常态，之前估计溃败之后犹存五万人马，实际连一半都不到。驻守汴州的许叔冀和董秦更是狡猾多诈，反复无常，只怕临阵倒戈的事都做得出来。残酷的现实面前李光弼不得不放弃之前的布防计划，朔方和安西北庭两道精锐兵力加在一起不足两万，只能集中起来全力固守河阳三城。至于洛阳能不能守住，就要看沿河诸军的造化了。

李光弼给许叔冀的任务便是"保汴州十五日不失"，过期，即任其弃城自保。孰料短短三天后就传来许叔冀、董秦降敌，汴州陷落的噩耗。是时朔方军正在将辎重粮草从洛阳向河阳转移，接到军报后相顾愕然：史思明竟如此轻易渡过了黄河天堑。汴州至洛阳一马平川鲜有屏障，叛军轻骑宿夜即至，而他们还远没有准备好。

恐慌如夜雾般滋生蔓延。诸将正六神无主时，李光弼一身白袍银甲策马入营："我已经知会东都留守，命他带领吏民入山躲藏。洛阳坚壁清野，只留给逆胡一座空城。我们按计划移军河阳，限明日日出前完工。在此之前，我和太原来的五百精骑会挡在离贼兵最近的地方，但凡有一兵一卒没有离开洛阳行营，我就不离开；但凡有一车一马没有安全进驻河阳桥城，我就不入城。在场诸君共为见证。光弼但有食言，甘受军法。"

言毕，也不多看一眼众人的反应，当即拨转马头奔赴前线。

午夜时分燕军逼近洛阳。薛兼训见其来势汹汹，焦急地建议主将暂避其锋。李光弼却摇头道："把火把蜡烛都点上，到我身边来，务必要让他们看见这里有我。"

史思明亲率千余先锋急行军至此，以为必定能打官军一个措手不及。谁知刚到倒悬坂便被拦住了去路。一边黄河，一边首阳山，中间官道被数百骑兵夹道拦截。两军隔着一射之地相持。冬夜无月，惟见火烛通明，明晃晃簇拥出白袍银甲的主将，浑身上下凛凛皎皎，寒光逼人。

宿敌一旦狭路相逢，未等人做出反应，李光弼的"青娘"先腾起前蹄仰天长嘶。史思明的坐骑立刻认出了熟悉的声音和气息，当即唤醒了刻进骨子里的恐惧，猛一闪身就向道旁逃窜。史思明一惊之下差点被甩下马，拼命抓住缰绳夹紧马腹，同时大喝一声："轻动者斩！"总算勉强稳住阵脚。

然而窃窃私语的涟漪已经荡开。燕军上下有声无声地交换着那个闻之胆寒的名字。老兵悄悄咬着新兵的耳朵："常山一次，嘉山一次，太原又一次。老子宁肯见十道阎王也不想再见这地藏菩萨了。"

眼见麾下左右一寸寸蹭着越退越远，史思明也被对面主将盯得后背发毛，一句冲锋的命令无论如何都喊不出口。僵持半刻，官军开始缓缓向西撤退，李光弼本人一路殿后。燕军不甘心地尾随至石桥边，只见远处一片火把早已渡河，方知洛阳已是一座空城。

李光弼上桥之前回看了一眼。史思明呆呆望着他，最终也没有搞明白是自己真的见到了那人嘴角的一抹笑，还是破晓时分最后一颗晨星留下的缥缈幻影。

河阳三城横跨黄河两岸以及河心沙洲中潬岛，中以浮桥相连。数日后燕军十万主力蚁聚城下，自怀州至洛阳三面包围。而城内官军不满两万，粮才支十日，隐隐透出力竭之势。

然而经过撤军那一夜后，麾下将士再无人质疑主帅的决策：移军河阳，北阻泽潞、三城以抗，胜则擒之，败则自守，表里相应，使贼不敢西侵，此猿臂之势也。

这年冬天燕军对河阳发动了无数次围攻，全都撞在铜墙铁壁上。胡骑惯见官军欺软怕硬观望推诿，稍遇挫折便一触即溃；而这次仍是那支朔方军，作风却与往日大相径庭。斗将冲阵只进不退，哪怕数倍于己的敌军横亘眼前也只知殊死格斗。几场交锋下来，他们才注意到提刀把守在城门下的官军虞候。冲锋的将士但有小却，不等入城即身首异处。彪悍半生的燕军也震慑于这样铁腕，终于不敢再正面挑战。

史思明也曾尝试过水战、火攻、劫粮，皆被李光弼见招拆招一一化解。两军胶着逾年，不但河阳城从未失守，反被官军策反和俘获了数员叛军重将，一鼓作气收复了怀州。眼看拉锯战进入第三个年头，史思明穷则思变，终于明白想要击溃李光弼，只能从背后下手。

　　于是没过多久，就连长安深宫里的天子都听说了洛阳飘来的传言：洛中将士皆燕人，久戍思归，上下离心，急击之，可破也。驻守陕州的鱼朝恩对此深以为然，入朝面奏李光弼怯敌逗挠，养寇自重。君王早已厌倦了旷日持久的战乱，当即下诏催促进兵。

　　郭子仪自被解兵权，名义上是中书令，实则形同软禁在京。他也清楚自己的位置，每日里穿戴整齐去上朝，对军政要事则是一问摇头三不知。直到此刻听说天子促战，心里一急，再顾不得忌避韬晦，当场出列道："前月太尉上奏，怀州一役朔方军伤亡千余，都是步骑精锐。如今亟待休整。况逆胡兵锋正盛，我军士卒多为新募，纵然太尉善治军，亦须养兵千日方能用兵一时啊。求陛下再给他一点时间……"

　　天子微微皱起眉："已经一年多了。河北二十四郡昼夜苦盼王师，还要再等几时？"

　　"秉陛下。愚臣前日听宰相议事，提起有细作自幽州来，探知史思明以长子朝义随军，却私宠季子朝清，欲立其为嗣，后宫里正斗得不可开交。以此观止，蓟门生变只在旦夕间，到时官军可兵不血刃而收之。"

　　天子沉吟不语。上首的鱼朝恩干咳一声："果然一到了太尉的事上，令公就格外挂心。"

　　郭子仪当即噤口，深深垂着头，眼观鼻，鼻观心，只装作没听见。

　　"去年太尉还曾上奏，请起令公为诸道兵马都统，率七万大军取邠庆路北伐幽州。当时太尉一出手就是七万，怎么如今又缺兵少马哭起穷起来？"

　　郭子仪只得耐着性子解释："那七万人马取自禁军、渭北、鄜坊，还有朔方留后蕃汉官健，非止河阳行营一处。况且因愚臣驽钝，最终也没能成行……"

　　那又是鱼朝恩唯恐郭子仪建功，而百般阻挠的"成果"。当事人眼见被揭了短，便有几分恼羞成怒："令公与太尉皆是人中龙凤，素相交好，如今互为表里，鱼雁频传，老奴以为荡平河朔指日可待。怎么三年下来，本已收复的东都反又落入贼手，至今无寸土之功呢？"

　　果然这一句话便引得天子神色微动。郭子仪毫不在意阉宦的嘲讽，却被前一句话惊出一身冷汗：过去他们同在前线为将，互通消息商量军务也不算逾矩，而如今"宰相私通藩帅"的罪名却是不能承受之重。一念及此，郭子仪再顾不得体面，伏地叩头不止："臣万死！臣与李太尉自幼相识，廿载同袍，实有……实有断袖之私。愚臣方才劝陛下缓兵，也不过是一己私意，关心则乱，生怕太尉军前有失而已。太尉是至忠至公之人，自河阳换帅以来，与臣绝无私交。一应公文往来皆出中书门下，乞陛下明察。"

　　——倒也不是一时头脑发热的昏话。郭子仪早就盘算过，真到了朝堂对质的时候，宁可让自己在满朝文武中沦为笑柄，也决不能让人主对李光弼产生任何疑虑。

　　果然此言一出，延英殿中气氛顿时一变。在场的宰相和翰林学士都紧绷着脸颊拼命忍笑，眼睛都不知看哪里才好。龙座上的天子也尴尬到抬手揉了揉眉心，半晌，略清了清嗓子："原来大臣与太尉盛年无嗣，是这般缘故。也是……也是至情至性，至情至性。"说到词穷处，干咳一声，打算索性让群臣退下。

　　鱼朝恩的嘴角却缓缓浮起一丝冷笑："原来太尉果真是此中人。老奴这些年还一直纳闷，太尉与史思明几番纠缠，你也不杀我，我也不杀你，倒好像惺惺相惜的意思。看来其中还真是大有关窍。今日总算开悟了。——哦对，他俩更有同乡之谊，一样'自幼相识'，只怕比和令公的交情还长些呢。"

　　这一招却是直击郭子仪死穴。连天子也瞪大了眼睛，不敢相信还有这样一说。早在常山对峙时史思明以污言秽语叫阵闻名一时；在太原又搭起高塔让倡优扮演李光弼，极尽侮辱意淫之能事；至河阳之战，更有传闻说他曾单骑至城下求见李光弼，表示不计较乌承恩行刺的旧怨，仍愿为羊陆之好。不过是两军对垒时寻常的伎俩，一经别样眼光的解读，立刻变了味道。鱼朝恩却深谙传谣之道，抛出一个令人浮想联翩的话头之后便三缄其口，任郭子仪如何质问辩白也只笑而不语，直到在场的宰相再也受不住乌烟瘴气，小心翼翼地奏请散朝。

郭子仪灰头土脸从鱼朝恩面前经过时，内侍还伸出手来殷勤搀扶了一把："令公是国家柱石，千万保重贵体。"

促令进军的诏令很快送到河阳前线。李光弼不得已，只得在上元二年二月与燕军克期决战。清晨布阵时，主帅在邙山高处一望，心里咯噔一声，立即命人去传仆固怀恩：军令是依山而阵，仆骨部却全都散布在平原上，如此一旦失利极易溃散。令卒去后，李光弼怎么也放不下心，亲自下山去见仆固怀恩："依险而阵，可进可退；若阵平原，战而不利则尽矣。思明不可忽也。"

蕃将听罢冷笑道："两军方阵，太尉就知道我一定要打败仗么？"然后也不等长官解释，拨转马头拂袖而去。身后的次子仆固玚也朝李光弼投去畏葸而又怨毒的一瞥，打个呼哨，领着仆骨部轻骑复阵于原。

若说前年李光弼初入朔方军时，仆固怀恩还顾及郭子仪的嘱托，给他三分面子；几个月前仆固玚霸占降将妻子遭主帅严惩，险些丢了性命，之前那一点薄冰般的信任和默契一夜之间便碎得不成片段。

最后时刻李光弼还抱着最后一点微薄的希望，祈祷仆骨部蕃卒的骁勇能配得上主将的傲慢。然而狡猾如史思明，假意交锋后迅速败退，粮草布帛委地狼藉。李光弼一眼看出是诈败诱敌，然而已经晚了。蕃军将卒顾不得追敌，争相下马捡拾战利品。燕军一见彼方中计，立即回马掩杀。官军无险可据，顿时被冲得人仰马翻。

失此一阵，朔方骑兵死伤数千。残部仓促入城，又被尾随的贼军夺了河阳南城。李光弼在邙山带领步卒几次组织反击，都因兵力悬殊难以突围。眼看天色渐晚，诸军力竭，铁石心肠的统帅平生第一次在阵前体会到绝望的滋味。令旗举起复又落下。无措的右手抚过长枪，箭囊，横刀，最终颓然垂落在马背上。刹那电光石火间，他几乎是无意识地屈起右膝，从靴内熟悉的位置抽出一把镔铁短刀……

两年经营毁于一旦。他们再一次，第三次，第四次，在距离希望咫尺之遥处跌落深渊。

——王大夫，光弼终究辜负了你……

下一刻他的手腕忽被巨大的力量死死扼住。刀柄被生生从身后夺下。李光弼愕然回首，只见郝庭玉满身征尘，铁甲缝隙里矢集如猬，手里紧攥着伏突的刀刃，掌心血流如注。

"令公在等你。"汉子的脸上已被尘土和血污沾染得看不出表情，一句突兀的低语之后滚鞍下马，话锋乍转，"末将无能，麾下死伤过半，不能复夺南城。乞受军法。"

李光弼的心脏抽作一团，下马扶起部将，眼底酸胀，却强行压住一切情绪，不动声色地拿回短刀收入靴中。

"传我将令。鸣金收兵，退保闻喜。已在北岸者暂避于泽潞。在南岸者沿新安、渑池至大阳桥过河。河东五百精骑殿后。并檄怀州李抱玉，城不可守，任弃之，以保全兵力为要。"

第三十四章·誤桃源

上元二年二月，朔方军退守河中。河阳、怀州复陷于贼。五月，李光弼受召入朝。

与当年郭子仪相似，他在面圣时同样选择了沉默。没有提鱼朝恩。没有提仆固怀恩。没有对邙山之战再做一句辩解。惟一的请求是纳还朔方军鱼符，并辞去太尉一职。

天子望着阶下的将军，正当盛年却掩不住病容愁悴，目光始终低垂，居高临下只能看见凹陷的眼窝和不耐烦的睫毛，仿佛在这殿堂里多站一刻就会沾上晦气。

"准奏。"

这次回京的气氛又与上次不同。那时郭李在朝中的位置并未尴尬如斯，关系也不曾公开，尚能混在人群中交换一两个短暂的对视。而现在，曾经手握重兵深孚众望的统帅一朝失权，怎么看都有充足的理由怨望朝廷阴图不轨。两人宅内皆有御赐的侍儿家仆，日夜起居都在一千双眼睛监视之下。朝堂宴席上相遇，周围便环绕着无数有意无意，善意恶意的目光。两人说话也不是，不说话也不是，只得硬挤出几句词不达意的客套，再赶在被思念决堤之前强行错开视线。

李光弼仍不改往日性情，不通人情，淡于接物。朝会之外便只在家养病。惟一有所改观的是，这回他对太医的叮嘱言听计从，一粥一饭精心调养。有时用了猛药，吃下去呕吐不止，吐完了顾不得喝水，又立刻端起药碗。太医见了也不忍，劝道："太尉因犯冷瘴起病，至今十余年，治病自然也不是一朝一夕。常言道病来如山倒，病去如抽丝，急不得……"

病人正被酸苦的药液呛了一口，剧烈的咳嗽又带上来丝丝腥甜。侍儿也都看惯了，熟练地取走沾血的巾帕，递上漱盂。到这地步李光弼也顾不得什么体面，当着太医草草漱了口，问道："我听说有种奇药，大秦国传来的，服之气绝，昏死十余日，却能以毒攻毒治好我的病？"

太医面露惊恐："岂有此理。人食五谷而生。十几日不进水米，神仙也活不得。太尉莫信这等邪术。安心休养为上。忧伤肺，思伤脾，第一是心宽无挂碍，然后才能指望药石之功。"

李光弼已然心知无望。神机曾说过"长则三五年，短则半载"，而现在已是第六年。况且就算此刻真将那回纥癫子找来，自己又何曾有机会"调养三五个月，不许沾半点忧虑操劳"。死生有命，也就罢了。

果然如他所料，回京后不到一个月，唐廷便接到史朝义南侵、河南淮西诸郡告急的军报。是时田神功为平刘展之乱，逗留淮南；尚衡、殷仲卿相攻兖郓间；江淮一带内忧外患，深深撼动了唐帝国的财赋命脉。君臣几番谋议，能在这种时候坐镇东南力挽狂澜的，惟有李光弼一人。

听到风声的李光进最先坐不住，连夜造访敦义坊与长兄商量："哥，你得病得再重点。起不来床的那种，明白么？"

李光弼一听就什么都明白了，笑道："这岂是我做得主的。我这里千方百计求医问药想好得快些，就是知道早晚有这样一日。退一万步，真到了起不来床的时候，哪里打仗需要我，抬也要给抬去。"

"哥你疯了？你这副身子骨，再出去打仗，一去不回，别人犹可，你想过阿娘吗？！"

主人失色，猛一抬头，正对上弟弟泫然欲泣的双眸。他们兄弟间算不上亲密，自兵兴以来，见面的次数屈指可数。然而毕竟血脉相连，任凭怎样的铁石心肠能当得住这样一问。

他缓缓背过脸，立起身做出送客的姿态。

"阿娘深明大义，她不会怪我。"

李光进到底不甘心，凑近去还要再劝，忽闻前面院子里喧声乍起，人喊狗吠闹成一团，光进的马也受了惊，撂起四蹄扯断了缰绳，满院里横冲直撞。

兄弟俩赶到现场时，全府上下都凑了过来，几十只火把照得满地通明。李光进好容易拴住马，惊魂未定问："怎么回事？进了贼么？"

李光弼哭笑不得："马夫说是野猫还是野狗，太多了，也看不清。"

那厢里几条细犬正将猎物逼近墙角，眼看穷途末路，只听"喵呜"一声，墙头飞上一道黑影，显见是只狸奴。然而这还不算完。当夜可煞也怪，家里平白钻进来十几条野猫，须臾穿墙入户跑得到处都是。众人又是恼又是笑，满院搜罗，好容易将畜生都撵出去，一闹就闹到了二更天。仆妇们劳累一日，平白又加一场班，一个个面露倦容。李光进牵挂家中幼子，禁军将领也无宵禁，就此匆匆作别。李光弼回到卧室，侍儿打着呵欠过来服侍，主人便道："辛苦你们了。面汤放在这里我自己洗。都去睡罢。"

须臾室内安静下来。李光弼阖上房门正要洗漱，冷不防听见床底下好像有人咳嗽，登时寒毛倒竖，眼看就要叫出声，那里忽然"嘘"了一声："光弼，是我。"

郭子仪说着，从床下爬出来，抹一把脏兮兮的脸："天可怜见，一寸都没偏，正钻进你房里。"

"你，你怎么……"李光弼又是惊疑又是迷惑，打量着对方一身的土，好像有什么猜想却又不敢相信，"你怎么进来的？"

"和你学的。"郭子仪先从怀里摸出一个布口袋，脱掉全身沾了土的外衣仔细收好，又向铜盆里将自己洗涮干净，"在太原给你挖地道的钱工三，如今不是在思礼军中么，我派个家丁去和他学了半年，把他的全套手艺都搬来了。——你放心，床底下的土都收拾干净了，到时候拿木板把洞口盖上，地砖原样铺回去，外人再看不出破绽。"

原来刚才那一顿喧闹都是此人的调虎离山计。李光弼草草扫一眼床下，心里犹有一千个疑问，却早被爱人抱了个满怀："好啦我的光弼。别管那些没用的，让我好好抱抱你。"

一句话便让房内气氛变了样。距离上次在黄河滩上的夜半私会，又过去了整整两年。而这一次，他们又只有短短的半个夜晚。

他伏在爱人肩头，仅仅是闻到熟悉的桂花香气便已泪水盈睫："子仪，辛苦你了……"

郭子仪叹口气："你们挖地道守太原，攻怀州，我这里只好挖地道偷情。你这话要让我愧死了。"

他却不想在这个时候再提起战争。明明这曾是他们之间最热衷的话题。然而当战争进入第七个年头，意气风发的中坚将领双双转做圈牢养物，乱世终结仍旧遥遥无期。

他扳着爱人的脸细吻眼角新生的细纹和鬓边渐染的霜色，辗转厮磨间一滴滴啜着不知是谁的泪水。过于用力的拥抱挤压胸腔，颤抖的声线里带着不能自已的怨愤："每一次……每一次以为胜利在望，以为一切马上就要结束，以为我们终于可以自由了……每一次！最后都是一场空……为什么，子仪，我们到底哪里不尽心，哪里不够好，为什么我们就是做不到啊……"

而在说话间他又骤然意识到，就算现在史朝义暴毙，失地收复，战乱终结，对他们又意味着什么呢？他们仍旧没有自由，没有未来，仍旧只能和现在一样，连一个短暂的拥抱都是奢望。

"对不起子仪，我不该这么软弱。可是真的，我快要撑不……"

郭子仪轻轻捂住他的嘴，睁大眼睛盯住他的双眸，脸上是一种他从未见过的，奇异的兴奋神色："光弼，我要说的话有点多，听我说完：这正是我今天来找你的原因。这件事我已经筹划了大半年，本来还想等安排得再周密些，可是今天从元相公那里听到消息，你马上又要出兵，要去那么远，你还病得这么重。光弼，这可能是我们最后一次机会了。这条地道有三个出口，一头在这里，一头在大通坊圣人新赐的庄园里，然后从那里继续向南直通城外，出口在安化门外一片荒地里。明天我先把马带到那里，夜里再来找你，你简单打点一套衣裳和三五天的药，其余什么都不用带。工具，干粮，盘缠，文引，我都备好了。还找梨园子弟买了他们扮胡人时贴的假鼻子假胡须，等出了城，谁也认不出我们。到时候就说是去蜀地的胡商，一路向西到凤翔，然后南下凤州，过了河池关，就到了。一共七百里路，慢慢走，五天十天都不要紧。"

李光弼已经听呆了，千头万绪不知从哪里问起，只得捡起最近的话头："你要带我……去哪里？"

"是我们的家啊。"郭子仪粲然笑道，"你记不记得战争刚开始的时候你说，打完仗我们就辞官，买一小片田地，做点什么都好。我驻军凤翔时路过一片庄园，依山傍水，当时就心想，光弼一定喜欢这里。那里一则冬无严寒夏无酷暑，好给你养身体；二则深藏在秦岭腹地，我买的那片山谷简直人迹罕至，极是个避世的桃花源；三呢，那里说远也不算太远，哪天你想回长安逛逛，会一会家人，也不是什么难事。等我们安顿下来，把太夫人也接去颐养天年。或者先到那边避一避风声，等外面太平了，想搬到别处也尽管搬。——光弼，我知道这一大堆对你来说太突然了。可是我们真的没有时间了。现在不需要你操心任何事，只要一个'好'字，别的全都听我安排，好不好？"

李光弼犹自瞠目结舌，不敢相信明天的这个时候，大唐的中书令和侍中竟要亡命私奔。可是铮铮铁骨也难以抵挡"家"的诱惑，一个好字从心头滚上舌尖，含在嘴里甜得人晕头转向。一天。再熬一天他们就自由了，他们就要有家了！

他凝望着爱人那双已经不再年轻，却盛满孩子般欣喜与期待的眼，望了很久，很久。

"可是，子仪，仗还没有打完啊。"

说话的时候他根本不敢看对方。不敢想象这样缜密的谋划，殷切的期许，近在咫尺的静好团圆，被拒绝时是怎样的滋味。他不自然地扭过头去背对着郭子仪，心虚地试图抽回被那人按在心口的手，却没能抽动。

"对不起……"

郭子仪干笑一声："没什么。我，我想说，其实我料到会这样……光弼，今天太晚了。你先好好睡一觉，好在明天休沐不必早起。等睡好了，再考虑考虑。明天晚上我再来找你，到时候再做决断也不迟。"

李光弼攥着爱人颤抖到近乎痉挛的手，心如刀绞："对不起。我走不了。至德年间我在太原、你在关中的时候，睢阳被围，四临诸郡无人施以援手，致父子相食；军民死数万，而终无叛者。这事我们都记得。当时我们离得太远，没有办法。现在睢阳又遭史朝义围困，我必须去。子仪，换你在我的位置上，你也没别的选择，不是么？"

"可是你，你不是我，你不能再出去打仗了啊！眼下但凡有办法让我替你去河南，我也不至于出此下策。光弼，我们把话说开，邙山一战朝廷这样对你，召之即来挥之即去，这不是你该忍受的，也不是你能忍受的。而且以后只怕还要变本加厉。我真的不敢再多等下去了，哪怕一天都生怕悔之莫及啊。"

"我们打了半辈子仗，从来都不是为'他'而战。'他'怎样对我们，不在我的考虑之内。"李光弼一点也不想再谈这个话题，索性一把将对方拽到床边，"我们还有正经事。再拖下去天都要亮了。"

第三十五章·惜余歡

郭子仪毫无准备地被按倒在枕席间，连声唤着"别闹"，惊恐得好似被用了强。李光弼不由分说捂住他的嘴，一手就去扯衣服："外间睡着人，你想吵醒他们来听壁角么？"

片刻的颠倒慌乱之后两人总算除尽阻隔，赤条条缠在一起。郭子仪在深吻中扳回几分主动权，将爱人护在怀里："我的人，你看你还发着烧。我们就这样抱一会好不好？"

那人不说话，只是仰着脸凝视他，右手一寸寸抚着他的躯体，细细地读取肤发间丝丝缕缕的柔情。室内一灯如豆，照着消瘦的，泛着病态潮红的脸颊，微陷的眼窝越发显得眼睛极圆极亮。他太熟悉这双眸子了。第一眼，第一夜，第一记心跳第一个吻，直到今天，直到最后，从未改变。

同样不曾改变的还有他在这双眼瞳注视之下无法自持的情动。数载相思早已将心防满溢到一触即溃的地步，他在来之前还是连泼自己三桶冷水，打定主意再怎么不要脸也得等那人病好些再说。可是现在不行了。他徒劳地咬自己的手背，掐自己的腿根，无论如何也克制不住腔子里摧枯拉朽的欲火。李光弼感知到他的抗拒，一反常态地温存抚慰，微烫的掌心熨着大腿内侧紧张的筋肉，倒好像初夜时的他耐心安抚惊惶失措的少年。

"做我。子仪，别怕。怎样都可以。我想让你……记住我。"

　　心尖被什么东西重重捏了一下。未及品味这句话的含义，泪水先于情绪涌了上来。

　　离别近在咫尺，重逢又在渺茫之外。谁也没有说出口，只因都已洞然于胸：这次一别，多半便是永诀。因此那人不顾病痛倾身以奉，只为换取一个刻骨铭心肝肠寸断的"记住我"。

　　他捧着爱人的脸拼命摇头，大颗大颗的泪水砸在那人唇边。"我不！我不知道你在说什么。我记不住你。一天不见就会忘掉。我得天天看着你，守着你，贴身贴肉，寸步不离，一百年，一辈子！"

　　李光弼抬手摸着他的脸，含糊劝着"别怕"，眼里却也潸然泪下。

　　"那就，让我记住你。"

　　李光弼不是第一次在床笫间采取主动。却从未像今天这样恣情恣意，一举一动带着不顾一切的凶狠。一上手就直取要害，露骨的舔舐搓弄将那物件挑逗到血脉贲张，硬到硌手，烫得握不住，不堪承受地吐着清液。纵然他往日里并不算拘谨，每次见到这场景总要红透了耳朵不自觉地躲开视线。然而此刻他一反常态地兴奋到颤抖，用爱人的阳具偎蹭脸颊，戳动喉结，夹在胸肌间，抵着紧实的小腹，用起伏的肌肉包裹摩挲。又伏在那人胸前舔舐乳头，啃咬箭伤留下的瘢痕，胸口用力碾过胸口，好让自己项上的翡翠护身符在两人皮肤上拓下互为表里的殷红印记。郭子仪哪里禁得住这般手段，又不敢弄出动静，只得死死搂住对方，一下一下用交合的节奏挺动腰肢，咬着自己的手含糊呜咽。

　　"我，我从十八岁认识你，就……"李光弼也气息急促，身体被箍紧到说话都断断续续，"就陷进去。第一天晚上，就开始想你。见不得你的身子。在外面洗澡的时候，你都看见了……"

　　他不明白那人为什么要在这种场合追忆从未细谈过的少年情事。然而潮热的情话比鸩毒还要惑人，明知听到最后唯有心碎，也还是忍不住吻着对方恳求："我的人……多说些。"

　　"那是我第一次。之前，男人，女人，任何人，从来没有过。当时我觉得自己快死了，不知道身体为什么会那么……下流。可是又……兴奋得不行，被你摸到的时候浑身都在抖。当天晚上我就跑了。我真的怕。以为你看见我那个样子，一辈子都没脸见你了。"

郭子仪翻身覆上高热的躯体，四肢绞缠如交尾的蛇。那人已经受不住撩拨，握着他的阳具想要纳入体内。他慌忙拒绝，轻车熟路地摸到枕头下面的蚌盒，仍以往日里的耐心和柔情缓缓扩张，轻怜密爱，仿佛他们漫长的余生里还会有千百次这样的交欢。

"可是你来找我了。"李光弼在被手指触到软核时几近失声。三年了。一千多个孤枕难眠的夜晚。渴盼了三年的快意与餍足，累极的旅人甘愿陷入柔软的泥潭，却在沉沦中绷着弓弦般的一线清明："你半夜里翻墙来找我，给我带吃的，给我裹伤，抱我安慰我。你知道自打我记事起爷娘都没再抱过我么？那时候你还不敢碰我，只抱了很短很短的一下。就那一下，我记了好久好久。每到失落的时候就伸手去够自己肩头后背被你摸过的地方，回忆那一刹那的感觉。"

郭子仪已是泪如雨下，没有力气再听一个字，却又生怕错过这最后的告白。

"然后去长安，在西市客店里，睡在你身边，我一晚上……都在做那种梦。梦里都被自己吓住了，可是死死搂着你不肯醒过来。颠来倒去全是你。那时候我都不知道和你在一起该做什么，能做什么。就梦见在床上贴身抱着，就……就泄了不知多少次。子仪，这些你知道么？"

他混乱地摇头又点头，本能地蹭着那人的腿缝缓解摧山崩地的快感和饥渴，喉头被巨大的喜与悲哽住，发不出一点正常的声音。

"光……我的……"他的喘息乱到眼前发黑，只有在深吻间隙才能勉强呼吸，"我的人，我拿你怎么办？你带我走吧。把我藏在车里，藏在床底下。我不管了。我什么都不要。只要守着你……"

那人试图吻干他的泪水，一遍一遍也只是徒劳。用尽了安抚的手段，最后索性心一横，抬起双腿缠定他的腰，硬生生将阳具纳入体内，三两下便嵌进几寸深。双方皆久疏情事，一时间都不堪承受突如其来的巨大刺激。郭子仪硬是惊得僵在原地，直到听见一声极力压抑的闷哼声才意识到发生了什么。

"我没事……"那人强展眉心，故意抬起下颌将滚动不止的喉结暴露在他眼前，"别怕。子仪，我没有别的意思。只是想让你知道我，我爱你很久，很多。子仪，来……做我。"

他听不清自己当时说了句什么。那时那地连自己看到什么感知到什么都无暇顾及，只剩下铺天盖地的心疼。本能地抽身退出害怕伤到对方，可是里面绞得太紧了，越是想退越是被高热的体温刺激得反倒胀大一圈，被死死吮住不放，狼狈得浑身冷汗。

"我的心肝，放松点。不然今天我们都得死在这里。"

那人胸口起伏，抚着他的脸强作笑颜："这么疼，真好。子仪，再深一点。你想听我说第一次和你做的感受么？"

他真的觉得自己要死在这张床上了。全身的血都涌上头来，砰砰地撞着太阳穴。一手蘸满香脂揉按穴口，一手扶着凶器缓缓出入，满耳都是牙齿碾在一起尖锐的摩擦声。那人也缓缓深呼吸，努力配合着他的动作打开身体，邀他深入脆弱又坚实的内里。

"那时候我，我只听说过被男人干很疼。心想能和你在一起，疼算什么。可我没想到第一次是那样的……"断断续续的低语不时被呻吟打断，"你，你就那样抱着我一寸寸地亲，捧在手心里，稀世珍宝一样。我当场就只想死在你怀里……"

他只觉五脏六腑都疼碎了，哑着嗓子勉强挤出断断续续的音节："我也是。光弼，我这辈子无论如何，无论如何，我都要死在你怀里。你给我记住这句话！"

李光弼微微一怔，眼神一霎清明，又立即沦陷在近乎疯狂的攻势中。郭子仪在这种事上向来步步为营，每次都提前筹划场景姿势道具。这次却从一开始就没有半点自主权，提线木偶一般受着爱欲和伤感的操纵。近乎暴烈的横冲直撞甚至已经不是为了追寻感官刺激，而仅仅只是用来宣泄生命尽头最后的热情。身下的人早被撞到魂飞魄散，却又始终保持着近乎可怖的专注，在沉迷至深的时刻仍睁着晶亮的眼睛直视爱人眼底，一次次吻去蒙蔽双瞳的泪水，只求毫无阻隔地相互洞见灵魂。

郭子仪在与李光弼对视的瞬息便读懂了那份决绝：他的爱人正在用尽毕生的全部心力，记住他。

他不得不将那人强行翻过身去，兽物一般跪伏在床上承欢。他们从未采用过这种看上去颇不对等的体位。他记得从什么地方听说，世间鸟兽虫鱼，唯有人为万灵之长，可以面对面交媾。他们都喜欢在欢爱时偎着对方的怀抱，吻着嘴唇，抵着额头，将情动时最微妙的反应尽收眼底。可是今天不行。爱人灼然粲然的目光酷似贺兰山下带着他的箭、伫立在他的马前与他对峙的那只鹿，每一眼都勾着他牵着他，一步一步直到尘世尽头。

然后倏然放开手，头也不回地涉水而去，只留他一人在此岸痛彻心扉。

也是直到今夜他才第一次从这个角度看他的爱人。从颈至臀的线条干净洗练，无一丝拖泥带水，如一张曲线完美的角弓。微凹的脊柱因为近来的消瘦而隐现棱角。两侧的肌肉在他虎口下起伏不止。浅浅的腰窝里盛着残烛的微光。是他几生几世都爱不够的人啊。他要怎么才能记住这一刻这一幕，这张床上的每一种气味每一寸褶皱，这间屋子里的每一种声音每一道暗影，这个即将逝去的夜晚里每一句失落的誓言……

恍惚迷离间蜡烛无声熄灭。而周围并未陷入绝对的黑暗。两人同时抬头望向窗口。夏至日的第一缕曙色悄然潜入室内。一生里最短的那个夜晚，过去了。

最后时刻他伏在爱人背后紧闭双眼抗拒外界的一切，只将全部意识集中在体内方寸之间。炽热，柔软，痴迷地挽留，无处不在地包覆，战栗痉挛地，在记住他。

　　那人显然感知到了后背上点点滴滴的湿意，艰难地扭转脖颈来吻他的脸颊，双手被他十指交扣钉在枕畔，只得微微挪动手指试图安抚。

　　"子仪，你要是难过，就和我说话，说你第一次见我，第一次喜欢我，第一次做我……好不好……"

　　他恶狠狠地摇头："我一个字也不会告诉你。想听，就好好地回来。等你回来的时候……光弼……"

　　一句话未完便重又坠入绝望的深渊，遥望着不可及的彼岸卑微哀求："我的人，就答应一次好么……我闭着眼，你说什么我都会信。哪怕编句谎话来哄我也好啊……"

　　李光弼也已泣不成声，濡湿的脸颊埋进他的手心，嘴唇开了又合，挣扎再三，吻着他的掌纹轻轻点了点头。

　　睁开眼时郭子仪只知道自己最后还记得抽身出来，射在那人后背上。浑浊的精水顺着脊柱缓缓流下，积在肩胛之间小小一片低洼处。熹微晨光攀上高潮后的胴体，湿润的皮肤上冷光粼粼，仿若曾有蝴蝶死在这里。双翼成灰，只留下熠熠的鳞粉。

　　当日李光弼便接到制命，复拜太尉，充河南、淮南、山南东道、荆南等副元帅，出镇临淮。启程时照例百官恭送至通化门，天子躬自赋诗饯行。太尉是三公之首，崇重更在郭子仪之上。然而唐帝国至高规格的仪式上所有人都清清楚楚地看到三军统帅已经病重到无法骑马的地步，只能半躺在铺满茵褥的车里奔赴前线。

　　那天郭子仪也不再避人耳目，众目睽睽之下穿过人群走到他面前，打开怀中木盒，里面藏着巾帕，梳篦，环佩，荷包，这些年里他们一起留存的大大小小的信物，还有那人曾送给他的一对杯盘。

　　"我娘病重的时候，把我们姊妹叫到床前，给我看小时候攒下来的零碎东西，其中就有你在我家看见的那些。她说你们将来遇到难过的事，就哭一会，然后再看看这些，想想小时候高兴的事。就好比生了病要难受一阵子，吃了药再慢慢养好。为娘不能陪你们到老，可这些小玩意都是你们往后一辈子的药。——光弼，这些便是送你的药。你好好收着，好好地用。等病好了，记得还给我。"

说这些话的时候郭子仪始终笑着，笑容温煦如春水，从他们相见的第一天流到今日，溶溶脉脉从未改变。

李光弼也笑着接下了礼物，从里面挑出一只漆盘一枚羽觞，递回爱人手中："你也保重。好好地，等我回来。"

第三十六章·行路難

邙山之战后，史朝义杀父自立，乘胜南下攻占淮西，围困睢阳，兵锋直指江淮运路。李光弼一行取道襄阳赴镇，为抄近道，最险的时候距离敌军营垒不足五里。赶到徐州时监军已经吓破了胆，只想躲开前线远些再远些，索性上奏朝廷"临淮城池卑陋，不堪镇遏，当移驻扬州暂避贼锋"。眼看奏表已经装进信封，李光弼却遣人来宣将令：原地安营扎寨，即以徐州为行营治所，命淮南、山南诸军限期集于此，共救睢阳。

监军气势汹汹地找到李光弼面前："圣人制命上白纸黑字'出镇临淮'，难道老奴眼花了？"

"临淮城池卑陋，不堪镇遏。不若徐州紧邻前线，当运路咽喉，自古为兵家必争之地。万一睢阳不保，逆胡必将沿运河东略江淮，到时候我们至少可以蹑踵其后，使贼腹背受敌。"

"可是这里，这里西边二十里即有贼营……"

"中尉若是惜命，大可回京面圣，换个人来。"

"李太尉，你这是抗旨！"

李光弼冷冷地扫他一眼，面无表情，声调里也没有一丝波澜："朝廷以安危寄我，我只知道驻军此地最利救睢阳、保淮南。至于抗旨屠家，不是我该挂心的事。——庭玉，去派斥候，看看田将军几时能到。"

江淮诸道将领倒是比监军识趣。原本各自在这天高皇帝远的地方跑马圈地，一听李光弼来了，纷纷敛手各还本镇。兖郓节度使田神功听说过张用济的事迹，带兵按时赶到徐州。李光弼便教麾下郝庭玉、论惟贞与田氏犄角救睢阳。是时睢阳城内粮尽，太守李岑计无所出，几欲自尽。幸有果毅刘昌献计，搜集仓库内酿酒的陈粮数千斤以救一时之急，自请防守东南角城坊最薄弱的一段，效昔日张巡守城之计，苦撑数十日终于等到官军来援，一鼓作气将敌军赶回蔡州。

之后的半年里李光弼几乎不得一日休息，一直在黄河沿岸与燕军周旋，终于宝应元年初收复许州，进围汴州，对燕军占据的洛阳形成合围之势。然而祸不单行，江浙一带农户此时不堪赋敛之苦，纷纷揭竿而起，以袁晁为首，聚二十万众，席卷浙东浙西诸州。李光弼顾不得为重压下的百姓叹息，立刻从麾下抽调精兵强将，以袁傪、张伯仪为将，奔赴东南镇压民变。

就在他为大唐的东南半壁江山焚膏继晷惨淡经营时，闲废在京数年的郭子仪忽然接到诏令：河中兵乱，朔方军衙兵杀节度使李国贞，剽掠州县，无人能禁。是时太原的河东军、泾原的安西北庭军也相继发生兵乱，朝廷束手无策，生怕几处乱军联手，逆胡未平，先将自家后院烧个干净。病中的上皇、天子与近侍宰臣再三权衡，只得复以郭子仪为元帅，亲赴河中平乱。

郭子仪深知这次复出的机会来之不易且危机四伏，临行前再三上表陈情请求面圣。李亨已经病到不能临朝的地步，群臣莫得进见。郭子仪再三固请，终于在内殿面君，奏道："愚臣将死于外，不敢恤其身，惟恐不见陛下，目不能瞑。"

病榻上的李亨立刻听出这位精明的朝廷重臣的弦外之音，却始终装聋作哑，只萧然答道："河中之事，一以委卿。"

郭子仪便也没有再多说一个字，领旨谢恩而去。

河中军乱本因唐廷欲收功臣兵权，在李光弼走后调宗室文臣李国贞继为节度使。诸将戎马半生，各恃功高，自然立刻捕捉到这道任命背后不祥的信号。李国贞亦是眼里揉不得沙子的人，却又没有李光弼治军的铁腕，最终因为微小的衅端而沦为军卒泄愤的牺牲品。郭子仪当然对这背后的权力角斗洞若观火，却又只能视而不见，就地处置了挑起兵乱的元凶，拿出朝廷赏赐安抚其余将士。尘埃落定之际，长安传来龙驭宾天的消息，在郭子仪也是意料之中，至于朔方军在新君手中的命运，也只能听天由命了。

苦夏季节中原暂无战事，国丧之中官员又无需视事，郭子仪难得有几日清闲，便去拜访寓居河中的李夫人。

自河阳之战之初，李光弼便将母亲从太原搬到河中，后来回朝直至出镇徐州，都没有再携母同往。一者老人家上了年纪不愿轻动，而更重要的原因还是他信任朔方军远超过任何人，包括自己。这一年来郭李之间不通音问。郭子仪带着丰厚的礼物上门时，跪在地上行礼未完，便迫不及待问道："光弼的病怎样了？"

李夫人将客人扶起来，一路领进后堂相待："说是咳嗽略好些。瘦倒是瘦得不狠。吃饭睡觉还过得去。扛一时算一时罢。"

郭子仪喜上眉梢："可知那里水土好，彭祖活了八百年，就是徐州人。兴许光弼这样养两年，回来时就大好了呢。"

妇人礼节性地笑一下，没有接他的话茬。主客入座，上了茶，郭子仪努力按捺着心痒，先问李夫人起居，家里缺不缺什么，有没有被兵乱波及。李夫人随口应了几句，突兀地又将话头兜回去："他总说打仗就是他的药，他还说阿娘别怕，逆胡未灭，他怎么都要活下去。"

午后的阴天里滚着闷雷，尘土气味的热风袭入厅堂，掀乱了屋角香案上的经卷。两人相对无言。李夫人挪身到佛龛前，背对着客人将香炉擦了一遍又一遍。

郭子仪当然记得老人家一辈子不信神佛，这点李光弼随她。

"我不明白他这话。他总教我别怕。我半截入土的人了，有什么好怕的。可他还年轻啊……"

"阿娘……"他骤在佛前跪下，"我会带他回来的。佛祖在上，我给阿娘发誓。若违此言，万世不复为人。"

又一阵疾风，檐外闪电劈空而下。黑云翻墨，天地失色。点点泪水落地的声音顷刻间湮灭在呼啸而来的暴雨中。

　　雨一直下到晚饭后。天色已晚，郭子仪不得不告辞。李夫人一路送到门口，却见雨中一个青年军官牵马等在路对面，不知站了多久，斗笠下的衣袍都已湿透。郭子仪认出那人，奇道："怀光？你来找我？傻孩子怎么不来门廊下面躲雨？"

　　李夫人也听说过这名字，连声唤人来家里避雨。李怀光看也不看李夫人，只向郭子仪行礼道："长安有人来，要召你回去。"

　　另两人闻言皆是一惊。郭子仪下意识追问："京中有什么事么？"

　　"回去做山陵使，给先帝修坟。"

　　李夫人已经明白这是新君又要解郭子仪兵权的意思，愤然道："岂有此理。用人朝前不用朝后，哪有这样对待社稷功臣的。"

　　郭子仪却不愿当街再谈这话题，朝老人敷衍地一笑："没什么。我过来平乱，现在既已了事，自然该回去。"

　　青年忽从一旁插话："你不要回去。"

　　"怀光，我们回营再谈。"

　　"不要回长安。"李怀光不动脚，直勾勾盯住长官，"朔方军好容易换你回来，不会再让你走。只要你一句话……"

　　郭子仪登时变了脸色："怀光！下去！这里没你说话的地方！"

　　青年纹风不动，高大的身躯墙一般堵住对方的去路。郭子仪已有几分不耐烦，牵过自己的马就要将人推开。背后李夫人却跟过来，也立在雨里："我说也是。当今圣人，当年和你一路讨贼平叛，这才刚坐上龙椅就翻脸不认人。你要是就这么回去，往后不知还有多少气要受。——假如光弼在这里，必定也这般劝你。"

　　"阿娘快回去！"郭子仪慌得一把夺过仆从手里的伞，亲自撑在老人头顶，"阿娘说得是。子仪无能，让阿娘悬心了。可是朔方军终究不是我一个人的私物。它是王大夫一手带大的队伍，更是光弼半生眷恋的故乡。将士们从天宝年间一路打过来，洒下的血能把从灵武到长安的几千里路都染红。如今我怎好为一己安危就挟兵自重，让朔方这个军号从此沾上'叛'字啊。"

　　一行说着，一行做好做歹将李夫人送回门内，重新行礼道别。郭子仪直到看见李家关上大门才转身上马。路对面早不见了李怀光的影子。

　　是年十月，朔方军以仆固怀恩为帅，联合回纥骑兵和关内、河南诸道军齐进洛阳围剿史朝义。李光弼也亲至汴州督战。十万燕军阵坚难破，镇西节度使马璘单骑奋击，夺贼盾牌突入万众中，所向披靡，官军终得乘之而入，一举破阵收复洛阳。随即仆固怀恩遣其子仆固场北上追击残寇，李光弼也派出薛兼训、郝庭玉左右其军，数月间转战两千里，终于在广德元年初猎得史朝义首级，终结了八年之久的叛乱。

　　而对这片土地上的百姓而言，兵火与苦难还远未结束。河北数十州名为光复，实际仍在安史旧部控制之下割据一方；仆固怀恩与辛云京因处置河北势力而生隙，致朔方河东二军同室操戈相攻不已；回纥援军自恃功高，来去途中奸淫抢掠，唐廷不敢约束；而在中原陷入战争泥潭的数年间吐蕃乘势崛起，至此已连陷河西陇右数十州，自凤翔以西、邠州以北尽为左衽之地。

　　至于长安城中的天子李豫，乱局初定时的第一等大事，却是压制功臣。郭子仪的恭顺态度无疑增强了新君鞭挞海内的信心，满以为强藩劲旅尽在掌握。广德元年，入京朝见的节度使来瑱、李怀让相继被赐死，仅仅因为他们在平叛期间曾与权宦交恶。李怀让曾与李光进同掌禁军，他的死让李光进心有戚戚，为求自保，忍痛抛下京中家小出守鄜坊。李光弼则是在河西期间便见识过"来嚼铁"的勇悍，两人已是二十年莫逆之交。前年他出镇临淮时路过来瑱治所，当时来瑱已与唐廷有隙，抗命不朝，他还劝过对方大局为重。——谁料这一去竟被构陷至死，他自己都成了帮凶。

　　那年的三伏酷暑格外漫长。战火略熄，李光弼的旧疾便死灰复燃。在病榻上听到来瑱死讯的他直勾勾盯着房梁，仿佛并无触动。惟有守在一旁的郝庭玉内心煎熬不已：他太清楚长官的身体早在数年前就已被繁重的军务压垮；能熬到现在，全凭"逆胡不灭，死不瞑目"那一口气。而现在，还有什么能留住他呢。

孰料就在这一年十月，吐蕃出其不意奇袭关中，边将告急的文书皆被内侍程元振压下不奏，以至于敌军一路长驱直入径抵奉天、武功。待天子闻报时，吐蕃前锋离长安已不足百里。

仓皇之际李豫也选择像他的父祖那样舍弃京城，向东逃难到陕州。一路雪片般散出号令诸道军入京勤王的诏书。而四十日后吐蕃早已被赶出长安城，诸侯竟无只轮入关中。

个中原因所有人都心知肚明。当时离关中最近、兵力也最强盛的朔方、河东两军，正因仆固怀恩与辛云京反目而对峙，竞相上表指责对方谋反。而在天子落难之际，两人却心有灵犀一般同时选择袖手旁观，以至于唐廷无兵可倚，只得重新启用郭子仪为副元帅主持抗敌。

郭子仪已数不清这是自己第几次临危受命。久困长安的他，身边部曲早已离散，赤手空拳地接下敕诏，硬着头皮四处搜罗散兵游勇。所幸吐蕃来犯也只图金帛子女，并无长久之计。在京中大肆劫掠一番后，轻易就被临时纠合的官军原路赶走。

两个月后圣驾返回长安，郭子仪率百官迎于浐水东，伏地待罪。面对这位无数次将唐帝国从覆亡边缘挽救回来的纯臣，李豫终于半真半假地面露愧容："用卿不早，故及于此。"

到这个地步，郭子仪当然不会再相信这是君王悔恨不已痛改前非的自白。果然，甫将大明宫里的狼藉清扫干净，天子临朝，第一件惦记的事，便是质问："李光弼怎么不来勤王？"

"陛下明察。徐州至长安近两千里路，轻骑疾行也需十多日，何况河南诸军多是步卒。"纵然早有准备，郭子仪还是震惊于自己竟要解释这样直白的道理，"臣听说太尉行至东都而贼已退，自然……就不必虚耗兵力。不过还是派了田神功、李忠臣至陕州护驾……"

丹墀上一个尖利的声音打断了他的话："田神功、李忠臣敢来面圣，太尉怎么就不敢呢？"

田、李皆是河北降将，得此良机正要到天子面前邀功，又岂是饱受猜忌的李光弼能比。然而这道理郭子仪知道，鱼朝恩知道，李豫也知道，只是谁都不肯说罢了。如果说在天子幸陕之前，中贵人里尚有程元振能与鱼朝恩制衡，经此一役程氏倒台，鱼朝恩权势如日中天，已到了天子都要忌惮三分的程度。郭子仪微微瞟了一眼龙座旁那个咄咄逼人的身影，将头埋得更低些："军容的问题，愚臣不敢妄议。只是记得田将军奏表里提到太尉近来欠安，想是抱病行军至洛阳，一时耽搁了。"

天子微微颔首："既这样，朕打算除太尉东都留守，好让他就地养病，大臣以为如何？"

东都留守向来是文官出任，手无兵权。郭子仪脑中一刹那闪过李光弼像自己一样被软禁在家的样子，顿时毛骨悚然。

乍向草中耿介死，不求黄金笼下生。那种日子，李光弼活不过三天。

"陛下请听愚臣一言。"延英殿里回荡着叩头的闷响。数九寒天，他只觉手心里全是汗，"臣听说宝历以来袁晁横行两浙，元凶虽灭，余党不绝如缕，至今仍为患一方。来瑱身后梁崇义继领其军，如今也拥兵南阳，久怀不臣之心。更不要说河北十载叛涣之地，太平非一朝一夕可致。徐州当漕运咽喉，非李太尉不能镇。就算要解太尉兵权，也万不可在此时啊。"

天子一时无言以对。眼看不得不让步，鱼朝恩忽然话锋一转："令公管不了李太尉，总能管得了仆固怀恩罢。"

郭子仪一时不知那人葫芦里卖的什么药，只木然叩首道："臣万死！怀恩昔日为臣偏裨，为人狠傲，臣不能管束，致其拒命汾、晋，与河东军相攻，此是臣死罪。"

天子连道"岂敢"，换上一副和颜悦色的表情："大臣掌兵数十年，朔方军孺慕大臣，如婴儿恋其父母。如今怀恩为左右所误，自疑于朝廷。朕打算将朔方符节还给大臣，有劳大臣出镇河中，收怀恩之师，喻其归朝。大臣以为如何？”

“臣……遵旨。”郭子仪仍未明白话题何以转得如此突兀，而眼下怀恩与辛云京之间大战一触即发，形势至此，这个任命根本没有他考虑的余地。

天子闻言颔首，宣布散朝。郭子仪恭送圣驾离开，小步趋出时却被鱼朝恩堵在殿门口，似笑非笑道：“有句话刚才圣人忘了提：李太尉的老母现在河中。令公此去，记得将她接回来，颐养天年。”

第三十七章·感皇恩

红漆大门缓缓打开。李夫人素服严妆，孤身一人候于门内，身边不见一个侍从。

门外的郭子仪见到对方，大惊失色，生生愣在原地。呆了半晌，身后的中使问："这位是……？"他才恍然回过神来，磕磕绊绊答道："这就是韩国太夫人。"

李夫人面无表情地向来客点一点头："都收拾好了。走罢。"

中使微微偏过头，越过主人打量院内，只见数间厅堂门户大开，室内陈设几乎被搬空，简直家徒四壁。而李夫人身后几十件行李横平竖直整整齐齐，显然是早有准备。

"……仆从们呢？"中使纳闷不已。

"都被我打发走了。"主人款款道，"天子召我进京养老，想必凡事齐备，不缺那几个男女。"

郭子仪此时也不敢再神游天外，顺着老人唯唯道："不缺。不缺。长安的宅院都备好了，什么都不缺。"

中使大手一挥，几十个兵卒鱼贯入门搬取箱笼。李夫人便在门口冷眼看着全副家当被装上车，若不关己。趁众人忙碌之际，郭子仪冒险凑到老人身边，将嗓音压到不能再低："阿娘……难道没收到我的信么？你怎么不走？"

自接到天子之命，他便连夜派心腹去向李夫人报信，安排人接她取道太原回营州投靠兄弟，免被朝廷扣作人质。谁知自以为滴水不漏的计划却遭到主人的拒绝。老人似笑非笑地望了他一眼，没有多说一个字，登车逶迤而去。

　　郭子仪只将李夫人护送至河中府城外，便马不停蹄地返回河中料理军务。老人同中使一路无话，回到长安依旧在李家旧宅里住下，饮食起居如常。三日后鱼朝恩奉皇命前来问安，李氏和颜悦色道："都好。圣人安排得好极了。"鱼朝恩来之前颇听说这老太太性情强项，更比李光弼难缠，心里颇有几分惧意；到此一切尽在掌握，得意之情溢于言表。闲谈间话头渐生枝蔓，偶尔便刮到李光弼身上："太夫人家里双旌在门，荣耀无比。只可惜膝前寂寞，到底不如阖家团聚。"

　　"自古忠孝不能两全。"李氏正色道，"四郎五郎自小我便教他们，为国尽忠是第一等大事，若是因此不能给我养老送终，为娘的自无一句怨言。"

　　鱼朝恩碰了个软钉子，只得换个话头随口混过去。坐了多半个时辰，主人殷勤留他晚饭，教光进的妻儿都出来相见，宾主尽欢而罢。临行时鱼朝恩意犹未尽："方才见太夫人虔心礼佛，老奴有个不情之请：下月佛诞日，章敬寺里备了清洁斋饭，斗胆想请太夫人出城散一日心。——那地方虽不过几间破庙，却有极好的芍药花，老奴也算借花献佛了。"

　　李夫人一口答应下来："好得很。我这把年纪，谁知还能看几回芍药花。军容这安排妙极了。"

　　章敬寺当然不是什么"几间破庙"，此地本是天子御赐鱼朝恩的庄园，被他舍做佛寺，修造穷极壮丽。至浴佛节，内外装饰一新，抬出内府珍藏的佛牙舍利供人瞻拜。偌大的寺院里无一个闲杂游人，都是朝中与鱼氏交好的贵客。主人原本为李夫人专备了内室，妇人却笑道："老婆子怕什么。"遂出来与朝臣内侍见礼。众人见鱼朝恩竟能将李光弼的老母打点得如此服帖，暗地里啧啧称奇，议论着如此这般真能撬动李光弼这块石头也未可知。

　　至午后礼佛赏花事毕，用了斋饭，主人得了闲暇，便将座位挪到贵客下首，殷勤问茶饭是否合口。老人将头略偏过去，眯起眼睛："你说什么？我耳朵背了，这里人多，听不真。"

鱼朝恩便凑近些，又问了一遍。李氏含糊点头道："不疼，不疼。坐久了腿有些麻。"

一旁的元载见老人答非所问，掩口哂笑。鱼朝恩无奈，只得起坐，半跪在老人身旁，提起声调问："太夫人吃得好么？"

一句话未完，只见李氏神色陡变，一手揪住鱼朝恩衣领，另一手从发髻中竟拔出一把匕首，直取对方咽喉。动作之迅疾，手法之狠戾，哪里还有半点古稀老人的龙钟之态。毫无防备的鱼朝恩惊叫一声，下意识伸手挡刀。利刃扎进掌心，登时血流如注。老人见未中要害，举刀再刺。鱼朝恩站起来想逃，却被死死揪住，仗着自己个子高力气大，竟将李氏拖出去几尺。

在场宾客都被吓傻了，没有一个敢过去拉架。那厢里李夫人虽处下风，却生生凭一股子戾气挣扎起来，扑在鱼朝恩身上就要补刀。说时迟那时快，两人扭打处倏地闪过一道绿影，李氏尖叫一声，举起的手僵在半空，随即被对手缴了械。

当时满室大乱，谁也没看清扭打间究竟发生了什么。须臾尘埃落定，鱼朝恩面无人色地唤来家丁，总算压住了场面。众人方见李氏从地上撑起身，右手手腕上鲜血横流，只有离她最近的元载才注意到伤口近处的皮肤渐渐洇上骇人的紫黑色。

"鱼朝恩，你这个败坏国家坑害百姓的狗贼！"妇人发髻散乱，面如金纸，几番想挣扎起身又无力跌倒，却始终昂然瞠视几丈外的权宦，"你坏了相州之战，邙山之战，又来教唆圣人自毁长城；你逼死了李怀让，来瑱，挖了郭令公祖坟，如今又要逼杀我的光弼。须知他们是大唐英雄，纵死也登天界，老娘我却一心只做厉鬼，早晚索你狗命！"

言罢，老人一口鲜血溅上佛坛，身体颓然倒地，当场气绝。

惊魂甫定之际，鱼朝恩命令家丁封锁章敬寺，不放一个宾客出门；几个仆妇迅速将李夫人抬下去"医治"，而他自己顾不得收拾浑身血迹，快马加鞭先赶去大明宫面圣。

浴堂殿内等候他的却不是天子，而是两位禁军军官。见面道了句"请军容更衣"，然后不由分说剥光他的衣裤从头搜到脚，连发髻都解开摸了一遍，方才行礼退下。空荡荡的殿堂里只留一个光溜溜的鱼朝恩呆立原地，迷惑而又震惊。

——难道……天子都知道了？

——不但知道李夫人死了，而且知道她死于藏在他袖中的毒蛇。甚至，还知道他过去不止一次携着这只小宠物入宫面圣？

——那人还知道些什么？

正胡思乱想着，天子车驾已到。鱼朝恩胡乱裹上件袍服接驾。李豫照旧和颜悦色，仿佛对方才的闹剧一无所知："爱卿免礼。这个时候求见，有什么急事么？"

鱼朝恩一怔，只得照之前编的演下去："老奴万死。老奴今日在章敬寺宴客，李光弼的老母也在座。不想那妇人突发暴疾，七窍出血，老奴亲自扶持，却也无力回天，竟撒手人寰了。"

"怎会如此？"李豫满脸惊讶，"虽说老人家到了年纪，只是这般不巧，偏偏死在你家私庙里，这传出去……"

鱼朝恩叩头如捣蒜："都是老奴办事不周，让陛下忧虑。事已至此，倒是稳住李光弼要紧。"

"爱卿言之有理。"李豫拈须沉吟，"只是出了这样的事，以爱卿看，究竟要怎样才能稳住他呢？"

殿内闲人都已退下，只剩一对君臣大眼瞪小眼。四目相对的刹那，鱼朝恩后背炸起一层白毛汗：天子的意思再明白不过。此时该拿什么安抚拥兵不朝的功臣？自然是杀母仇人的项上头颅了。

"陛下！"被逼入绝境的权宦顿改方才的唯唯诺诺，反倒抬高了几分声调，"陛下待老奴恩深似海。国家事重，死且无恨！可是那李光弼擅杀朝廷御史、朔方重将，骄悍无礼，久怀不臣之心。如今他拥兵十万割据东南，坐视天子蒙尘，已是图穷匕见。他等的不过是个借口。

譬如汉时吴王刘濞，就算杀了晁错也镇不住他的反心啊！"

说话间他飞快地抬头偷眼扫过去，见李豫微微皱起眉，心中顿时狂喜，赶紧攫住这一线生机："万一老奴死后徐州生变，祸及东都，从那里一路数过来，泽潞李抱玉曾是李光弼部将，太原辛云京与他有旧，郭子仪的朔方军更是指靠不上。惟一能为陛下舍命击贼的唯有老奴的神策军。可惜到那时候老奴已成粪壤，再不能前后左右护陛下周全了……"

一语未竟，鱼朝恩已是涕泗交流泣不成声。李豫再次流露出真诚的惊讶："爱卿想到哪去了？我刚才是想说，出了这样的事，任我们如何劝解都是火上浇油，惟有郭子仪或能从中周旋。爱卿肯为朕去一趟河中么？"

"老奴遵旨。"鱼朝恩如蒙大赦，叩首不迭，临起身时又压低声调，"他，他们，要是不听话呢？"

天子仿佛没听见最后一句低语，自顾自地起身离场。只在路过鱼朝恩身边时，通天犀带上的御用佩剑不知怎地脱了钩，当的一声正落在权宦脚边。

此时的河中府，朔方军刚刚经历一场剧变：仆固怀恩屯军汾、沁，以其子仆固场屯榆次，与太原辛云京相攻不已。而自郭子仪出镇河中后，朔方军诸部纷纷脱离仆固父子的掌控，转而效忠他们几十年来唯一认可的节度使。仆固场见麾下离散，大怒之际连杀数员宿将，当即激起兵变，反做了刀下亡魂。仆固怀恩闻讯仰天恸哭，乱刀剁碎朔方军旌节，南面摇指长安厉声质问："我一门忠良，死王事者四十七人，为何到头来竟不留一条生路？！"当夜即率部曲远遁回纥，散兵残部俱为郭子仪所收。

坐在谈判桌前的鱼朝恩立刻就嗅到一丝与往日不同的风向：眼前这位纯臣，曾一次又一次放弃兵权，手无寸铁地归朝。事可再，可三，不可再三再四。而现在，他的耐心用完了。

郭子仪一身素服，鬓发散乱，勉强抬了抬红肿的眼皮："太尉一去三年，我们没有通过一封私书。惟一的一次，就要让我报丧么？"

嘶哑颤抖的声调听得鱼朝恩也恻然起来，叹口气道："满朝皆知太尉纯孝，乍罹此变，自难释怀。除却令公，还有谁能劝得动他啊。——至于信文，不需令公费心，这里已有草稿，乞令公过目。"

郭子仪展开信稿，也不知看也没看，愣了半晌，忽问道："韩国太夫人是怎么死的？"

鱼朝恩正待开口，意识到对方的目光正落在自己右手渗血的绷带上，心里又是咯噔一声：难道……他也知道了？

"令公，人死不能复生，事已至此，还是劝太尉节哀顺变，早日回来奔丧吧。他做长子的，总不能缺席亲娘的葬礼。"

"军容一生修佛，怎会说出这样的话。"郭子仪诧异地竖起眉，"我对佛法一窍不通，也听说过人死入轮回，因缘果报毫厘不爽，故此不敢欺心于暗室。你做下这样的事，还要我替你隐瞒弥缝，你就不怕遭报应么？"

最后几个字落地有声，再抬眼时主人已全然换了副脸色。鱼朝恩倒还沉得住气，也用同样的气势看回去："太尉自去年吐蕃破长安，未能如期勤王，臣节先亏。然而圣人曾不以此为怀，反倒念他病中治军不易，安排他去洛阳休养身体。自古君恩之隆莫过于此。可惜太尉是个多心的人，自生嫌隙，又不受制命，拥兵不朝。令公，远的不比，太尉但凡能有令公三分忠纯，何至于就到今天这般地步。"

郭子仪一把将信稿扯个粉碎，菩萨低眉翻作金刚怒目："太尉和我怎么比？太尉自天宝年间已称名将，从戎三十年，除却邙山未尝一败；拔常山，守太原，战河阳，收东都，十年间不问寒暑伤病，不曾有一日下过前线。论治军，天下服其威名；论战功，公推中兴第一。这样一位国家柱石，他在外面熬着性命打仗，你们却在这里盘算如何借他丧母的机会夺他的兵权，害他的性命。需知他也是人，也是血肉之躯，也会累也会疼，他已经病得……"

刚说到一个病字，泪水顷刻决堤。郭子仪梗着脖颈，几番张口试图说完一句话，终于都被哽咽淹没。鱼朝恩从未见过那人如此情不能已的样子，一时间也被他哭得心内凄凉。做好做歹将残破的信稿从绞紧的双手中抠出来，从书案上重新取了纸笔递到那人面前："非是老奴成心为难，此时于情于义，都只能指靠令公了。退一万步，令公不写这封信，早晚也有别人去写，难道就能让太尉好受些么？"

室内一时静到极点。郭子仪哭了半晌，不知几时也收了泪，茫然又释然地望向窗外某处。乍起的蝉声突然打破了静默。主人也好像被拨了机关似的，一个激灵动了动手臂，机械地接过鱼朝恩递来的纸笔，又怔了片刻，一笔一画写道：

光弼卿卿如晤。

一别千夜，音容渺茫。宿昔梦见，觉而成空。近日苦夏难捱，明知你胃口不佳，也不得不勉强劝你好好吃饭，好好吃药。我很想你，可又希望你不要像我想你这样来想我。思念太苦了。

不一。

子仪白。

写罢搁笔。正在研墨的鱼朝恩疑惑地瞪大了眼："……没了？"

"没了。"

鱼朝恩的眼睛又眯做一条细缝："郭令公，你知道你这样做的后果吗？"

"知道。"他从容将信纸叠好装进信封，在封口处落下自己的印鉴，"我还知道假如我不这样做，后果又是什么。我们死后，还可以一起做修罗，做饿鬼，做畜牲；可我若是辜负他，就再也没有机会了。"

自然，郭子仪的这封信从未有机会到达徐州。中使带去的只是一纸官样文章的讣闻。李光弼看罢，似乎并未流露出太多的震惊和悲痛，只是瞑目沉默了片刻，睁开眼，照旧以平静得不近人情的声调问："那么，粮饷的事，圣人怎么说？"

河南聚兵数万，却从年初起就时常断饷。徐州守着运河，眼见粮船一队一队过去，将士们却只能吃陈米汤度日。六月以来，李光弼已将半生积蓄都填了军饷的亏空，却只是杯水车薪。他自然知道这不过是唐廷的一个姿态。正如当年他决定驻军徐州而非临淮，天子当即任命田神功为徐州刺史，连本州的税权都不许他染指。他不在乎。正如从一开始，空有五道都统之名，却没有节度使之实，始终不曾掌握任何一道的兵符。他不在乎。只要能打胜仗他什么都可以不在乎。

"我的私蓄耗尽了，病也到了这个地步，朝廷怎样待我，又有什么所谓。可是这里三万将士为国讨贼，他们还要吃饭啊！"

中使委实不曾准备过这个题目。支吾半晌，心一横，直奔主题："太尉为国鞠躬尽瘁，又逢家艰，不如解职入朝，这里的琐事，朝廷自派人处置。"

最后一点微薄的希望也破灭了。心力一懈，人便被抽去了主心骨一般，几乎支撑不住摇摇欲坠的身体。正咳嗽着，郝庭玉从外面进来，狠狠剜了中使一眼，上前扶住长官，低声道："药煮好了。"

"太尉，入朝之事……"

"出去！"郝庭玉厉声喝断客人，"太尉病了，他要吃药，要遵医嘱卧床休养。"

李光弼一个手势止住他："药拿过来。我就在这里吃。我们还有事要谈。"

汉子满脸的不放心，却不得不遵命离场。

待郝庭玉去后，李光弼努力打起精神，向中使问道："你知道家母是怎么死的么？"

"太尉节哀。天有不测风云，人有祸福旦夕。"这个题目他倒是早有准备。

李光弼微微点头："她陪我在太原时就说，万一城破，她被逆胡劫为人质，绝不会做我的软肋。她从不轻易许诺，但只要答应的事，无论如何都会做到。"

中使颜色微动："太尉这话是什么意思？"

"眼下吐蕃、回纥虎视中原，唯有朔方军能与之抗衡。你们几次三番威逼利诱要我回去，无非是，好让郭令公多一条软肋。我若还朝，阿娘也就白死了。"

"没有这回事……太尉万勿多心……"

李光弼两眼望着西窗外，并没有在听对方的话，似乎也并没有说给对方听："在我年轻的时候，一位长官含冤被贬，当时我曾劝他既明且哲，以保其身。如今我才知道那时的我既卑劣，又幼稚。我的阿娘生长将家，不曾读书识字，可她远比我通晓事理：假如一个人低头妥协，抛掷尊严以换取一时苟安，到头来不仅失去尊严，连一时苟安也是痴心妄想。"

中使已经不耐烦地皱起眉："太尉身为都统，当以顺命为忠。似此怨望朝廷之词非其所宜。"

"阿娘不曾读书，却给我请了最好的教师。我从小读左传，便学到'上思利民，忠也'。我在河南这几年，惯见田神功、李忠臣之流鱼肉吏民。昔日张巡、许远以四万无辜生灵拼死护佑的江淮土地，八年间不曾被叛军染指，却被田神功纵军蹂践。而他们只因为曾到陕州'护驾'，现在都拿着上等的赏赐，唯独我部下平日里骁勇善战秋毫无犯，却只有饿肚子的份。——假如你所谓的'忠'是这般模样，那么我李光弼宁做奸臣，叛臣，逆臣，也耻做大唐忠臣！"

李光弼眼里水光盈然，却大睁着眼睛，最后一滴泪水始终不曾落下。中使多次出使藩镇，见惯了桀骜不驯的军阀，却还是第一次听见如此直言不讳的悖逆之词。他霍地站起身，身后一队神策军侍卫也按住刀柄，室内气氛一时剑拔弩张。

"李光弼，你果真要反！"

李光弼坦坦荡荡地望进中使眼中："我已训诫部下，无论发生什么事都不得作乱。朝廷若以为河南河北永无兵祸，西北边防万无一失，自可遣散他们。至于我……"

铁石心肠的统帅忽然扯动嘴角，笑了。

　　一只精美的错金酒壶重重落在李光弼面前的帅案上。

　　"这是西域进贡的雪顶春。圣人御赐，甘美无比。太尉将话说到这个份上，想来不需我再多嘴了。"

　　话音未落，门口忽然哗啦一声脆响。两人惊讶中抬头，只见廊檐下一地碎瓷，药汁横流，郝庭玉拔刀出鞘，眼看就要冲进来。

　　"庭玉。"李光弼也站起来，示意部下止步。

　　郝庭玉目眦欲裂，面对中使和十来员侍卫，如护雏的兽物亮出尖牙利爪："你们敢动太尉一根头发，今天谁也别想踏出这道门槛。"

　　李光弼缓缓走到他身边，按住他的手将横刀收回鞘内。"别这样。田神功的衙兵想来已到府外，需要你去交接。现在不是任性的时候。"

　　七月酷暑，那双手苍白冰冷到不似活物。有那么一刻他几乎就要抛却礼义廉耻去将那双手捂进掌心，贴在怀里，好将自己的生命度给对方一半。下一刹那却又战栗着放手，仿若面对盛夏里一痕霜雪，生怕再多看一眼就化了。

　　铁塔般的汉子颓然跪倒在病骨支离的长官面前，以刀拄地，手里死死攥住轻薄的衣裾："太尉，你……你不能死……"

　　"记得我给你讲的《汉书》吗？'吾尝将百万军'，'终不能对刀笔之吏'。"李光弼轻抚他的肩头，"去吧。庭玉，别怕。"

　　他低垂着头，大颗大颗的泪水砸在地上，转眼间又尽被燥热的砖石蒸干。李光弼也没有再劝，缓步回到帅案前打开一个木盒，取出一只乌漆银平脱羽觞，满满斟上甜香馥郁的雪顶春。

　　琥珀色的酒液润泽着杯底蕴藉的文字。君幸酒。

　　中使此刻也紧张到极点。一眼盯着李光弼，一眼盯着门外的郝庭玉，大气都不敢出。眼看主人举杯欲饮，忽又将杯子放下，向木盒里翻找着什么。中使沉不住气，举手要拦："太尉做什么？"

　　李光弼从盒中拿出一个小小的油纸包，一层一层打开，最后只见几星黄褐色的干桂花。他从容地将桂花抖进酒杯里，朝客人笑道："这是我的药。"

　　言毕，举觞一饮而尽。

中使伸出的手一直僵在半空中，直到药力发作，病人眼中口中涌出鲜血，最终倾颓在地。那一刻时间重新流动。中使收回酸痛的手臂，命令手下人验尸。

郝庭玉仍跪在门口，自始至终，一刻也不曾将目光移开。

听到侍卫在耳边的低语，中使长出一口气，战战兢兢地打量起死者的脸。那人安然瞑目，笑靥如生，仿佛从不知什么是疼痛。

第三十八章·歸國遙

李光弼死后，军中哀声遍地，却始终井然有序，不曾出任何意外。三日后中使督运棺椁返回长安，一路也顺风顺水。本是件棘手的差使，几十个内侍里只有他迎难而上，这一趟回去，必有丰厚的赏赐和大好前程在等他。

船至河中府境内的风陵渡，眼看程限宽裕，中使便吩咐停船暂歇。正在他盘算着如何拜见驻守此地的一品权臣时，恰有使者来通报：郭子仪在岸上置顿为他接风。

他自然听说过郭子仪与死者的关系，出来时也被严嘱：路过河中需做防备。然而此刻木已成舟，想必无妨。

更何况，他也有求于此人。

郭子仪比他印象中的样子苍老了许多。中使含混道了烦恼，那人只是木然点头，目光始终落在黄河渡口的方向。晚间筵席丰盛弦管繁华自不必说，只是主人总有几分心不在焉，弄得中使也心里恻然，行酒时便道："令公……要不要去看看他？"

说到他字时，中使微微将下颌指向停船的方向。

那人愣了一下，仿佛拿不定主意自己是不是真的想在这时候去看爱人的棺木。踌躇半晌方道："可以吗……"

"天黑之后，不碍事的。"中使稍稍压低声音，"不过……下官也有件私事想求令公。"

"你说。"

"下官……自幼有些隐疾。这回出来，在洛阳驿站里遇上高僧给了个方子，似颇有验。可惜还缺一味药引。高僧说，若得了这个，入药吃下去就可大好了。——这味引子，便是灵庆池里的瑞盐。"

河中管内安邑盐池，前年出了形若龙鳞的上等盐晶。当作祥瑞贡入长安，得到天子御笔题名'宝应灵庆池'，还在当地立庙供奉盐神。当时郭子仪也没明白全国各地像这样进献的祥瑞车载斗量，天子何以偏偏如此重视这几片盐。后来才隐约听见小道传闻说，这瑞盐在长安勋贵间被传作滋助神药。——既如此，他大约也听懂了这位贵人的"隐疾"所指何物。

"瑞盐……当年一共只有十来两，都已上贡了。"郭子仪面露难色。私藏祥瑞可是欺君谋逆之罪。

中使叹口气："既这样，我们还要赶路，就不劳令公为难了。"

"不要……"郭子仪眼里流露出孩子般的恐慌，"就这一晚上。让我陪陪他。就一晚上，就我一个人。明早……明早我一定想想办法……"

"那就好。我就知道令公一定有办法。"

次日郭子仪再次设宴为中使送行，照例奉上金帛之礼以助程资。中使回到船上，揭开沉甸甸一层金银，礼盒底部果然藏着一个小小木匣，里面是几片形若伏虎色近丹砂的盐晶。他小心翼翼地拈起一片在舌尖微微蹭一下，脸上露出了近乎癫狂的喜悦。

此刻的河中府主帅私宅内，郭子仪颤抖的指尖轻轻落在爱人含笑的嘴角，脸上也浮现出同样的狂喜。没有体温。没有气息，没有心跳。可他的光弼，毕竟回来了。

而他不得不忍住想要拥抱亲吻大哭大笑的冲动，只是温柔地执起病人的手，转朝室内的第三个人道："算下来……也就是这两天了？"

"要看他喝下多少药酒。"神机总算换了套干净衣裳，神情举止依旧落拓不羁，带着伤疤的嘴角挑起一个怪异的笑，"以太尉的脾性，大约是将一整壶都饮尽了。"

"那就……劳烦法师再在寒舍小住几日，等他醒了定有重谢。"

神机翻个大大的白眼："我又不是御医，没有被你扣作人质的道理。我还有正经事要做，就此别过罢。"

郭子仪情知以此人的身手，强留无益，只得备礼送别。神机亦如过去几次那样来者不拒。临别时主人忽道："上次提过，那种假死药我也要一份，多少钱都可以。法师难道忘了么？"

"没忘。没忘。"僧人又是神色怪异地一笑，"下次。下次一定给你带去。"

李光弼是被头皮上一阵轻微的刺痛唤醒的。眼皮似有千钧重，却因为有光，硬是被他聚起全身的力气缓缓撑开。入目是一双修长的手，正拨弄着他散开的头发翻找什么东西。他下意识地朝那人转头，却根本动不了一分一毫。

就在此时那双手忽然停在半空中，然后是剧烈的颤抖。几缕银丝纷纷落在他脸上，又被慌忙捡拾起来。

"光弼！"郭子仪惊喜地看着他，"对不起光弼，我刚才在给你找白头发。不过别担心，一共就三五根，都被我拔干净了。"

他的意识犹未脱离混沌，隐约记得自己应该是死了，剧痛之后是纯粹的黑暗和沉寂。再然后……为什么人死后遇到的第一件事会是……被爱人拔白头发……？

他有一千个问题，唇舌却完全不听驱使，用尽全力也只能勉强动一动眼珠。好在郭子仪立刻领会了他的意思，一面将几根白发细细收进荷包里一面滔滔不绝："别怕。光弼。你活着。我也活着。我们都好好的。你还记得天宝十四年在大兴善寺遇见的那个癫和尚神机么？他将赐你的毒酒偷换成一种大秦秘药，可让人气息断绝十多日。等醒来后再调养几个月，你的病就好了。"

几句话里的信息量远超他能理解的限度。重新开始的呼吸极度细弱，又因惊疑而气息急促。郭子仪见状慌忙安抚："别急。这些事我日后慢慢给你解释。你现在只要专心呼吸，耐心养病，别的什么都不用担心。你要是不信这是真的，来，贴着我。"

说着便执起那人的右手放在自己脸上，又俯下身轻吻颤动的眼睫。温热的气息终于唤醒了病人的意识。李光弼缓缓眨了眨眼，眸子里蓄满的泪水模糊了爱人的面容。郭子仪试图吻去，却自家先泪如雨下，怎么也吻不干。

"别怕，我的人。我带你回来了。我们再也，再也不会分开了。"

之后的一个月里他像一个初生的婴儿，事实上，更像一个初次来到阳世的幽魂，一点一点重新熟悉自己的肉身。最初仅能睁眼，药和粥都要爱人一口一口哺给他；几日后渐能开口发出微弱的声音，对爱人说出濒死之际最后一句未竟的话："子仪，我好想你。"然后从头至颈，至肩至臂，了无知觉的躯体渐次复苏。郭子仪每日清早外出处理军务，纵有天大的事也不过午，之后便回家钻进这处僻静的院落照料病人。家中仆役都以为主人金屋藏娇，却是谁也不曾见过新宠一面。

李光弼自幼好强，几曾被人这样伺候过，从第一天起心里便百般别扭，又不好抱怨。每到晚间擦身时被人像木偶一样抱上抱下摆弄肢体，直委屈得眼圈都红了。郭子仪自然明白缘由，百般曲意劝解："我知道你难受得紧，还担心我嫌弃。这都是人之常情。可你知道么，过去这一个月是我一生里最快乐的时光。每天贴着你睡，梦里有你，醒来还有你，想看多久就看多久，想怎样亲就怎样亲，把一辈子没能照顾你的遗憾都补回来。说句挨刀的话，有时候我甚至阴暗地想要……就一直这样下去。对不起。我有这种念头实在该死。可我只想让你知道像这样的事我永远心甘情愿。"

他咬着嘴唇点点头。想要给自己擦身，可是虚弱的手臂举不起湿重的浴巾，只得由爱人代劳。

"我没有……我没有多心。我只是想快点好起来。"他的脸被热水蒸得通红，"快到你生日了。我什么礼物也没有，只想好好地，紧紧地，抱一抱你。"

到了中秋那日，郭子仪比往日起得更早。李光弼知道他急着办公应酬，反劝道："你该去和部将们喝酒就去，不必为我耽误了交情。今天天气好，我自己在廊下晒太阳，读书，活动手脚，也有许多事可做。"郭子仪胡乱应了，到衙门里视事，谢绝了一切寿礼和宴请的邀约，想比往日更早一点回家。孰料人算不如天算，临出衙门时被浑瑊赶上来："二哥！我跟厨子学了包馄饨，肉是振武送来的小羊羔，连皮带馅都是我自己做的！"

年轻人将个大漆盒捧到他面前，兴奋得脸上放光。郭子仪感激之余也有几分哭笑不得，架不住对方的热情，只得一同回府煮馄饨庆生。

李光弼"去世"后，郭子仪一直按昆弟丧礼服齐衰，时常流露出哀戚的神色。浑瑊也是绞尽了脑汁想让主将高兴一天，拿出读书习武的精神来学做饭，果然颇见成效。郭子仪教厨下拿鸡汤煮了，撒上新出芽的青蒜叶，香气直从宅中飘到街上。郭子仪吃了几颗，连声夸赞。年轻人一高兴，顷刻间风卷残云，一大碗馄饨连汤都不剩涓滴。放下碗时才发现主将其实只吃了三五个，大半还剩在碗里。

"啊，不合口味么？"

郭子仪忙道："好吃好吃。只是二哥老了，不像你们年轻人胃口好。你爱吃，把这些也拨给你吧。"

浑瑊却发现主人半顿饭功夫几番查看日影，神情间似有三分藏不住的心不在焉。再一数馄饨，自己带来一百颗，两人碗里的加起来也不过五六十。大好的兴头被泼了冷水，年轻人不免微露怨色："二哥，这些天外间好像有什么传闻，说你……说你家里……有个妇人。"

他们之间何曾谈论过这样的话题。一句话烫嘴一般，直念得咬牙切齿。

"哪里的话！你听谁说的？碎娃子家一天天不学好！"郭子仪吓得筷子都掉了。孩子大了，不好哄了。以为演得滴水不漏，竟差点被看出破绽。

年轻人最恨被长辈当"碎娃子"看待，登时竖起眉："你就说有，还是没有？”

"当然没有！你四哥在天上看着呢。"郭子仪当场红了眼圈，"傻孩子，到我这个年纪，大半条命都被他带走了，哪里还认得什么男人妇人。实和你说，好多年前我过生日的时候，你四哥也给我做过馄饨，可惜没你手艺好。如今我看见馄饨又想起他来。方才一共煮了三碗，还有一碗在他灵前供着，正想着去和他说，阿进长大了，这是他孝敬我们的。"

话未说完，浑瑊已是潸然泪下，胡乱抹一把脸，哽咽着道歉："对不起……我，我不该惹你伤心。你……你去陪他吧。我走了。二哥放心，以后再听见有人说闲话，都治他谤军之罪。"

郭子仪与年轻人拥抱告别，心里早念了几百声佛。——刚才那番话倒也大差不差。四舍五入不算撒谎。

好容易打发走祖宗，郭子仪端着两碗鸡汤馄饨回到内院。一抬眼却见廊下竹榻空空如也。李光弼一早被他安置在榻上晒太阳，如今却躺在墙角，满身尘土，襆头都散了；听见他来，闷声唤道："子仪。我没事。"

他放下碗，心里已经复盘出大致经过：必定是那人逞强，想下榻学走路，却体力不支摔倒在地，怎么爬也爬不起来，最终力竭，只能躺在地上等他回来。

昔日横刀立马掌兵十万的统帅，一朝狼狈若此，怎能不教人心酸。郭子仪也到墙角坐下，将那人半扶起来靠在自己怀里，拿袖子擦了擦脸，才发现额角都磕破了。

"你想想，一个月前你还只能勉强眨眼，现在呢，能说话，能读书，能用胳膊撑着坐起来。这进步多快。要知道活蹦乱跳生下来的小娃娃，到满月时也勉强只能学会吃奶睡觉。更何况你病得命悬一线，何必这么心急，我们的日子还长着呢。"

李光弼始终保持平静，歇了片刻，应了一个"好"字，似乎不想多谈此事，转头道："我们回房吃饭吧。"

　　郭子仪脱下外袍铺在地上，端来馄饨放在上面："天气这么好，我们就坐在这里吃，看看院子，听听鸟叫，就和踏青野餐没什么两样。"说着果真去折了几朵野菊，精心点缀在碗碟四周。

　　病人终于破颜一笑，积攒了几分力气，拿调羹盛起一个馄饨送到爱人嘴边："子仪，祝你……富贵寿考，余生无恙。"

　　"还要祝我龙凤呈祥，连理同心，百年好合。"他一口吞掉生日礼物，趁机在那人手腕上偷吻一下："看我差点忘了，阿进长大了，这是他孝敬我们的。"

　　晚间照例洗漱擦身准备就寝。这几日李光弼精力渐长，贴身接触时难免有人夹带私货，双方都心照不宣地贪恋那点浅尝辄止的温存。然而今天不行。郭子仪反复告诫自己，那人折腾一上午一定累坏了。

　　正要熄灯时，李光弼却悄然摸到爱人的领口，摩挲着下颌和喉结，脸藏在他颈窝里低声道："亲我。"

　　他吞了口空气，努力抗拒着血管里豕突狼奔的欲望，蜻蜓点水般啄了一口那人额头上的淤青。

　　冰凉的手移到后脑，绵软乏力，却清晰地引着他贴向滚烫的双唇。

　　"那种……亲。"

　　早在领会这句话的含义之前他已经扳起对方的脸深深吻进去。舌尖尝到渴念数年的甘露琼浆，欲火腾的一下将理智烧成了灰。隔了太久，甚至连姿势都变得生疏。他捧着爱人的脸，笨拙地转着脑袋变换角度和方向，疯了一般想要索取得深一点再深一点。

　　他们似乎从未吻过这么久。不。他们似乎这一世还从未吻过。穿越死亡回到原点，一切都还没有发生，一切都在迫不及待。三十年间的无数场目成心许，爱欲纠缠，生离死别，此刻都争先恐后地挤到身边等着他们重新来过。青春不再的恋人，却仿若初尝禁果的少年，唇舌一旦相接就再也不忍分开。

　　吻到最后两人都泣不成声。郭子仪不得不别开脸大口大口呼吸，才能勉强压住情绪："深吸气，别呛着自己。我的人，我亲你。就这样亲。一整晚，一百年，想要多少就亲多少。"

李光弼也强忍住泪水，又伸手去解他的衣带。手指没有力气，便将他的手也拉过去。这暗示再明白不过。郭子仪已经被烧到五内成灰，却不得不攥住那人的手："菩萨。等你好点。等明天好不好。实在不行，让我先去冲个凉。我现在……真的不敢……真怕自己会弄死你。"

李光弼已然说不出话，剧烈的喘息间艰难地挪动身体想要贴紧他："不要忍……要我……"

他隐约记得第一次时便是这样。李光弼论才智堪称早慧，却在情事上青涩懵懂。不顾一切扑进他怀里时甚至根本不知道接下来要发生什么。迫不及待的献身远胜过一切活色生香，瞬间就让他心荡神驰，对爱人的欲望满溢到连自己都害怕的地步。隔着二十四年的时光他再次为他褪去衣衫，细细密密地吻怀中的身体，始终扣着李光弼的右手紧贴自己的脸颊，好让那人闭着眼睛也能感知到他的一举一动。

他们有多久没有这样温柔热切地相爱了？三年？五年？九年？十年？战争间隙里的欢愉总被罪恶感尾随，随时等着在极乐瞬间扼断他们的咽喉。每次都要弄到遍身淤青和血痕，仿佛非如此不足以抗衡负疚与恐慌。可现在战争结束了。他们终于自由了。十年间所有错过的低帷昵枕，云情雨态，在等着他们一点一滴补回来。

很快李光弼就难以承受情人放肆的凝视和爱抚，却又无力躲闪，甚至无法抬起手臂遮脸，只得断断续续唤他的名字，哀求"不要这样……"怀中人的心思如其胴体般，在郭子仪眼里更无半分遮拦。他立刻明白那人羞于袒露的原因，轻叹道："我比你大那么多，我还没嫌自己老，你何必为这个难过呢？"

李光弼难堪地别开脸："我病了太久……再也不能像年轻时候那样了……"

他一把扯开衣襟，握着爱人的手放在自己胸口："当年我这里多厚实，一箭都射不透。前几年圈在家里碰不到弓刀，筋肉一懈，后来再怎么打熬也回不去了。可是光弼，我一点也不伤心。我知道你喜欢我年轻力壮的样子，可有朝一日我年老色衰，白发苍苍，我的光弼也绝不会嫌弃我。因为他要的是我的心啊。你摸摸，胸前肉少了，抱你的时候，心脏就贴你更近了。"

坚实有力的心跳撞在掌心里，胜过一切温言软语。李光弼含泪点点头，引着他吻上自己的心口。岁月摧残他们的身体，皮囊不可挽回地老去，唯有心跳始终鲜活澎湃，一如他们相爱的第一夜。

唇舌流连间渐渐有意无意地接近乳晕。他在吻到敏感区之前稍稍停顿，那人终于抛却了羞涩和惶恐，努力侧过身体将充血挺立乳头送进他口中，饱含情欲的呻吟声冲口而出。

他也记不得自己有多久没有听见过这样勾人性命的叫声了。这些天他一次次隐忍，正是因为李光弼尚未复原，他生怕那人在情事中过于被动而受委屈。直至此刻他忽然意识到：情欲一旦涨潮就必须找到出口。无法用肢体动作发泄的狂热饕足和渴念，此刻正从情人眼中口中倾泄而出，汇成一条让他甘心溺毙其中的甜蜜河流。

吻遍全身之后，郭子仪顺理成章地埋首到爱人大腿之间，心跳剧烈得几乎听不见声音。沉溺至此的李光弼却忽然惊醒，用尽全力挡住对方："不要！子仪你起来！"

他仍以为是近乡情怯的羞耻，搂住那人柔声安抚："害怕么？我慢慢地，你不舒服我立刻就停。"

"不要用嘴……你，你直接……插我。"

他心头一荡，声调都哑了："今天真的不行。万一你因为这个受伤生病，我跳进十八层地狱都无法原谅自己。你要是里面难受，我用手……"

"不是……"李光弼脱力地伏在他肩窝里失声哽咽，"不要……求你不要再对我这么好了。这些天我什么都要有求于你，却什么都不能为你做。今天是你的生辰，我什么都给不了，就只有……只有这个身体……求求你要我，干我，拿我发泄，拿我做任何事！不要管我，什么都不要顾忌。求你了！"

至此他才终于明白李光弼的心思：白天摔倒在地，独自挣扎了不知多久，见到他的第一句话却是"我没事"。——那样要强的人，怎么可能真的没事啊。

他也立刻意识到在这样的打击面前一切宽慰都无比苍白。无论怎样表白自己无条件的疼爱，也只会让那人更觉亏欠。

最终他没有多说什么，只是将爱人紧紧裹进怀抱里，安抚婴儿一般轻轻拍着后背："我的人，心里难受就哭出来。我陪着你。我们都该好好哭一哭了。"

李光弼还想说什么，却被泪水模糊了音节。两人在水蓝色的秋夜里静静相拥。月亮的眼泪落下来，凝成一滴滴晶莹的露珠，细细密密地润泽这片饱罹苦难的土地。

声声哽咽渐渐平静下来，郭子仪以为怀中人睡着了，转身拿条夹被要给那人盖上。李光弼却微微摇头，闷声蹦出一个"做"字。

他哑然失笑，亲了一下固执的爱人："好。想怎么做？"

那人别开脸去不应。郭子仪笑道："你说你事事有求于我，我却无求于你，这可不对。眼下我就有求于你：今晚你来教我怎么做。看在给我庆生的份上，得用个以前从没用过的姿势，好让我尝尝鲜。你在战场上随机应变千伶百俐，可不许在我床上说'不会'。"

李光弼无可推脱，支吾半晌只挤出一句："我给你……用嘴……"

"好。怎么个用法？什么姿势？你说出来，我给你摆。"

"扶我……靠在床头。"

他立刻照办，顺手拿软枕垫在那人背后和膝弯下。"然后呢？"

"你，过来。"

"怎么过来？"

李光弼脸涨得通红，咬牙道："跪着。分开腿。骑着我。"

"然后呢？"他故意停在离那人一尺远的地方。李光弼腰间无力，动不了身体，急得额头上一层细汗。

"过来！"

他伏低身体搂住那人的脖子，附耳道："菩萨，你得说，'把你那物件捅进我嘴里'。"

肩头顿时被狠狠咬了一口。李光弼趁他起身的间隙偷袭成功，唇舌裹上肉具的一刹那便缴去了一切谑笑的心思，只剩下赤裸裸的欲火。

他跪在爱人身前，一手撑墙，一手轻轻托着对方的后脑掌控角度。过去李光弼这样服侍他时，总是一来就求深求紧，把自己弄到咳嗽气促。他有心防着这手，只允许那人浅尝辄止。李光弼似乎也领会了他的意思，堪堪裹住茎头，舌头不急不徐地打旋。动作从容不迫，只在仰望爱人时，眼里流淌着无限的热切。

郭子仪只被这样看了一眼便呻吟出声。三年了。他一度以为身体在一千多个漫长的夜里适应了孤衾滋味，却原来像还魂草一样，干瘪的枯枝只消沾上一滴露水就化为疯狂滋生的蔓藤。他怎么不想要。他恨不能现在就把爱人压在身下插到最深处，里里外外五脏六腑都打上自己的烙印。李光弼仿佛洞悉着他的心思，口中顿时吮得更紧，一只手顺着他的腰侧努力爬上去，最终停在他涌动不止的喉结处。

那人想听他的声音。

"光弼……"他隐约触到一处软而热的狭口，实在忍不住挺腰顶弄的欲望，又生怕那人被呛到，只顶了一下就慌忙抽身，"对不起光弼。我想说你不用以身体讨好我。从第一次见到你，喜欢你，爱上你，从来都不为寻欢作乐，而是，贪恋你看着我的样子，眼睛那么干净，里面全是我。可我也知道这些话毫无说服力……我在你面前总是一副急色饿鬼的样子，让你以为我只想做你插你……对不起……我真的，不是故意的……"

李光弼哑然失笑，吐出口中的东西，喘息着说："我没有……那个意思。可是你……你忍不住想要我的样子，特别……我特别喜欢。你这么爱我，我太想好好满足你了。子仪，你帮我……"

　　说罢，也不给对方思考的余地，重新吞下滚烫的硬物，三下两下就顶到咽喉，辗转几次找到角度继续深入，直到痉挛的喉头完完全全容纳爱人的一切。

　　至此郭子仪已同对方一般无法呼吸，扶在后脑的手无法自控地勒紧又放松，往来反复品味那火热紧窄的极乐之境。高潮时分他的爱人始终目不转睛地仰望他，用晶亮如少年的眼眸一字一句地说，别怕。他回来了。他穿过被战争毁掉的一切，由死者的世界回到此岸，余生唯一要做的，便是爱他。

　　"经过这么多年这么多事，你还在我怀里，再没有比这更珍贵的礼物了。"

第三十九章·歸去來

那天夜里两人兴致都好，唧唧哝哝直聊到快天亮。郭子仪絮絮地讲给李光弼："河池关那处庄田，是我假托作关中富商预备避难买的。家里无人知道此事。在当地雇了管家和仆役，听说已经盖了一进院子，粗能住人。等你身体一好，我们就打点细软搬去，从此就自由了。"

李光弼难免要问对方身居一品之位如何脱身，朔方军今后又将何去何从。郭子仪笑道："天下有难时，朔方军是天子心腹，如今俨然已是心腹大患。朝中不知多少人日夜盼着我赶紧死，好借此机会拆散朔方军以绝后患。经过仆固场那一场兵变，再被怀恩带走一茬硬骨头，剩下这些子弟也都好说话。日常军务自有释之和怀光料理。至于我如何死，就更不用你担心。你只管安心养身体。——今天实在晚了。立刻就睡，不许再思虑将来安排。睡得不好，我是要罚的。"

"你要怎么罚？"

郭子仪伸手在那人腰侧挠起痒痒。李光弼自来怕痒，又躲闪不开，笑得声调都软了。两人一梦黑甜，不觉睡到日上三竿，竟是被院外仆人们敲门高喊的声音吵醒的。郭子仪起初还不在意，李光弼竖着耳朵听了片刻，皱眉道："你去看看。我好像听见有人喊说，有加急军报。"

听见军报二字，郭子仪也一骨碌翻身下床，胡乱裹件衫子就跑出去，长安来的使者已在客厅等候多时，报说仆固怀恩叛逃后，勾结回纥、吐蕃十万大军入侵，前锋已到凤翔。郭子仪当场便差人传令诸将，先发三千轻骑，步兵后继；同时从灵武与邠州的朔方军调集兵力环卫京畿。他本人向使者抱歉地一笑："我回去……取了兵符，去去就来。"

匆匆赶回内院，站在卧室门口时郭子仪忽然记起，自己几天前还亲口许诺"我们再也不会分开了"，没曾想食言来得这么快。一霎踌躇，已被李光弼看破了心思："你要出征？吐蕃还是回纥？"

他尴尬地点点头，正要解释什么，那人却做了个噤声的手势："快去准备吧。蕃骑不能持重，只要坚壁清野守好城关，日久他们自然粮尽而退。——我这里，你不用挂念。每日有人把饭食送到院门口就好。"

"那怎么行……"他见那人想要起身，条件反射地过去搀扶。李光弼又一个手势止住他："你别动。就站在门口。"说罢，咬牙挪到床边，两手将腿搬下床，硬是撑着床沿颤巍巍地站了起来。郭子仪看得心惊肉跳，却被那人毅然决然的眼神钉在原地，动都不敢动一下，眼睁睁盯着对方用尽全身力气挪动一步，又一步，直到跨越千山万山站在他面前。

"我能照顾自己。你放心去吧。"李光弼从项上取下战乱期间不曾一日离身的翡翠护身符，给爱人贴身戴好，"好好地回来。我等着你。"

起初大家都以为不过是一场略早于往日的例行防秋。往日虏骑入寇，意在金帛，往往避免与唐军主力交锋，沿途劫掠一番即遁。而这次吐蕃回纥十万大军压境，自邠州至奉天数次与唐军接战，互有胜负，僵持月余竟无退意。郭子仪亲临前线后很快察觉出敌军非同寻常的来势汹汹：他们显然比往日更熟悉地形，对唐军的阵型了如指掌，也洞悉每一位将领的弱点。两军对垒时他不止一次影影绰绰瞥见对面某个似曾相识的旗号，亦清晰地感知到旗帜背后掩不住的恨意。那都是同他们一起搏过命流过血的兄弟啊。

　　自兵兴以来，唐帝国蒙受重创，吐蕃趁机崛起，领土和兵力迅速扩张。郭子仪明知唐军不是对手，传令诸军严守城寨，不可轻动。尽管如此，总有唐军营地隔三岔五遭到偷袭，泾州至邠州沿路田舍更是被吐蕃洗劫一空。如此这般，当打探到敌军约定在十月初克日决战时，郭子仪竟微微松了口气：这样拖下去，官军士气日益低落，不知要到怎样的地步。倒不如破釜沉舟速战速决。

　　至初八日清晨，吐蕃、回纥军合围泾阳。唐军据城不出，城外营垒却屡遭冲击，眼看就要失守，幸赖浑瑊领骁骑二百，一马当先冲入贼阵，生挟虏将一人跃马而还，身边从骑竟无一人伤亡。吐蕃顿时折了锐气，相顾失色，竟不再响应回纥盟友的冲锋信号，日头过午便草草收兵。

　　当晚唐军将领额手相庆，以为熬过一劫。郭子仪却深知蕃人反复无常，今日退避三舍，明日又可能卷土重来，遂比往日更加多派细作打探敌军动静。至暮，斥候回报说吐蕃回纥退至北原，分营而居。郭子仪眉心一跳，登时站起身："你确定？"

　　"吐蕃白帐，回纥灰帐，一望即知。"

　　"来人，再探。今天夜里两营之间有多少人来往，都得给我数清楚。若能捉得吐蕃使者回来，必有重赏！"

　　吐蕃回纥自凤翔合军一处，从未分爨。郭子仪敏锐地嗅到对面阵营里微妙的变化。攻城为下攻心为上，自己最擅长的战术，该派上用场了。

　　次日清晨，一名使者来到回纥营地传信：郭令公要见你们。

　　回纥都督药罗葛是牟羽可汗之弟，闻言大惊："仆固怀恩不是说令公已经死了吗？"

　　使者拿出郭子仪的亲笔信，然而回纥人多不识汉文，见了也是将信将疑，必定要亲眼见到本人才信。使者去后不久，果然有人到辕门外喊话："你们要见令公，令公来了！"

　　药罗葛率部出营列阵，遥见泾阳城内出来一小队人马，行至一射之地外便停步，只有中间一个高个子的中年人带两员副将继续前进。回纥阵中顿时一片窃窃私语，有的说是，有的说不是，有的说唐军多诡计，此举背后必然有诈。药罗葛大手一挥命众人噤声，两翼骑兵满弓注矢严阵以待，自己挺起长枪直指对方主将："来者请去甲胄。"

　　对面三人显然愣了一下。两个副将愤然举起马鞭就要与他们理论，却被主将拦了下来。郭子仪从容下马，将身上的弓矢、横刀陈于马前，脱下兜鍪，连顿项一同丢在地上，再一件件解下披膊、胸甲、裙甲、臂韝，最后只剩一袭布衣。背后的李光进和路嗣恭见状，也只得下马来，抱着兜鍪朝对方略行了个礼："看够了没有？"

　　药罗葛瞪大眼睛，倒抽一口冷气："真的是他……"

　　回纥军中多有曾同英武可汗和叶护太子一同出兵中原助唐平叛的将领，至此已经下马拜倒了一大片。

　　"真是令公！"

　　"令公没死。"

　　"果吾父也……"

　　药罗葛带上枪，下马前去见礼："令公别来无恙。"

　　"久同忠义，何至于是。"郭子仪一脸痛心疾首，"昔日都是父子兄弟，就论亲疏，也比岳丈要近些。"

　　此时两人身边已被回纥将士围得水泄不通。众人争相来看郭令公真容，又七嘴八舌道："仆固怀恩骗我们说，天可汗已晏驾，令公被鱼朝恩谮死，因此邀吐蕃一同来入主中原。早知道令公还在，谁会犯傻。"

　　"仆固怀恩叛君弃母，他的话如何信得。回纥前有大功于唐，至今每年互市，大唐待你们亦不薄。倒是吐蕃……"郭子仪微微顿了一下，刻意压低声音，"吐蕃昔与唐结甥舅之亲，如今那边却尽是背信弃义之徒。他们野心恐怕也不止于此。唐人世居中土，无意侵犯回纥之地，吐蕃可就说不定了。"

　　话音未落，药罗葛神色微动，郭子仪便知戳到了对方痛处。昨夜探子带回消息说，回纥军中盛传吐蕃军队暗蓄异志，打算趁回纥替仆固怀恩报仇时螳螂捕蝉黄雀在后，因此两军有隙，以致分营而居。他们之前也千方百计散布过这样挑拨离间的谣言，奈何言出汉人之口，在狄戎间毫无效力。这次不知为何竟被采信。郭子仪尚不明就里，却立刻判断出这正是天赐良机，能否兵不血刃化解危机，成败在此一举。

药罗葛深深记得"汉人狡诈"的祖训，对郭子仪的说辞虽有几分动心，当对方提出要歃血结盟时，却仍有几分犹豫。正僵持中，忽闻一阵爽朗的笑声自阵后传来。队伍分开处，一位巫者身披神衣，头戴鹿角帽，迈着威严的步伐缓缓走到垓心，向郭子仪行礼道："令公，别来无恙。"

郭子仪一时没认出这奇装异服、被面具遮了一半脸的萨满巫师，直至看见那人嘴角似哭似笑的伤疤方恍然大悟："神……石……石野那！"

回纥人听他直呼大巫本名，一时纷纷侧目。药罗葛干咳一声，转朝石野那毕恭毕敬地问了句什么。石野那也用蕃语答了几句，转朝众人又道："我从牙帐来时，可汗问我都督吉凶如何，我为可汗卜了一卦，告诉他都督此行甚安稳，不与唐战，见一大人而还。——如今看来，腾格里果不我欺。"

药罗葛素来迷信，见大巫如是说，更兼刚刚听到仆固怀恩病重、已率部撤回灵武的消息，最后一点斗志终于瓦解。当日两军主将把酒言欢，歃血盟誓永不相侵。郭子仪带头祝曰："大唐天子万岁，回纥可汗亦万岁，两国将相亦万岁。有负约者，身死阵前，家族灭绝！"回纥众将闻此毒誓，一时失色。当酒杯传到药罗葛时，蕃将一咬嘴唇，也以酒酹地道："如令公誓！"

当夜吐蕃听说回纥已同唐军结盟，自忖不是对手，遂拔营宵遁。唐、回联军随即逐北，于灵台西原大破之，追回所掠士女四千人，牛羊不可胜计。郭子仪命人护送被掠百姓返回家园，一应战利品都送给回纥，使其满载而归。至分兵时，回纥可汗传令遣使随唐军入觐，郭子仪便带上石野那同返长安，途中至清静处，避开闲人，便问那人："法师怎么这会跑来这里？"

石野那似又恢复了几分身为神机时的惫懒，笑道："我不跑来这里，令公向谁去找那种药呢？"

"你七月里和我说'下次一定'，这么说，当时就已经知道有今天？"

"贫僧不才，当时已经知道，以仆固怀恩的脾气，到回纥必不肯善罢甘休。我与牟羽可汗总角相交，当时便回去周旋。可惜外出云游久了，情分不比当年，竟没能劝阻他们出兵。幸得令公吉人天相，力挽狂澜，此大唐之幸也。"

郭子仪连道"不敢"，心里将前因后果过了一遍，一时恍然大悟，一时又越发疑窦丛生："前些天军中有'吐蕃将趁乱偷袭回纥'的谣言，致使药罗葛都督改变心意，此事难道也是法师的计谋？"

石野那正色道："怎么能叫'谣言'呢。唐国与回纥一居中原，一居漠北，自能长久做友邻。吐蕃却已经吞并了河陇，正对我们虎视眈眈。须知当年回纥助唐平叛，正是因为安史逆贼出身杂胡，一旦得势，定要横扫漠北。一旦唐祚衰微，回纥必觉唇亡齿寒。令公此行，使两国复结旧好，非只大唐之幸，更是回纥之幸也。"

过去郭子仪虽然知道那人医术高明，身手了得，却始终只将他看作装神弄鬼混饭吃的江湖术士。至此方知此人见识高明，真有国师之风。——只不知前些年为何忽然抛家舍业，剃了头发到唐国妆和尚。然而他此刻也无心深究，只管问那人："我既帮了贵国的忙，你的药总可以拿出来了吧。"

石野那微笑着点点头。当夜郭子仪在驿站大摆宴席，随行僚佐皆喝得烂醉，谁也不知主将与回纥使者一夜里都嘀嘀咕咕些什么。

广德二年十一月，郭子仪与石野那一行返回长安。而比他们更早回来的则是"令公单骑退回纥"的传奇，一时间轰动朝野。举国妇孺至此皆知：那个曾无数次将帝国从崩溃边缘挽救回来的郭令公，再一次义无反顾地以一腔忠勇赤诚庇护了这片土地。

至于天子，刚刚为敌军退却松了口气，又立刻头疼起郭子仪的封赏来。此役之前已经是帝国职位最高的将帅，如今又立殊勋，天子惟一能做的便是将他的司徒升为太尉；又因为听说郭子仪近来在河中金屋藏娇，以为大臣终于开了窍，便从宫中选出六个美人以备纫补。孰料郭子仪刚听见太尉二字便当朝哭了个涕泗横流："临淮太尉珠玉在前，愚臣怎敢……"

本是庆功的好日子，险被他哭得不欢而散。次日天子又提出，太尉不行，那就由中书令擢为尚书令吧。

郭子仪当然知道有唐以来唯有太宗皇帝一人曾居此职，当即百般恳辞，说什么也不敢接。几番拉锯推让之后，天子幽幽地叹口气："这怎么好。大唐江山还要托赖大臣，朕却已然赏无可赏了。"

丹墀之下的功臣仿佛完全听不出人主的弦外之音，只将跪伏的姿势摆得更恭顺些。

幸而天子的忧虑并未持续很久。郭子仪入朝不到半个月，腊八节受鱼朝恩之邀游章敬寺，当日似有微恙，未及宴罢即提前告辞；回家后竟一病不起，药石不进，当夜便撒手人寰。

消息一出，朝野震惊。天子闻之悲不自胜，辍朝五日，下诏殓以衮冕，赐谥忠武，陪葬肃宗建陵。又从昆弟家里过继了一个孝子袭封代国公。旧令一品坟高丈八，而诏特加至十尺。群臣以次赴宅吊哭。凶丧所须，并令官给。及葬，上御安福门临哭送之，百僚陪位陨泣，哀荣备至。

郭子仪在世时，向来家宅大敞不设门禁，以示纤毫无隐。腊月里大办白事，更是人多手杂混乱不堪，长安城内官员百姓大半都去看过热闹。其中曾有三五闲汉见过一个僧人驾车造访，到灵前哭过一场。至于他是什么人，从哪里来，到哪里去，纷纷扰扰的看客里无人关心。

　　石野那行至河池关时，那里正下起冬季的第一场雪。过了关防，前去数十里路人烟渐稀，石野那总算有机会略歇口气。他将车赶到岔路上一片树林背后，向东远眺。此地毗近秦岭主峰太白山，本是观山景的好去处；然而雪下得正紧，四顾惟见乱琼碎玉纷纷扬扬。僧人在雪里站了一会，回到车上吃了块胡饼，打开车厢里一个巨大的藤箱，搬空上面的丝绸轻货，又掀开一层隔板，只见一人蜷缩在箱底似醒非醒，微弱的呼吸间嘀嘀咕咕不知念叨着什么。石野那也不在意，伸手照他脑后轻轻劈上一掌，那人便又一头睡了过去。

　　午后他们终于到达目的地，李光弼已在路口等候多时。石野那隔着乱雪微瞥了对方一眼，笑道：“太尉气色胜常。”李光弼客气地见了礼，却显然心不在焉，只顾问：“他怎样？”

　　“好得很。”石野那一撇嘴，“好得过头了。我这两天都在担心他突然醒过来，当着城关吏卒们露出马脚。”

　　李光弼微有几分诧异：既如此，为什么不索性等人醒了一同赶路。还没来得及问出口，卧室里突然传出动静：“光弼！我的光弼呢？”

　　李光弼一阵风冲进去，郭子仪微微支起身子，力气尚弱，却一把攥住他不撒手：“光弼，你见到我的光弼了吗？”

　　“我就是……你能看见我么？”他听得一头雾水。那边石野那站在门口耸耸肩：“这个药，刚醒来时常有人胡言乱语。——令公，你认得我么？”

　　“秃贼！我不曾短半文药钱，他一路上只管打我。打得可疼了！”郭子仪一行控诉，一行黏在李光弼胳膊上，“菩萨，你怎么这么好看。可惜我已经有光弼了。你快叫他来，他一定等得急死了。”

　　李光弼也忍不住跟着石野那一起翻了个白眼，转朝客人连声道歉，又问：“怎么糊涂到这般地步……我那时也像这样么？”

　　“太尉当时十分病重，想是开口说话都难。令公一向康健，药性过了很快就能复元。——你们好生叙旧，贫僧就不多扰了。”

他不得不硬着心肠掰开郭子仪的手，快步追到门外："法师请留步。在下有事求教。"

客人已戴上了斗笠，闻言回望一眼，微微挑起眉。李光弼赶到他面前，罕见地举目对视，仔细打量着他的脸："你到底是谁？——年轻人脸上的疤痕，总会随着年岁增长越来越浅。而我自天宝年间第一次见你，十年间你嘴角的伤疤一点都没变。——我没有任何对你不利的企图，只是想知道我们的恩人究竟是谁，又是为什么要帮我们。"

石野那也向主人看回去，似哭似笑的嘴角动了动，又动了动，最终他背过身去，似乎用手撕下什么东西。再转回来时，斗笠下面已是一张风姿绰约的女子的脸。

"我本回纥药罗葛氏，小时候有个汉名叫青迎。"女子拒绝了李光弼回房待茶的邀请，就站在雪中简明扼要地讲道，"昔年助唐平叛的叶护太子与我是双生姐弟，当今牟羽可汗是我的异母兄。"

李光弼再想不到邋遢的僧袍下面竟然是回纥公主，忙一低头："光弼不识殿下，冒犯了。"

女子笑道："太尉还叫我神机好了。只这个名字是属于我自己的。——开元年间郭令公在定远时，常与我父汗来往，见我能识汉字，还送了我好些汉人的书。听说太尉当年还为这个不自在来着。"

"啊……这……没有……"李光弼乍被提起旧事，登时红透了脸，"原来那位就是殿下。我记得令公后来说……殿下一度出家，后来不知怎地竟走失了？"

"这事说来话长。十五岁那年父汗要立嗣，命诸子比武争储。我也去了，论骑射、格斗、兵法、对策，样样都比兄弟们强。可是父汗一口咬定立嗣的事没有女孩的份。我不服，和他吵了几回，牟羽又趁机进谗言说我要杀父篡权。父汗一怒之下便命我随石野那出家学巫术。——其实就是叫几个巫师把我关起来严加看管罢了。我也没办法，只得装作恭顺，两年下来让他们稍微放松了几分，岂知石野那人面兽心，见我大了，就要非礼。我假意应承，趁那人熟睡时把他勒死，叶护弟弟帮我埋了尸首。我从石野那脸上剥下一副人皮面具——倒要感谢他教我这门手艺——从此外出云游，而青迎公主便'走失'了。"

李光弼听得合不拢嘴，见那人说到这里又要告辞，忙挡住去路，追问道："后来法师就去了长安？又为什么要给我诊病，帮我们脱身呢？"

"令公数有恩于药罗葛氏，我自幼便仰慕他。"女子大大方方地承认了儿时的纯真心思，随即话锋一转，"我离开回纥后又去了许多地方，学了许多本事。我娘亲极擅医术，我也随她。天宝末年我逛到幽州，发现大唐要变天了，便去了长安。说来也巧，在大兴善寺遇到你们时，确实盘缠用尽，身无分文，幸得令公慷慨解囊。后来的事太尉都知道了。"

"令公行善积德，自有善报。只是我与法师萍水相逢，受此重生之恩，实在不知何以为报……"

"太尉，你们都是我见过最好的人。戡乱安民，恤国忘身，似此英雄，天地神灵共当佑之。不必谢我，这都是你们该得的。"女子说罢，解开缰绳翻身上马。李光弼怔怔地目送她走到路口，又忽然想起什么似的，蹚着半尺深的雪疾追上去。

"法师，殿下，有句话我刚才一直想说。殿下才德远胜牟羽，本该是真正的回纥之主。若有什么……唐军能帮得上忙的地方，你只管说，我们总能想出办法。"

女子笑着摇了摇头："倒退十年，我也是这样想的。事实上，当年我到长安千方百计打听令公的行踪，正是想借朔方军之力，趁乱世达成自己的目的。可没想到这一乱竟有这么久。这些年看多了兵燹和倾轧，我的心思早变了。天下那么大，我想去的地方还多着呢。"

乱云薄暮，急雪回风。红鬃烈马踏碎银浪翩然而去，顷刻便转过山口不见踪影。顺着长长的蹄印望过去，唯见苍山负雪，天地茫茫。

李光弼回到室内时，厨房里米粥刚熟，漾满一室温香。郭子仪已换了整洁衣裳，正坐在灶下添柴，见爱人回来，忙站起身张开手臂，两人紧紧拥抱在一起。

　　"光弼……"千言万语枯竭于此刻，只剩暖甜的桂花香，静静融化着怀中人遍身的冷冽雪气。

　　"子仪，我们……"他抬头望向爱人，本想说我们自由了，话到嘴边却临时改了主意，微微顿了一下，笑道，"我们出去打雪仗吧。"

第四十章·武陵春

京兆富平檀山原，是长安北郊一处风水宝地，许多高官贵戚在此买地营葬。每到清明时节，陌上游人如织，热闹不亚于洛阳北邙。郭子仪和李光弼找到李夫人的墓址时，那边已被一群人捷足先登，两人只得站在远处观望。李光弼很快辨认出为首两个素服男子是光进和光颜，后面跟着女眷和五六个孩子。郭子仪眼尖，指给他看一个妇人手里抱着婴儿："光颜家的老三。只不知男娃还是女娃。等我给你打听去。"

李光弼忙抬手止住他，摇头道不必。两人驻足久了，似乎也引起了那边一行人的注意，渐有仆妇交头接耳指指点点。两人出门在外，都贴了假胡子假眉毛，一身胡服胡帽；李光弼却还是心虚，当即拨转马头，拉着郭子仪跑远了。

两人在村头暂歇。小小的酒肆被往来祭扫的贵客撑得满满的。两人纵然对京畿近况毫不关心，喧闹间也难免刮上一耳朵，原来大家都在谈论昨日一桩大新闻：寒食节下，鱼朝恩入宫赴宴，一去不回，竟被自己两个心腹下属勒死在大明宫内。

看客们纷纷猜测着一代权宦倒台的真相。有人说是宰相元载设计，策反了神策军左右押衙；有人说圣人疑他结交反贼周智光；有人说郭令公功盖天地，死得不明不白，圣人从那时起便已决计锄奸；也有人冷笑道，兔死狗烹，鸟尽弓藏，只不过姓鱼的再没想过，功臣都被他除尽，他便是最大的功臣了。李光弼并未问过郭子仪假死的细节，至此也不免疑窦丛生，挪到避人处，压低声音问："我总觉得，这事里有你一份力。"

郭子仪一脸无辜地摊开双手："岂敢。此事全出圣裁。我不过是在遗表里随口提了一句，鱼朝恩当年监军时盛赞雍王太子英武神明，曾宣称'我欲奉太子'。想我大唐多少忠臣良将，遗表里何曾有一句真话。多这一句不多，少这一句也不少罢了。"

至日落后游人散去，两人踏着月色重到李氏墓前。光进光颜两家早已将墓园打扫得一尘不染，祭品摆得整整齐齐。李光弼无事可做，只得跪拜后缓缓奠下一杯酒："阿娘，令公给你报仇了。"

次日两人又到华州祭扫郭氏祖坟，顺路也去拜了王忠嗣的墓。元载掌权后为岳父平反，朝廷追赠王忠嗣清源郡公、兵部尚书。墓前新立了巨大的神道碑，碑文由元载撰写、宰相王缙书丹。郭子仪在碑上看见李光弼、王思礼、仆固怀恩和哥舒翰的名字，却独独漏掉了自己，不免私下里埋怨："王大夫英明一世，只可惜没选个好女婿。"又想到李光弼的神道碑上将郭李比作辅周中兴的方叔、召虎，且云【天下之人，谓之李郭。异代同德，今古一时。】遂盛赞撰者颜真卿："颜尚书真大手笔。回头让光进多送他几块鹿脯犒劳犒劳。"

至于郭子仪的墓，因在帝陵附近，守备森严，两人只得放弃了观光的打算。郭子仪本想着趁春日天气好，北上朔方兜一圈，李光弼却觉得在外面每日担惊受怕，还是回家里自在。他们便也没有入京，路过时只远远望了一眼风烟蔽日的城池就继续赶路了。

进入凤翔府境内，李光弼一路绷紧的心弦微微松动几分。郭子仪拉他去看节度使李抱玉讲武校旗，只见高高的令台上赫然站着神策军将郝庭玉。汉子仍如往日一般威严刚毅，石像般的脸上没有一丝表情。李抱玉身旁则是一个神采奕奕的年轻人，郭子仪从未见过，李光弼却认出那是王忠嗣曾寄予厚望的李晟。两人远远看了很久。郭子仪向爱人附耳道："我们的事，光进和幼贤都不知道。但告诉庭玉是无妨的。他要是知道你还活着，不知会有多高兴……"

"不要！"李光弼猛回过头打断他，"永远不要让他知道。他……他该去走自己的路了。"

却说郭子仪身后，朔方军被唐廷一分为三，以路嗣恭为灵盐节度使、李怀光为邠宁河中节度使、浑释之为振武节度使，"朔方"军号从此废止。浑氏父子镇守北境军功卓著。至大历年间山南西道节度使缺出，天子便调浑瑊前去镇守。

青年初掌节钺，不敢怠慢。到镇之后亲自走遍管内十七州，踏看山川路径，查访风土民情。开春后访至凤州境内，听说褒斜古道经过战乱已经破败不堪，亟待修整，浑瑊便带部将僚佐前去探查。从褒城一路北上，皆是高山深峡，栈道时断时续。及至过了芝田驿，总算见到平地，道旁偶有人烟。浑瑊见随从们一路风餐露宿都累得不轻，便借住农家休息两日，自己照旧闲不住，只带了副将高固一人外出探路。

时值仲春，芝田驿左右草长莺飞，山花烂漫，时有流泉飞瀑点缀其间。两人只做游春，不觉就走出去十余里。眼前一座大桥横跨褒水，桥西的栈道显然是近期新造，木作结实又精美，远非他们来路所见古道所能比。

青年颇觉诧异，下马来想看仔细些。只可惜前后皆是深山幽谷，连个问路的田家都见不到。正纳闷时，高固在桥头的石崖上找到一处刻字，八分书"郑淮造"。浑瑊过来看了，似觉字迹眼熟。两人沿栈道又行数里，却有一条小溪注入褒水，溪边一座碾坊，旁有小径通入谷内，泥土上似有羊马蹄印。此地山民极少养马。两人一时好奇，沿着小径溯流而上。转过一道山口，豁然数十亩平地，半垦为田，半为草场。几十只羊马浴着阳光悠然闲憩，茵茵绿地上点缀几棵繁花怒放的桃杏树，真如世外仙境一般。浑瑊在马上看了半晌，同高固开玩笑说，等自己老了就来这里解甲归田。高固笑道："中丞不回朔方了么？"青年皱眉为难了片刻，又道："你说得对。这里虽好，终归不如朔方亲切。"

　　谈笑间却见几匹马啃着草越走越近，高固"咦"了一声，指给主将看其中一匹通体纯白的骏马，骨相不凡，却跛了一条前腿。它和同伴们倒都不介意，只管慢慢地吃，慢慢地走。这一看不要紧，浑瑊整个人都僵住了，瞪大眼睛死死揪住高固的衣袖："你，你看见他了？是他么？是么？"

　　高固知道浑瑊曾有匹自幼养大的白马名叫阿波达干，随朔方军收复两京时足骨受伤，一度差点被杀了吃肉。——难道一直活到现在？却又怎么会出现在凤州深山中？

　　"中丞……这只怕是巧合。"

　　浑瑊却已经滚鞍下马，不顾一切地朝跛脚白马飞奔而去。阿波达干受伤后，被郭子仪送到长安托人暂养。后来经过吐蕃破城的混乱，主人连年在外征战，渐渐失去了联系。随着郭子仪的去世，这事也就没有了下落。他远远朝那白马打个呼哨，原本专心吃草的畜生果真转了下耳朵，缓缓抬起头朝他回望过来。一人一马一对视，浑瑊一声"阿波达干！"便冲口而出。白马也立刻认出了故主的声音，仰天长嘶一声，跌跌撞撞地向他跑过来。终于相遇时，青年抱着爱马的脖子嚎啕大哭："你怎么在这里？我的宝贝，你怎么会在这里啊……"

　　白马静静偎在主人身旁，不时用湿热的舌头舔干青年脸上的泪水。等浑瑊哭够了笑够了，马儿便也回到同伴中间，逶迤东行。电光石火的一闪念间，浑瑊无端记起方才在桥边所见的石刻，自幼熟悉的字迹，似真似假的姓名……他意识到阿波达干是想带自己去什么地方，便让高固在溪边等候，自己跟着马群一路走远。转过一片竹林，谷地深处点缀着几间农舍。竹篱内野草闲花自在生长，桂花树枝头绽开点点新绿；院外的菜畦里两个农人正在锄地，鬓发间初现霜色，身形却依旧挺拔。两人脚边逡巡着一对狸猫，不时滚到一处，一玄一黄盘成一团毛茸茸的太极图。

　　在他们的身旁，阳光普照，万物苏生。

番外一·無家別

子仪兄见字如晤：

　　这封信的开头我写了许多次，仍觉词不达意。直到某一天忽然想到，或许是抬头的称呼就开始别扭起来。相识这些年，我似乎从未按应有的规矩唤你为兄。我猜你也觉得这很奇怪，对么？

　　可是你从来没有问过。单是这一点，便值得很多感激与感慨了。

　　我与长兄异母。他大我许多，长在营州老家。如今我已不大记得他的样貌了。六岁那年我在晋昌坊院子里玩沙子，父亲从外面回来，见到我便板起脸训道："都多大了，就知道玩。以后不许再这样了！"

　　那大概是我童年所记得第一件印象清晰的事。多年后我还记得那是秋天阴沉沉的午后。当时我只觉得有点委屈，但是什么都没有说，立刻就答应下来，后来再也没有玩过孩子的把戏。是在十几岁的时候我才终于意识到那天发生了什么。长兄在幽州从军，不幸于那年秋天殁于王事，父亲看到我玩沙子的那天，大约正是凶问传到长安的时候。

　　在那之后我的另两个同胞兄长也先后从军；二哥殁于陇右；三哥留在朔方，却还是没能熬过瘟疫。他们走的时候都尚未及冠。

　　如今回头看父母，自然理解他们也都是凡人，各有各的烦恼。父亲自契丹归唐，以为凭借一身的本事足可镇守一方疆土，安民报国。然而好容易熬到节度副使，却要被远在长安的宰相处处掣肘，许多事明知无理也只能俯首听命。母亲自幼随外祖出猎征伐，马上马下从不输与男儿，成年时也仍逃不开箕帚中馈消磨余生。他们的一生都有种种不如意；连丧三子更不是常人所能承受的打击。——假如十八岁时的我能体恤这些，我们的一生大约会与此生大不相同。

可那时的我刚刚见识到成年人世界的面目，只觉所有人都虚伪得可怖。自幼长辈们教我男儿当矢志报国，当勇敢诚实，以直道进退，以清白立身。而当我长大成人，所有人却只希望我到长安承袭祖荫，做个无功受禄的冗官。教我读书的师长，前一天还诵读着鸷鸟不群九死未悔，后一天便受父亲之托来指点我在官场中该如何唯唯诺诺曲意逢迎。

我问他，先生自己真的会那样说，那样做吗？

他叹息着卷起书，说，你还小，等你到我这个年纪……

我已不记得他究竟说了什么。那段时间我听了太多遍"等你到我这个年纪"，以至于对长大变老生出巨大的嫌恶。当时我打断先生说，我不要活到你的年纪，绝不。然后当天晚上就偷了二哥的马离家去凉州。我不敢走官道，就打算穿过贺兰山和沙碛抄近路，不料遇上回纥贼军被抢走了马。后面的事你都知道了。

现在回忆这些，大约是想向你解释最初对你的眷恋源自何处。刚遇到你时我的样子狼狈又可笑，所谓守城的计策又幼稚到极点，如今简直尴尬到不敢多想。可那时因为你，我竟从未察觉。你像个真正的长辈那样对我关怀有加，却又能在我说话时平视我的眼睛诚恳倾听。你从不嘲笑我的理想，从不轻忽我的意见，从不居高临下地对我指指点点。当所有"过来人"都劝我磨平棱角、拔除棘刺时，只有你拼命张开臂膀护住我的后背，柔声问我冷不冷、疼不疼。因此，彼时一个从不愿对任何家人朋友透露自己对这世界的种种困惑与孤愤的年轻人，在你面前却感到无比安全，什么都可以说。

子仪，我当然知道我根本不必解释为何会爱慕你。这原本也无需任何理由。我无端相信我们在三千大千世界里亿万种不同的命运里，但凡我遇见你，就总会，也只会有这一个方向。可是我仍想让你知道，知道你是多好的一个人，知道你曾给我多少温暖抚慰，因为遇到你，我度过了怎样有牵挂却无缺憾的一生。

也许你已经看出来了，这里我原本写的是"因为遇到你，我的一生从此不同。"——而当我写下这一句时，又忽觉有些奇怪。我的一生，假如没有遇到你，会是怎样的呢？这问题我似乎想过很多次，却从无答案。我只知道我不会顺从父亲的安排去长安袭官，更不会如母亲期望的那样结一门好亲事养育儿女，可我又不忍心公然忤逆。似乎我的人生从一开始便是死结。

可是子仪，你知道吗，当我顺着这个问题再想下去……假如没有遇到我，你的一生又会是怎样？——我却能对答如流。你大约也记得天宝年间我们在长安城里闲逛，遇到一个看相算命的摊子，那术士一口咬定你位极人臣，八子七婿，富贵寿考生荣死哀。本是玩笑的事，那天你险没掀了人家的摊子，然后旁敲侧击小心翼翼地哄了我许久，生怕我听了难过。我自然不在意江湖骗子，更不曾因此耿耿于怀。然而事实上，我并不需要相信任何神秘莫测的道术也能轻易预言：假如没有遇到我，你真的会儿孙满堂，富贵寿考，一生圆满无憾。是我一意孤行不肯放手，强行将你从坦途拉进绝境。

无论你有多心甘情愿，我也仍为此心怀愧疚。倒不全然是因为"耽误"了你原本的幸福美满，更是为我给你留下的悲伤。

子仪啊，我不知该怎样才能穷尽对你的感激。从盛世到乱世，戈壁到荒城，一己的困境到飘摇破碎的山河，哪怕战乱将人变成鬼，你也始终在血池地狱里给我筑一个柔软安宁的家。

因为你，仅仅因为你，我仍爱了这世界许多年。

可我给你的只有无尽的担忧和悲伤。

正如我最频繁的梦魇是你娶妻生子，我一直知道萦绕你半生的噩梦是我的死。我还记得在灵武分兵时第一次将遗书的草稿递给你，彼时你绝望无措的样子好像烧红的烙铁烙在我心上。可是对不起，在那之后你又付出了那么多，我却终于没能改变结局。

如你所知，我时常将"死"作为无解时的选择，而你不会。你像大地一样坚实沉稳，生机勃勃，在任何境况中都对未来怀有无限的憧憬。而我不能。这些天我时常想起你给我讲过的，你在凤州河池关买下的那一片庄园。那曾是我们的某一种未来。我努力让自己想象那里的晨昏四季，天边的雪峰，房前的清流，马在草间，蜜蜂在花上，我们夏天耕地，用汗水换取一屋子的豆麦和南瓜，然后用一冬天的时间将它们煨成睡梦里的甜香。

多美啊。谁不想要这样的余生呢？

可是……在我们所经历过的一切之后，我真的还有资格享用这样的美好吗？

曾有千万个年轻人在我眼前死去，千万个母亲因我的队伍失去爱子，千万个农人因我的战场失去家园。他们都是受害者，我却是战乱本身。而在这一切无辜的牺牲之后我仍未能为这个末路的帝国挽回些许荣光。这片土地上还会有无止境的兵燹和暴行，我们如何能安心遁世啊。

对不起子仪。这么多年里你一次次伸展羽翼将我荫庇于"死"的阴影之外。可它还是从内里生发侵蚀，耗尽了我的全部。当下我固然不能奉诏还朝，在鸱鸮的监视之下食腐鼠为生。可就算真有万全之策渡我于绝境，我却终究，无论如何，再也回不去了。

对不起，我的爱人。战乱开始后的九年里你无数次恳求我答应"好好地回来"，我只报以无数次残忍的沉默。直到最后一次。最后一次你在长安郊外送我时，我说，你也好好地，等我回来。你比谁都清楚这是一句谎言。可你还是笑着答应了。

我贫瘠的一生里，除却悲伤，几乎没能再给你什么。而现在天将要破晓，信将要收笔，最后的最后我所能诉与你的也只有想念。就像过去无数次长别的前夜那样。什么也不做，就只是想你。

让我想念你的手，手掌宽厚，十指修长，拈弓搭箭时绷着千钧的力量，落在我身上时却永远轻柔温热。我自幼最怕被人触碰身体，却在被你清理伤口的时候连痛都忘记了，只顾看你的手指在快要碰到我的时候不住地发抖，不得不蜷回去，攥一下拳，再小心翼翼地探过来。那是我第一次认识"心疼"的模样。——你所给我的一切里，心疼是最无价，最独一无二，最让我刻骨铭心的一种爱。那年的我尚不知情爱是怎样一回事，只如出蛹的飞蛾平生第一次看见火，自此之后，眼里再无它物。

让我想念你的声音。无数个辗转失眠的长夜里你将我藏进怀里，掌心捂住我的眼睛，在背后低低地，慢慢地讲幼年时的琐事。一片奇形怪状的叶子，一只纹路花哨的甲虫，姊妹间"像小猫打架一样"的争吵，邻里街坊的飞短流长。点点滴滴被你娓娓地讲出来，仿若清浅溪水用无限的耐心磨平砾石的棱角。你的声音总让我感到自己也像一块石子被你合在掌心里，用细茧慢慢地打磨。耳鬓厮磨时的低唤，鼓角争鸣间的高呼，那声音总告诉我，我是安全的。

让我想念你的眉眼。你笑起来的时候弯弯的眼睛真好看啊，第一次看见就惊得我慌忙扭过脸，生怕再多一眼就被卷进漩涡里。在那之前我似乎从未留意任何人的妍媸，甚至说不出你的眉目与旁人有什么不同，我只知道陌路相逢即心生痴念绝非正人君子的行径。一面羞耻厌弃着自己，却又无论如何也压不住野火般的渴望：想看你，想一直看着你。直到后来每一次亲吻的时候，近到失焦，烧到睁不开眼睛，也仍旧想看你，想极了。

于是我便伸手去摸你的脸。你很快习惯了我的习惯，每到贴近我时第一件事便是牵起我的手放在脸上。我就那样摸着你的吐息，眨眼，额头抵着我的额头，辗转磨蹭怎么也不够。也是在那样的场景中，我摸到你眼尾眉心的第一丝细纹，摸着你年轻时的旧疤痕一点点被岁月磨平。子仪啊，你身上每一处风霜的印记都让我爱不释手，是它们让我知道衰老并不像我年轻时所畏惧的那样。我永远可以踩着爱人的脚印，在老去的路上感到无比安全。

　　对不起，我的爱人。我曾答应你相偕到白发苍苍的时候，扶着你上马下马，出门回家，一遍遍披着余晖走过熟悉的街巷；我也盼望能为你裹头发，掖被角，在阴雨连绵的日子窝在家里煎茶煮粥，围坐炉畔读一封陈年旧信。无数次当我愧于你无微不至的照顾，你总说等我们老了，我有的是机会报答你。你一遍一遍地说着等我们老了，仿佛多说几遍心愿就能成真。

　　子仪，我的子仪啊，过去我从未信过往生轮回，如今却因亏欠太多负疚太深而不得不诉诸来世。假如有来世，我希望能与你看山看海，去十日代出流金铄石的东方，去流沙千里旋入雷渊的西方，去漠北更北、安南更南的绝域，穿过人声鼎沸的闹市，去往先祖从未踏足过的蛮荒。假如有来世，我又希望能与你生在不识兵戈的时代，守一片小小的田园，吃自己手种的粗菜淡饭，一辈子只做坐井观天的升斗之民。假如有来世，假如真有来世，我愿像恋主的犬马那样追随你，像贴身的甲胄那样保护你，像捧珠的蚌壳那样疼惜你。千日千月，照千世界，千须弥山，千弗婆提，千兜率天，三千大千世界里我只求在一粒沙那样微渺的一世里，从一生至一死，再不与你分开。

　　倘若这愿望过于奢侈，我也情愿在昼为影，在夜为烛，情愿投生成无知无识的死物，一柄佩刀，一条衣带，只要能靠近你，陪伴你，为你做任何一点微不足道的事。

　　若这也还是过奢，我便只求片刻同舟的缘分，瞬息擦肩的缘分。若连这也太奢，我也甘愿化做一缕游魂回来看看你；甘愿沦为鬼魅守在阴曹地府等着你。可若是人死灯灭，缘尽于此，山穷水尽，我又能怎么办呢？

　　那我便只有在此与你告别。我所有能做的，只剩下祝愿你余生安稳顺遂，富贵寿考，终无遗憾。

　　子仪，我不明白。你我一生执意，死生不渝，山河共鉴，怎会竟至缘尽于此呢？

不一。

光弼白。

　　苍老的双手将泛黄的麻纸一展再展，徒劳地期望它能长一点，再长一点。可是没有了。哪怕片言只字，凌乱草稿，哪怕被抹去的错字，哪怕是抹去错字的一痕墨迹，什么也好，哪怕多发现一个无意溅出的墨点都能让他如掘出珍宝般欣喜若狂。

　　可是没有了。这封信如它的书写者那般，结束得太早太匆忙。

　　他们有漫长的三年用来生离死别，光弼啊，为什么就不能再多写一点呢……

　　长久以来他对此有过种种怨念、疑惑、猜想，直到如今恍然意识到，李光弼一生何曾写过这样热烈的文字？这信不是他执笔书写，分明是一腔心头血全泼在纸上。最后几行墨迹渐渐枯淡，便是心血熬干了。

　　他将生命最后的火光烧得太亮，以至于顷刻便燃尽，连灰烬都不剩。

　　直到如今他每次读信都不敢读太久，抢在落泪之前将信仔细卷回去，收回函中，回到餐桌前。那里并排摆着两副杯盘匙箸，一条长桌上几十道佳肴珍馐琳琅满目。

　　"往日与你一起总是粗茶淡饭，后来忽然有一天想着，我也没少吃山珍海味龙肝凤髓，怎么就没有一顿是和你一起在家里吃的。所以光弼啊，不要嫌我浪费。一辈子只这一次，什么好的都值得。"

　　牡丹鲊，玲珑脍，五福饼，赤明香，一样样花团锦簇摆进盘中，围定中心"君幸食"三个八分字。金黄的雪顶春倾入杯中，微旋两旋，当即漾满一室甜香。

　　"如今家里什么都有了。只等着你。"主人想要笑一个温存的笑，却被猝不及防的泪水梗住了声音，"你看看这里，这帷幔，床屏，帘钩，隐囊，是不是都是你喜欢的样子？"

　　"光弼啊，来，看看这里。昨天路过铺子，看见几样上好的蜀锦，有蕃莲纹，雪花纹，葡萄海兽纹。我实在拿不定主意，便各买几匹。你喜欢哪个，就先做哪个。"

　　"不要说'都好''无所谓'，是给我做衣裳的，到时候从早看到晚的人是你啊……"

　　室内静默了一阵子。老人殷殷地望着身边的空座位，杯盘里酒食渐冷，筷子却还干干净净。良久，他微微垂下眼帘，拿杯子碰了碰爱人的。蜜色酒浆漾了又漾，却终究复归平静。

　　"他们都说我傻，我老糊涂，我想你想疯了。可是光弼。我是真的，真的能觉出你没有消失，没有走远，你就在我旁边，一直都在。你还像过去那样看着我守着我，握我的手，摸我的脸。每一次，我都知道，都感觉得到。可是我，却再也不能抱你揉你心疼你，哪怕一口饭一滴酒都无法与你分享了。"

　　"我的光弼啊，如今我才知道生离死别最痛的地方原来在这里。你一直都在爱我，我却再也不能对你好了。"

　　羽觞已空。室内再次沉寂下来，这一回再无响动。夜雪正浓。雪花路过窗口的孤灯，刹那微光，好像全天河的星星一颗一颗落下来，渐次寂灭在黑色的土地上。

番外二·休洗紅

　　李光弼逃婚在长安的那个夏天，七夕正赶上"秋后一伏，热死老牛"的盛暑。一早起来天上不见半星儿云影，窖里最后几块冰都被安排在马厩里，不几个时辰就被舔个精光。日上三竿，马厩里越发蒸笼一般。李光弼看得心焦，只得将马都牵到后院树荫里，从池塘里汲水给它们洗澡。半日忙活下来，正纳闷郭子仪怎么不来搭把手，抬头正听见角门里传来那人的声音。

　　"天可怜见，圣驾去了华清宫，许多贵人拖家带口陪着，这两天城里冰价总算降了几文。"郭子仪也是满头大汗，前后衣襟洇出两片方心曲领，可是兴致大好。原来那人到西市里提了预订的点心，路过冰铺捡了便宜，搬了一整车回来。

　　两人带着奴仆又是一顿忙碌，马厩总算有了几丝凉意，李光弼才终于有吃饭的心情。冰湃的浆水面酸凉爽口，可惜酥皮点心都热得吐了油，软塌塌看得人胃口全无。然而郭子仪的情绪毫不受影响，倒说："难得好天气，我还正怕有云看不到星星呢。"

　　彼时内家风俗，七夕曝衣、祭机杼，嫔妃宴游，宫女乞巧。郭子仪样样都要照做。两人不耕不织，就将弓韬箭箙供在高几上，前面不伦不类地祭上三五碟子肉，对着拜了几拜，乞求来年心灵手巧箭无虚发。午后又将衣箱倒空，红裈红汗衫红袜子晒了一院，末了还翻出一副双鱼戏莲红抱肚："哎，我就记得做过这件！光弼，你一个人的时候好好穿了没有？"

　　李光弼皱眉："这大热天，用不着。"

那人登时瘪了嘴角："说好了一起穿的。更何况你脾胃虚，夏天也不能着凉。"

李光弼瞟了对方一眼，不太相信那人当真在军中天天穿这劳什子，然而自己违约在先，也没有质疑的底气。最后只移开视线："盖条布巾不也一样。"

"既往不咎。眼看快到你本命年了，到时候可得老老实实给我穿一整年。"

"嗯。"李光弼倒是没再找借口推辞，视线却再次不受控制地漂移开来。他们刚"成亲"那年郭子仪置办了内外全套婚服，而李光弼出征在即，一共只在他家住了三天，其中很多件根本没来得及穿。再之后又是漫长的分离，本命年都在两地相思中度过。郭子仪精打细算："你我本命年相接，你穿过的红衫红袄，脱下来就刚好给我穿，一天都不浪费。"——至此还仅仅停留在计划中。

而眼下……华清宫里奏着盛大的霓裳羽衣曲，年迈的天子正被爱情滋养出生命的第二春。他们却心照不宣地猜度着，下一个本命年又不知要在怎样的兵隳乱离中度过。

一念及此，李光弼忽觉房内的冰块似乎堆得有些多了。

"华清宫……有什么消息？"就在三天前，他们听说安禄山奏请献马三千匹，每匹配"马夫"二人、以蕃将二十二人领队入京"朝贡"，——细思之下俱是一身冷汗。精骑六千灼然诣京师，已然是图穷匕见了。李光弼以为天子这回总能有几分警觉，却不料长安照旧歌舞升平，至此只剩下失望和忧虑。

郭子仪摇头无语。冰块上镇着碗酪酥，七搅八搅，也不知配方哪里不对，怎么也凝不成酥山。新学的手艺终告失败。两人分食了甜腻的原料，歪在竹榻上有一搭没一搭闲聊，长夏易倦，不觉就睡了过去。

不知睡了多久，李光弼竟是被雨声惊醒的。鞋都顾不得穿，一骨碌先奔去院里收衣服。郭子仪这时也朦胧醒来，揉开眼睛只见黑云翻墨，电闪雷鸣呼啸而至，登时看呆了。下一刻只见李光弼满身披挂撞进来，浑身上下搭了不知多少件红衣裳，直妆成一座绮罗山。——却居然一件也没掉，全都安安稳稳撂在床上。两人至此总算松了口气。又一件件翻检一遍，万幸衣竿架得高，不曾溅上泥水。只是曝衣翻作浣衣，又要重新将湿衣服晾在室内，一通忙下来天也黑了，雨也停了。

"过节嘛，不就是没事找事，穷忙活。"郭子仪一边擦汗一边为一整天的无用功寻觅价值。

晚饭胡乱吃点熟食瓜果，提井水冲了澡，总算洗去了积压数日的暑气。院里早备下竹榻和蚊帐，靠在枕屏上晾头发，也不能乱动，只好仰面朝天数星星。

"说个遭雷劈的笑话。那年令堂拆散我们，你又被带到河西，王思礼就说——真的是他，不是我说的——织女被王母娘娘带走了。"

李光弼两眼一黑，半点也不想接这话茬，踌躇半晌只得"嗯"一声勉强回应。郭子仪忙又自责："对不起，我不该拿太夫人开玩笑。但思礼这张嘴，又教人越想越像：我在贺兰山下捡到你，可不就像遇见菩萨下凡一样。我听了当真心酸得很：牛郎织女一年还能见一面，好歹是个念想。我们却不知什么时候才能再会。——但那时候我更担心你。你那几年都是怎么过来的啊。"

这回李光弼是真的沉默了。最后深吸一口气，心虚地将脸扭到一旁：郭子仪还惦记着重逢，他到河西时却是一心只想死在沙场上。世上没有能截流水的宝刀，却有一根簪子画出来的天河。横也是绝望，竖也是绝望。

"……光弼？"郭子仪见那人久久不响，以为睡着了，顺手抓了条夹被要给他盖上，却被反握住手腕。不容置疑的力量将两人拉近。爱人的气息淹没了整个夜晚，是抚平陈年心痕惟一的解药。

"你回来的时候，我不知道为什么，忽然怕极了。就好像娃娃第一次喝药不知道苦，等尝到了滋味，下次捏着鼻子也灌不进去了。"郭子仪自嘲地笑了笑，却掩饰不住声线轻颤，"有时候真的想日子过快一点，一夜之间白头到老。中间那些弯弯绕绕，闭眼跳过去就好了。"

"在那之后我反倒不怕了。"李光弼的声音低到不能再低，生怕被满天好奇的眼睛窥见心事，"回到朔方的时候，我就知道我们这一辈子还有无数场别离，可我什么都不怕。什么都不会再拆散我们了。"

郭子仪深深吸口气，给那人嘴里塞块水蜜桃，生硬地转移了话题。

"那个是织女星吗？"

"那是金星。"

"那个呢？是牛郎星？"

"红的大概是木星。"

"这一条是银河吗？"

李光弼努力看了片刻，悻悻道："我看不出。城里太亮了。"

雨后初晴，青霄如洗，是长安最澄净的夜空。然而璀璨星河在盛世的千盏灯火面前终究黯然失色。郭子仪又品鉴了半晌，不得不承认："是比朔方差远了。"

朔方的夜是盲眼的黑，星空则是灼目的亮。天似穹庐笼盖四野，仰望夜空时万千星辰都在围绕自己流转飞飏，仿若一场永不结束的盛大烟花。

彼时夜夜如此，寻常得让人完全想不到要去珍惜。

郭子仪凑近爱人，在散发着皂角香气的鬓边轻轻落下一个吻："没事。我们还会回去的。"

他们无数次在行军途中风餐露宿，却还是第一次在长安通宵幕天席地，睡在被屋脊和坊墙方方正正割出的一隅星空之下。敦义坊四邻本就鬼多人少，偶有几家拜月乞巧的，到起更时分也就散了。烛火次第熄灭，而盛世的长安从未真正睡去。唧唧蛩鸣簌簌草声之外总还有宛转细密的动静，似蹑足的脚步，似低回的私语，凝神静听时又抓不住一丝头绪，仿佛不过是近在咫尺的脉搏声。

那样的夜里每一缕飘忽念头都好像曳着流星的尾迹，转瞬即逝，却又清晰明亮不容置疑。李光弼听着银河围绕北极星缓缓流转的声音，心里无端知道他们再也回不去可以枕着双手看星星的朔方，正如在这个夜晚过后，这一个长安也将一去不返。

次日醒来时天已大亮。郭子仪一个呵欠未打完，忽然大惊失色："可了不得，昨晚上织女下凡了！"

"什么……"李光弼皱眉，虽是初醒也恍惚觉得有什么地方不对。坐起来四下望去，除了狼藉的果盘和烛台，好像也……

"诶，这是什么？！"夹被从身前滑落，李光弼这才发现不知几时被套了件红绫抱肚。结实的蜜色筋肉上横亘一双锦鲤戏莲，看得他两眼一黑，直挺挺跌回床上拿夹被把自己裹成蚕茧。

"什么时候的事！我怎么会不知道！"他一向以敏锐警觉自矜，此刻第一反应倒是捶床叹老。

郭子仪两手一摊，无辜得不能再无辜："你也知道我哪里有这本事。不然早趁你睡着给你画猫脸了。想必是织女娘娘亲自下凡巡视，看你赤着膀子睡觉不老实，现织了一件。——别脱嘛。好看的。"

"好看你自己穿去！"

那人果然一把扯开刚刚披上的衣襟，亮出一件一模一样的："我托梦给织女说，我和光弼一体同心，衣裳都要穿一样的。她老人家果然有求必应。"

簇新的石榴红绫未曾浆洗。昨日乍经骤雨，略有斑斑驳驳的晕色，半新不旧的，倒好像已经这样穿了一辈子。

番外三·小垂手

"这次你不用费心找借口啦。"王忠嗣笔下文不加点，只在蘸墨时微一扬手，指向节度使正衙旁边的耳房，"推拿博士已在那里候着，你进去，说哪儿疼就行了。——不想说的话，指一指也可以。"

"不疼！哪也不疼……"李光弼瞪大眼睛拼命摇头，不期被夸张的动作牵到伤处，咬紧牙关忍痛，满脸无辜的表情瞬间破了功。

王忠嗣也不戳穿他，自顾自批完手里的官牒，待墨迹略干便卷起来递给对方："劳烦李判官送去刑曹。"李光弼躬身去接，眼看文卷就要到手，冷不防被王忠嗣抽回半尺。年轻人下意识探身去够，却忘了受伤的右肩几乎动不得，哪里禁得住这样一抻。李光弼这回实在没忍住，当场惊呼出声，左手捂住右肩，额上已是一层冷汗。

王忠嗣一撇嘴，恨铁不成钢地看着下属，然而最终还是咽下责备，低叹道："你是没见过逞强开硬弓，落下残疾的人。这事马虎不得。受了伤一定要及时治。"

说话间，旁边耳房里鬼哭狼嚎不绝如缕。王忠嗣将视线移到窗外，勉强清清嗓子："这也是良药苦口。把淤血经气揉开捋顺，再回去睡一觉就松快了。"

李光弼别扭地抬手擦了汗，俯首唯唯，却只是不挪步。

"怎么，你在衙门里怕羞？这个博士好容易从长安请来，实在不行，让他随你回家敷治……"

"不用！有劳大夫费心……"李光弼不敢再摇头，只得将眼睛瞪得再大一圈。父母本就不赞成他从军，看见这个还了得。

　　两害相权取其轻。李光弼内心天人交战了片刻，眼一闭心一横：
"我……我去。我这就去。"

　　一个衙将这时刚好从耳房里出来，衣衫不整地来谢长官："果然手
法如神，要能让他常住灵武就好了。——咦，李判官也来治伤么？快
进去吧。"

　　李光弼势成骑虎，只得硬着头皮进屋去。刚踏进去一步，又踉跄
退出来，吓得脸都白了："怎么，怎么是个妇人……"

　　王忠嗣搁下笔："你还挺挑。"

　　话音里分明已带了刺。李光弼当场又被刺得缩了回去。王忠嗣给
他们掩上房门。李光弼后背贴着门板，垂着头朝向博士的方向：
"脱……要，要脱衣服吗？"

　　博士也深深低着头，恭敬行礼："将军若是手脚不便，我也可以帮
忙。"

　　年轻人骤被唤作将军，脸先红了一半，连道几个"不敢"，少不得
忍着筋骨剧痛宽衣解带，想着长痛不如短痛，索性将上衣脱个精光。
十冬腊月里，红彤彤的膀子上简直要冒出热气。

　　博士抿嘴忍住笑，又施一礼，请他俯卧在床上，轻轻抖开一条薄
绢盖住上身。

　　——原来不用脱光的！

　　——我怎么没多问一句？！

　　——王大夫怎么也不告诉我？！

　　——可我也没法问王大夫啊！！！

　　——妇道人家，该不会以为我要非礼吧……

　　李光弼僵卧在砧板上，五脏六腑都悔青了。

　　其实直到这个时候他都不曾看清博士的少长妍媸，只听声音，隐
约觉得是个温柔的姑娘。谁知那人十指尖尖刚在背上按了几下，就将
他按得一佛出世二佛升天。幸亏一开始就将左手放在脸旁，情急之下

一口咬住手背，直咬得满口腥甜，才堪堪挨过这一场酷刑。

那厢里博士却有几分迟疑，半晌没有继续动作。又围着他转了半圈，忽然"哎呀"一声，将他鲜血淋漓的左手拉出来，哭笑不得道："怎会如此。我方才为将军探伤，哪里吃痛，只管说出来，才好对症施治。"说罢又去药箱里找止血药。李光弼有气无力地摆摆手："不用管。就是右边肩胛到手肘一带。有劳博士。能治则治，不能治也只管说，我好去和长官交差。"

博士点头："想是开弓努伤了。能治。只是将军切莫一味强忍。哪里不舒服，都要说出来才好。"

"开，开始吧。"

却说郭子仪这日到灵武领军饷，一进节度使府，迎面遇上几个衣衫不整的衙将凑在一起交头接耳。郭子仪皱了眉，纳闷道王大夫怎么也不管管，但是心里又有别的事，也顾不得多问。

刚踏进第二进院，忽听见耳房里传来断断续续的呻吟。郭子仪顿时如遭雷击，愣在中庭半晌动不得。

那声音就是烧成灰他也认得。

——光弼怎么会在这里？

——光弼怎么了？

——光弼那么能忍的人，得疼成什么样才会叫出声啊……

——谁？！谁把光弼怎么了？！

——等等这好像是王大夫的衙门……

——等等也不一定是因为疼？

——？！

郭子仪心里正翻江倒海，只听房里又传出王忠嗣的声音，唤声"光弼"，又问："觉得怎样？"

回应他的是几声压抑到极点的闷哼："还……唔……还好……不……啊！"

　　短促的惊叫硬生生被咬断。郭子仪只觉心脏被狠狠攥了一下，一时间血冲脑门，再也顾不得许多，不及通报便踢开大门："光弼！怎么了？！"

　　——青天白日朗朗乾坤！王忠嗣我跟你拼了！

　　厅中所见唯有端坐在书案前的主帅，微微朝他抬起眼皮："郭将军有急事？"

　　"我，不是，怎么回事？……光弼……"

　　一腔急怒顷刻化作涔涔而下的冷汗，最后"光弼"二字的语气简直近乎求救。

　　旁边耳房里这时也有了动静，只是隔着门，辨不清是喘息还是哀鸣。

　　"光弼……你没事吧……"

　　假如长官的目光有实体，郭子仪早被剐得肉片片飞了。然而他哪里顾得上这个，顶着刀山火海登堂入室，眼看就要踢开耳房的门闯进去，却见那博士抢先一步出来，朝王忠嗣施礼道："小将军一直在说，'让他出去'。"

　　王忠嗣啪的一声放下笔："郭将军，光弼说让你出去。"

　　郭子仪两眼瞪着博士，再次如遭雷击。

　　——怎么还有个女人？！

　　——把光弼跟个小娘子关一起，这还了得？！

　　——怪不得光弼再疼都不叫，刚才却叫得那样……

　　——这毒妇人都对他做了什么？！

　　——青天白日朗朗乾坤，王忠嗣我跟你……

　　——等等等一下……听说光弼习射受了伤，万一是个医博士……

　　这回郭子仪总算悬崖勒马，撕破脸皮的前一刹那决定先礼后兵："有劳小娘子。光弼他……还好么？"

　　博士又施一礼："小将军太紧张了，筋肉绷得直打颤，不便推拿。不如先热敷两日，等放松些再治。"

　　郭子仪总算明白对方是个博士，一块石头落地，满腔里只剩下心疼："他在你面前自然紧张。不如你教我手法，等我回去给他慢慢揉……"

话说一半，被一声干咳打断。郭子仪忙转向长官满脸赔笑："误会，误会。末将方才不合撒野，大夫只管赏板子。"说话间一步一蹭向外退去，两只眼睛却钉死在耳房门口，只恨隔着帘子看不见里面的人。

王忠嗣翻个白眼，也不理会郭子仪，只朝帘内道："光弼，可以起来了。"

谁知半晌竟无动静。众人都纳闷起来。博士待要进去看，早被郭子仪抢了先。进屋只见美人榻上有什么东西被一条白绢从头到脚裹得蚕茧一般，里面传出断断续续的呜咽："出去。郭将军求你出去……"

外面又一声干咳。郭子仪却脚底生根，硬是不动，犹豫之后伸手探向白绢下面灰蒙蒙一团大约是头发的地方，轻轻揉了揉："疼得厉害么？我带你去吃羊臂臑好不好？康家铺子，我专门订的，专吃右前腿。吃哪补哪！"

多年之后偶然提到这段插曲，郭子仪仍旧笑得直不起腰："你不知道，你缩在那里，白白的一团，一鼓一鼓的，谁看了不想上手戳一戳。"

"别说了……"李光弼双手掩面，不想戳破他当时没脸见人的真正原因是郭子仪太……呃，太现眼了。

"可是我真的担心你啊。王大夫他老人家怎么想的，叫个小娘子欺负你。但凡换个正常的博士呢……"

"不是她的错。"李光弼忙道，"博士是好手艺。是我怕被人碰。男女都不行。"

郭子仪不应，偷偷向那人肩胛上轻捏一把。

"哎你看，这不是没事嘛。"

"你不一样……"

"你说怕被人碰，我难道不是人？"

李光弼分明知道那人想听什么，只恨他得了便宜又卖乖，偏赌气不说。郭子仪哪里肯依，直将人按在榻上揉成个面团。尽情厮闹了一阵，都笑得上气不接下气，才勉强消停下来。

"说正经的。今天想起这茬，乃是因为听说宣阳坊有位推拿博士——男的，还是个瞎子——治旧伤劳损是一绝。我想给你试试。——别急你听我说，把他请来家里，一个杂人都没有。让他先给我按，你看着，看明白了就不怕了。然后我再陪着你，就试一下，不舒服立刻就停，好不好？"

李光弼辞官后在家休养这几个月，觉得自己已经把全长安，不，全大唐的巫医百工都试了一遍。虽然明知没什么用，总却不过爱人殷殷心意。纵然心里有一百个不情愿，只要郭子仪叹一声"你年纪轻轻的……"，他就只有竖白旗的份。谁不想风雨同舟相扶到老呢？

正如眼下，虽然这么多年过去，李光弼听见推拿二字还难免心有余悸，然而郭子仪已经安排妥帖到这般地步，他也只得应个"好"字，听天由命罢了。

第二日仆人牵着瞽目博士进门，先奉上丰厚的诊金，招待了好茶好饭，然后屏去闲人引至卧室。刚伸出手，早又被郭子仪塞了沉甸甸的两枚锞子，也不知是金是银。博士唯唯道了谢，摸到美人榻旁坐定。那边郭子仪已经三下五除二脱了个精光。

李光弼瞪大眼睛压低声音："好像……好像不用全脱……"

"这你就不懂了。这位博士与别个不同，他老人家一双眼睛长在手上，贴身一'看'，腑脏筋骨都照得雪亮。隔着衣裳可就差远了。"

道理似通非通。博士听见，含糊点点头，没说是也没说不是。李光弼只得眼睁睁看着那人趴在榻上玉体横陈。

——好别扭啊……就算……好像也没有外人看见……

李光弼下意识扭头到一旁，却被郭子仪拉着手道："这不行，你得好好看着，看多了才能习惯。"

　　博士的手果然不一般，轻轻拂上一通，便已对客人的身体状况了如指掌。路过后腰时加意揉按了几处，皮肤上看不出痕迹，李光弼却知道都是受过暗伤的地方。郭子仪被拿捏得龇牙咧嘴，却还不忘解说："里面热热的，想是淤血都化开了。稍微有一点疼。医病嘛，也是难免。"说到后面声音越来越低。李光弼以为他不舒服，立刻凑近去，却听那人附耳道："要是一会你再摸摸我就好了。"

　　李光弼心想这博士瞽目，却不耳聋，这话被人听见成何体统。遂扭过脸去不接他的茬。卧室内一时静下来，只剩下竹榻偶尔响动。博士由下至上，渐渐捏到肩头，李光弼的目光也一路紧随。博士指尖拂过一处新近的淤青，略一流连，李光弼先红透了脸，咬着嘴唇收回视线，好似被人赃俱获的偷儿。

　　郭子仪这会也察觉出来，笑道："这处倒无妨，不过是前日逗猫，被咬了一口。"

　　博士唯唯，又摸别处去了。李光弼已经羞死在榻边，满脑子都在想找个什么借口逃离现场，却被爱人一把攥住手："别走。我一个人怪怕的。"

　　满面羞惭瞬间全换做尴尬。博士也不轻不重地清了清嗓子："将军勿动。"

　　郭子仪老老实实将手臂摆回去，只剩一双眼睛佻兮达兮，勾着人不放。

　　"对不住，右边肩上痒。有劳李将军帮我挠挠。"

　　李光弼狠狠瞪回去，恨不能取个嚼子给他衔上。待要不理，又怕欲盖弥彰遭人取笑，少不得伸手过去给他挠痒。

　　"上面一点。哎对，再往右，往右，再往左……对对对，就是这里！"

　　不是别处，正是方才博士摸过那片猫儿咬的伤痕。奇的是博士推拿了半晌，郭子仪身体都岿然不动，只被李光弼轻轻一挠，白皙的皮肤上立时泛起一片红潮。指尖碰到哪里，哪里的皮肉就是一阵轻颤。不一时博士也察觉出来，停了手捻须沉吟。

——糟了。这回真被人家"看见"了。

李光弼挠也不是，不挠也不是，比方才更羞了十二分。正僵持间，郭子仪一骨碌从榻上下来："多谢博士神技。请用杯茶，歇歇手，然后换李将军来吧。"

博士茶歇时，郭子仪来帮李光弼宽衣。脱了上半身，李光弼捏紧裤腰带死不松手："这个不行。"

"乖。你腿上十多处刀伤箭伤，一到阴雨天就疼。你问问博士，这个年纪可还了得。"

李光弼看也不看他，只重复道："不行。"

话音未落，眼前忽然一黑。郭子仪冷不防用衣带蒙了他双眼："这样行不行？现在你看不见，他看不见，通共只有我一个人能见。还有什么可尴尬的。"

道理不是很通。可是李光弼向脑后摸了半晌也解不开衣带，那厢里早被人攻其不备剥掉裤子和胫衣，只留贴身短裈，不由分说按倒在榻上。

十多年后再次趴在砧板上，李光弼立刻知道刚才的一切准备工作都好像教和尚梳头，白费心力。博士的手指好似红热的烙铁，碰到皮肤的一刹那他就本能地想尖叫，想躲避，想蜷成一团滚出门去，想……咬自己的手背，尝到血腥气才安心。

郭子仪早有准备，始终紧紧握住他的手，一边揉着后颈安抚："不怕。闭上眼睛，想象是我在服侍你，是不是就习惯了。"

道理完全不通！近乎溺毙的人如抓救命稻草一般攥紧爱人的手，拼命对抗着支配身心的战栗。郭子仪无奈叹道："祖宗，不舒服就掐我。"那边博士刚按摩到后腰，面露难色："将军放松些。手里不要使力。"

于是手也不能握了。郭子仪便挪到美人榻另一侧，解开爱人发髻，轻轻给他揉按头皮："听博士的话。放松点。记得太夫人说，你从小就勇敢得很，多苦的药都不消人劝，端起来咕咚咕咚地喝；针灸拔罐刮痧，更是连眉头都不皱一下。难道长大了还娇气起来。"

李光弼但凡还能出声，早念了几百遍"闭嘴"。可怜如今只能小心翼翼衔着爱人的手腕，叫又没脸叫，咬又不敢咬，浑身汗湿得水里捞出来一般。郭子仪忙给他擦，少不得又是一番不堪入耳的温言软语。

幸而博士极其敬业，面不改色地忙了大半个时辰，起身擦擦手说，可以翻面了。

"不行……"李光弼堪堪只剩半口气，蒙眼的衣带湿了大半，声调已经近乎求饶。郭子仪见他实在可怜，也只好让博士到廊下暂歇，将人抱进怀里细细地哄："是不是觉得肩膀、腰背都热了？这位博士常年游历四海，难得回京一次，好歹再让他探一探你肋间和腿上的旧伤。我也好学着点，下次我给你治，再不教你受罪了，好不好？"

前胸又比后背敏感太多。这回连博士都被剧烈起伏的肋骨吓到了，下手轻缓了几倍。郭子仪在一旁连道："慢点。慢慢来。"李光弼却不愿钝刀割肉，强行深呼吸几番："快一点。求你开恩快一点。"

那人应了一声，下一刻就重重按住大腿上一片旧伤疤，掌根用力向两边推揉。这一推不要紧，正揉进大腿内侧要命的区域，眼看就要触到那片碍眼的红痕。李光弼顿觉不妙，下意识想要夹紧双腿侧身躲避，却被郭子仪眼疾手快地按住："乖。不怕。"

——你不怕我怕！

——那种地方的红印子，万一被摸出端倪，还不如当场死了！

——总不能也说是猫咬的！

——谁家正经猫会咬那里……

——要死了要死了。郭子仪你说句话啊……

千钧一发之际，博士大发慈悲，手掌堪堪停在禁区外。然后又回到伤疤处，反复数次，每次都将他推到崩溃边缘再悠悠扯回来。李光弼简直要怀疑那人是故意的。可恨郭子仪千伶百俐，总有一千种办法替他解围，此刻却作壁上观，眼睁睁看他生受。——他都好像听见那人在偷笑！

　　可他此刻怨也顾不得怨，恨也顾不得恨。也不知是那处太敏感还是那博士用了什么特别的手法，明明风声鹤唳戒备森严的身体，偏偏在这时候现出某种奇怪的苗头。李光弼吊着一口气不敢松，生怕发生比猫儿咬大腿更糟糕的情况。

　　良久的拉锯战后，温热的手掌终于从大腿向上移。李光弼长长吐口气，恍若劫后余生。郭子仪又给他擦了汗，凑近耳畔偷了个无声的吻："还剩最后一点。再忍忍。一会我给你洗澡。"

　　他整个人已然是晴天里晾了三日的雪狮子，三魂七魄都被淘澄罄尽了，哪里还禁得住这样一向火。博士的手掌打着旋从腰际摸到前胸，几处旧伤疤不巧都挨着禁区。李光弼心里登时警铃大作，再顾不得许多，挺身坐起来："就到这里。不……"

　　一句话未完，竟被爱人覆上双唇，以吻截断抗拒。郭子仪一手按住他的喉结示意"别出声"，一面极尽狎昵温存，从一边唇角缓缓吻到另一端，舔开唇瓣探入口腔内痴缠不已，仿佛要将博士的手法在方寸间悉数施展一遍。

　　吻没有声音。唯有心跳震耳欲聋。李光弼哪里还敢呼吸，生怕一丝气息都会带出要命的声响。理智上觉得该把郭子仪千刀万剐，软弱的肉体却瞬间沉沦于爱人的气息中。两手本来揪着那人的发髻要挣脱钳制，惶惑迷乱之际反倒将人扣得更紧了。

　　——郭子仪你疯了！

　　——这里还有外人啊！！！

　　——你想让我被人笑话死吗？！

　　——再这样真的要死了……

　　——没有外人都会死的……

　　就在他几乎被恐惧羞惭勒断脖子的时候，遮蔽眼睛的衣带不知几时被解开了。郭子仪停下厮缠，将他扶起身靠在怀里："祖宗，深呼吸，再来……先别说话。活祖宗，你知不知道你快把自己活活憋死了。"

　　李光弼却一个字都没听进去，只顾扭头四处乱看，卧室门窗紧闭，室内除了郭子仪竟完全不见第三人的踪迹。

"博士呢？"

"他……他老人家忙了一上午，乏得很。让人送他回去了。"

"什么时候的事？"

"给你翻身的时候。之后都是我给你按的。——我之前学了好几年……"郭子仪也意识到这种时候炫耀手艺好像也不合适，遂抓着那人的手照自己身上打了两下，"对不起。我鬼迷心窍，我色胆包天，我该死，五马分尸，千刀万刚，腰斩炮烙，你说怎么就怎么。完了我请你吃烤全羊，好不好？"

李光弼仍旧没听进去多少，只用四肢缠定爱人，身体熨帖到极致，脸埋进那人颈窝里，两眼一闭，正式昏了过去。

事后郭子仪果真在家亲自烧了一整腔羊，将肋排全堆进李光弼盘子里："别处都按好了，单剩前胸没完工，只好靠这个补一补。"

饭后散步时李光弼难得地主动挑起话头："我也知道自己这样挺奇怪的……但就是觉得……被人贴身摸来摸去，又是害怕又是嫌脏，难受得要死了一样。"

"我问过推拿博士，他说见过不少这样的。有人是从小爷娘不疼，没怎么被抱过，不习惯；也有的是受过欺负。"郭子仪已经猜到七八分，只是不好说透。

李光弼似乎也不想议论父母，只低头踢着路上石子："小时候外婆送过一件玩具，毛毡缝的，里面填了丝绵，记不得是小鹿还是小马。阿娘说，我每天都要抱它，离了它就睡不着觉。几年下来，破旧得不成样子，缝缝补补，就是不肯放手。一直到八九岁，一个亲戚家的孩子恶作剧，将那东西拿到乡塾里，我就被大家狠狠笑话了一通……"

郭子仪叹口气："小孩子做起恶来，心无旁骛，往往最是伤人。——后来那玩具呢？"

"阿娘说被我撕碎扔了。我……不记得了。"

"后来和我在一起，是不是一开始也很别扭？可惜我当时不知道这些，怕是逼你做了许多不情愿的事。"

"没有。"李光弼淡淡应了一句，将脸扭到一边，朝向夕阳，"和你……就没那么害怕了。因为我喜欢。"

人性之软弱，在于往往记吃不记打，好了伤疤忘了疼。又是十多年后，羊肋排的香气还萦绕在盛世的记忆里，那倒霉的推拿博士是高是矮是白是黑，李光弼已经完全没印象了。隔着漫长的战乱离别，旧伤上覆满了新伤，他想着，怎样古怪的毛病也该被重重磨难给磨平了。春暖时节两人微服游历江淮，逛到扬州城里，自然也要"早上皮包水，晚上水包皮"地快活一番。于是那几日城中汤池、采耳铺、修脚店里往往传出阵阵哀号：

——不用。谢谢。真的不用搓背。

——啊……不不不我不掏了。再脏也不掏了。

——不是……不是说剪趾甲吗，怎么还要捏……

——不用不用真的……钱你拿去，真的不用了……

——没别的意思！但是太痒了……别碰我，求你了……

——真的不行……真的……子仪！子仪你帮帮忙……

——还笑！你倒是说句话啊！！！

番外四·白馬篇

比起马背上年仅十一岁的浑瑊，郭子仪当时更担心的是那匹和主人同样"还是个碎娃子"的马。

白马名叫阿波达干，是突厥高官的官名，大概相当于唐帝国的天下兵马大元帅。——郭子仪想了想，谨慎地把元帅前面的"大"字改成了"副"字。

阿波达干出生后几个时辰都站不起来，被亲娘硬着心肠弃养了。牧人也认为这样弱的崽子不值得保，只是怜惜小马浑身雪白无一根杂毛，实在是好看，遂胡乱喂了半年，在与唐国互市时换了匹绢回来，算是榨干了最后一点价值。

那年浑瑊八岁，男孩子正是狗都嫌的年纪。浑释之买下白马时并未在意骨相脚力，只想着给儿子当宠物玩两天，泄一泄淘气。没成想孩子认真起来，又当爹又当娘，三年下来，硬是将病弱的驹子养成了银蹄踏烟的骏马，从赛会到球场，为小主人赢得了无数夸赞和荣耀。

——然而上阵厮杀，毕竟是另一回事。

铁勒浑部自古尚武，少年身高超过横刀即从军参战，哪怕是酋长家的掌上明珠亦不例外。郭子仪死劝不住，只得将浑释之父子编入后军，再三叮嘱左右蕃卒："好生看住阿进的马。那驹子胆小，头回上阵最怕受惊。"

结果一语成谶。两军相对，金鼓齐鸣，几千条汉子同时举刀喊杀，巨大的声浪掀起滔天烟尘。主将尚未下令冲锋，忽闻后军一片杂沓的蹄音，阿波达干惊嘶一声，载着浑瑊狂奔出阵，神挡踢神佛挡踏佛，一骑绝尘冲向敌阵。

　　郭子仪下意识喊了声"阿进！"惊得手里令旗都掉了。没等他反应过来，左翼仆骨部不由分说发起冲锋，到底晚了半拍，怎么也追不上受惊疯跑的马驹。

　　那厢里突厥骑兵乍见单人单骑前来挑战，已自迷惑不已。待近前时竟见马上是个半大孩子，顿时哄笑起来。然而没等他们笑完，男孩已经挥刀近前，双颊涨得通红，虎视眈眈的眸子里没有一丝惧色。从遇到第一个敌卒起便如入无人之境，躲闪腾挪行云流水，刀刀直取咽喉，一时间拂却人头不知其数。眼看少年深陷敌阵，千钧一发之际仆骨部骑兵正赶来接应。两方士气高下已判，唐军只一通鼓便将敌人赶回沙碛之外。

　　浑瑊被朔方将士簇拥着返回振武时，阿波达干已经被敌人的血染成了一匹红马。那畜生倒好像全不介意血腥气，又或许只是纵情狂奔耗尽了体力，凯旋途中倒是乖顺异常。少年手里抓着辫子，提了四五个人头，故作赧然地向主将告罪："末将没能约束坐骑，未及听令，先乱阵脚，甘受军法。"

　　郭子仪笑个不住，一把将孩子扛上肩头："哪里学来一套一套的。走，带你吃羊腿去。"待走到浑释之视线之外，浑瑊挣扎脱身，凑近郭子仪耳畔道："还要羊奶酒……"

　　"馋猫。"郭子仪刮了下孩子的鼻梁，"说好了就一碗。再闹，就要告你爷了。"

　　按开元格：【临阵对寇，矢石未交，先锋挺入，陷坚突众，贼徒因而破败者，为跳荡。】这场防秋战役，郭子仪便给浑瑊请了一个跳荡功。节度使张齐丘听说十一岁少年破阵立功，称奇不已，赏赐加倍，倒比浑释之一月的饷银还多。做父亲的以为这正是个教育孩子的好机会，准备了一番语重心长的说辞教他如何攒钱营产，量入为出积少成多，"留着将来给你盖房子取媳妇"。谁知郭子仪直接将钱帛发到浑瑊手里，等浑释之听说时，已被少年换了全套云台二十八将彩绘人偶，个个都有尺把高，关节皆有机括可活动，手里刀枪斧钺镂金错彩精美绝伦，莫说孩子，满营将卒见了都艳羡不已。

可怜浑释之，只有两眼一黑，暗骂郭子仪不晓事的份。

后来张齐丘的公子看上了这套云台二十八将，在家里撒泼打滚地闹。张齐丘遍寻坊市买不到一样的，只好向下属"暂借"几日。浑释之不敢怠慢，第二天就打点整齐送到长官府上。几个月后再三暗示，张齐丘总算想起还有这么个东西要还，笑道："看我老糊涂了。这有什么，明日就完璧归赵。"

然而浑瑊打开包裹，只见胳膊大腿七零八落，鎏金错银的甲胄兵器什不存一；肿着眼睛拼了一夜，吴汉邓禹几个人仍旧有首无身。少年咬碎了牙，一怒之下，背着父亲将状纸递到了正在朔方巡边决狱的御史颜真卿手里。颜真卿倒没笑，好言好语安抚了孩子，转头来不轻不重地敲打张齐丘几句。这事终以张衙内谢罪赔钱、浑释之惶恐推让并摁着儿子和解而圆满收场。郭子仪后来还试图找匠人修补，浑瑊却已兴味索然，摇头道，不用了。于是那几个断头将军的首级始终在盒子里滴溜溜地乱滚，好似少年初次造京观，堆得不牢，几十颗人头轰然滚落一地。

那两年里少年处处一马当先，沙场上出尽了风头。阿波达干仍旧性情乖张，却渐渐被调训得令行禁止，再没在阵前闹过笑话。每到战后清点斩获时，郭子仪远远看着少年，总有种无以言喻的难过和隐忧，然而浑瑊面对血污和残肢向来泰然自若。于是长者也只好将"如何排解杀人后的心理创伤"这一节课推了又推。

事实上，郭子仪也深知自己从未准备好。

直到两年后的又一场防秋战役，清理战场时浑瑊忽然冲到主将面前，面色惨白，说不出一句话，只用沾满鲜血的手将郭子仪拽向一堆尸体。

郭子仪下意识握紧了孩子颤抖的手，虽不知将要面对什么，内心已如临大敌。突厥敌军的尸体都被搬到一处，按规矩将要下火焚烧，以免滋生瘟疫。尸堆前聚起一小群卒子，交头接耳间不时有人露出不怀好意的怪笑。待他们走近时，浑释之已将看客驱散，和郭子仪交换了一个沉重的眼神，横刀的刀尖指着地上一具无头尸身。

作为战利品的皮袄已被剥除。内层的旧麻布也被扯碎，赫然露出血污狼藉的胸脯。竟是一个女人。

郭子仪吐了口气，一路悬着心落下来，却不知是落进泥潭还是深渊。老于沙场的他倒不是第一次见女尸。至少他该庆幸没教孩子目睹更恶劣的事。

"古有孝女替父从军，今人效之，也不稀奇。"郭子仪对着尸体微一欠身，解下自己的斗篷将妇人严严实实盖起来，"也是位义士。教他们埋了罢。"起身来揽过少年的肩膀，强行将他拨转身去："外面冷。跟我回去吧。"

少年却使出一股犟劲，两脚钉在地上纹风不动，只是在他怀里控制不住地打寒战。浑释之已唤了士卒将女尸抬去下葬，转回来朝儿子板起脸："怎么不听话？你还要去给突厥贼寇哭坟吗？"

听见一个"哭"字，少年顿时绷断了心弦，不敢出声，只伏在郭子仪怀里抽泣，泪水落在明光甲上，不一时就冻成一层冰壳。郭子仪微微猜到了几分，轻轻拍着孩子后背，打个手势命令浑释之离场。待人哭够了，再次揽着朝回营的方向走去，一面柔声道："你觉得，是你杀了她？"

浑瑊又一阵抽噎，无声点头；也忽然失去了和长者对抗的力气，顺从地跟着他离开了前线。

"就是我。我捅了她一刀，然后割掉她的头。当时就觉得她和别人不一样……她看了我一眼……"

郭子仪没有见过女尸的首级，也判断不出此人身份年龄。他也不想问孩子，只是凭直觉认定是个年轻姑娘，待字闺中的花木兰。浑瑊自幼丧母，也没有姊妹，长这么大，恐怕还是第一次明晃晃看见女人的身体。他这样对自己解释着。十三岁，是到在意这个的年纪了。

职责，荣耀，和所谓的男子气概。郭子仪试着回想自己年轻时第一次上阵杀戮，面对死者扭曲破碎的脸，靠什么来克服那种生理性的反胃。几乎是所有新兵的一道坎。有人迈过去了，马背上取来泼天的富贵；也有人一辈子被噩梦咬着脚踵，总在手起刀落时本能地闭眼，不知几时就会被偷袭反杀。

而在他，毕竟是在见过生也见过死的成年之后；不像阿进，面对这一切的时候还从未失去过一只亲手养大的小动物。

夜间浑瑊歇在他营中，关于白天的遭遇和情绪不再说一个字，只将刀磨了又磨。郭子仪忙完军务，也在火盆前坐下，递过去一碗滚烫的马奶酒。

"只要你将对方当作'敌人'而不是'人'，杀一个人便是极容易的事。可是有一天你忽然发现他们和你是一样的，有爷娘，有朋友，有钟爱的狗和马，从那一刻起，事情就全变了。"

少年被热酒呛了一口，满面通红地看着郭子仪，点了点头。他对这位长辈的依恋和爱戴超过任何血亲，正是因为那人总能在他难过恐惧却不明所以的时候，温言软语地替他说出他真正想说的话。

"今天的事……你不要告诉别人……"

"不会。"郭子仪郑重举手起誓，"这里只有我们两个。假如你不愿意，就连你阿爷也不会知道。——阿进，有什么话想和我说的吗？"

少年怔了许久，最终放下只抿了一小口的酒碗："她死的时候看着我，我，我不知道为什么，就觉得……"

等了很久也没有下文。郭子仪只好问："她和你说什么了吗？"

"没有。"少年骤垂下眼睫，霍地站起身，重新提起横刀，"我该回阿爷那边了。"

当天夜里浑瑊发起高烧。翻来覆去睡不安稳，只是昏昏沉沉地拿滚烫的额头撞着冰凉的墙角。浑释之也自心疼得紧，想抱着孩子哄一哄，都被烦躁地挣脱。刚强而寡言的汉子实在不知该如何照顾病人，煎熬半夜，忽然灵机一动，从箱底翻出一条小小的百纳被。那还是婴儿刚满百日时妻子亲手缝制的，曾陪着孩子度过了幼年丧母后无数个哀哭的长夜。牙牙学语的幼儿长成了英气逼人的少年，褪色的布帛上，母亲的温香也终被岁月磨洗殆尽。浑释之将小小的百纳被掖进少年衾中，一角放入掌心，合上手指，就像他小时候哭累了，攥着母亲的被角入睡那样。

迷迷糊糊不知睡到几更，浑释之是被儿子的哭声吵醒的。少年高热未退，也不知醒没醒，抱着小被子哭得上气不接下气。和白日里的无声饮泣不同，这回是毫无遮掩的嚎啕恸哭，烧得通红的额角青筋直跳，嘶哑肿痛的喉咙几乎不容空气通过。浑释之顿时被哭傻了，再顾不得许多，拿条皮褥裹起孩子就抱去找军医。少年在父亲怀中辗转反侧像条出水的鱼，断断续续的哭闹间隙里偶然迸出一声"阿娘"。浑释之顿时也湿了眼圈，笨拙地抚着孩子的后颈："阿娘在，宝宝不怕。"

谁料少年哭得更凶了；须臾到军医房中，又抱着医官哭了一通。做好做歹灌了碗药，勉强安静下来。医官也叹气道："怕是魇住了。这么小的娃娃，你们也真忍心。"

浑释之没有应。战战兢兢守到天明，孩子总算退了热度，抱回营中又昏睡大半日，醒来时终于不再哭了，只仍旧怏怏地，垂着眼皮向父亲道："我不想打仗了。"

当时许多亲朋长辈都来看孩子。众人面前，浑释之微微皱了眉："少胡说。看教人笑话。"

玩伴仆固玢拿手指刮着脸羞他："前天还和我比谁先到上柱国呢。这就吓破了胆。要不你往后跟我阿舅放羊去吧。"

一个老者黑着脸捶了仆固玢一拳，转朝少年道："娃啊，突厥贼寇都是吃人不吐骨头渣的恶狼，一日不杀，就要来咬我们的骨肉，叼我们的羊羔。我们阿进是浑家最勇敢的男子汉，将来必至公侯。这不过是撞客着了，怕什么。歇两天，多吃肉，请萨满来一趟，包管就好了。"

浑瑊默然点点头，没再提打仗的事。只到了吃饭时，刚夹起一块羊排肉便脸色骤变，当场吐了一地。这事终于惊动了郭子仪，将少年接到自己营中悉心调养了半个多月，又对释之说："正好张大夫要调我去九原筑城，就让阿进跟我去吧。"

浑瑊搬走之后，浑释之蓦然发现那条百纳被不见了。少年的行李是他亲自打点的，里面也没有。后来父子之间再没有提过这场高烧和痛哭，释之没有问，只是凭直觉认定，那条被子再也找不回来了。

天宝年间，安北都护府治所屡遭黄河水患，最终不得不放弃原址，东迁至永清栅北另筑新城，置天德军镇守其地。开荒筑城是件累人的活计，又无战功封赏，这件吃力不讨好的苦差最终不出意外地落在了郭子仪身上。少年初次离开部族来到陌生的荒寒之地，似乎一夜之间安静了下来。郭子仪的日常公务从军械粮草换作了砖瓦泥浆，浑瑊也跟着匠人们一丝不苟地学版筑，学木工，粗活累活从无怨言。而对这一切最满意的还是阿波达干。新城外大片大片的荒野远离尘嚣，纵情驰骋一整天都不见一个人影。

夏日将终时子城初具规模。少年结束了一整天的劳作，趴在城堞垛口上，望着遥远的阴山发呆。不知过了多久，背后响起轻缓的脚步声，肉香酒香接踵而至。不用回头他也知道是谁。

"想阿爷和伙伴们了？"温热的大手轻抚他散乱的发辫，轻轻聚拢到头顶。——已经可以像成年人那样绾起发髻裹上襆头了。然而郭子仪立刻又将孩子的头发放下，假装刚才从未有过这个念头。

两人就将食盘放在垛口上，边看落日边吃了顿晚饭。晚风里还存着短暂夏季的最后一丝温热，吹得人心头柔软。

"二哥……你见过我阿娘吗？"

郭子仪缓缓放下酒碗："只见过一两次，剩下是听你阿爷说的。她个子小小的，声音细细的，人前总是低着头。你阿爷说，她是他见过最勇敢的女人。"

胡姬去世时浑瑊还不记事。他在军营里长大，几乎从未和人谈论过母亲。

　　"你的阿娘，生在三万里外撒马尔罕，跟着商队来到这里。你的小名就是康国胡语里'不生病'的意思。你两岁那年朔方时疫流行，铁勒诸部死了许多人。那时你刚断奶，她就把十里八乡没了娘的奶娃娃都抱到家里看护。疫病最严重的时候，从丰州到胜州都是无人敢踏足的禁地，她两个哥哥冒死闯进来，要带她回西域。你阿爷也劝她走。她说什么也不走，只央求把娃娃们带出去，自己仍留下照顾病人。就这样，救了不知多少人的性命，自己也最终病倒了。一病就再没起来。"

　　郭子仪缓缓讲完时，少年已是满面泪痕。郭子仪用自己的后背挡住刺目的夕阳，将孩子揽进怀中："阿进啊，你也是我见过最勇敢的男子汉……"话未说完，浑珹忽然抬头动了动嘴唇。郭子仪做了个噤声的手势："不用怀疑自己。杀人不眨眼并不等于勇敢。假如你在杀敌时心里偶尔会别扭，会难过，会生出不该有的怜悯，这一切不过是证明你还没有丢掉一个'人'应有的本性。——莫说人，就连豺狼争雄也知道适可而止，不会轻易同类相残。"

　　"可是人会。"

　　"可是人会。"郭子仪叹口气，"再大的金雕也只需要一条树枝来栖身，而人类的贪欲永无止境。可是阿进，人之为人，也不是只有自私和残忍。野兽都只为自己一身而活。人却会哺育毫无血缘关系的婴儿，会甘愿牺牲性命保护亲人、爱人、朋友，甚至千里之外素未谋面的陌生人。我们在这里戍边杀敌，正是为了身后土地上百万千万人，他们不需要风餐露宿，不需要挨刀流血，不需要把脑袋别在腰带上讨生涯，也不需要面对凯旋之后每一个夜里的噩梦。"

　　少年咬着嘴唇点了点头："王大夫教我的兵书里说，杀人安人，杀之可也；以战止战，虽战可也。——便是一样的道理。我只是……"

　　郭子仪再次打断了他："你不需要'只是'。事实上你根本不需要懂这些。你才是我们应该拼死保护的人。在你的年纪，本应远离这一切。是我们没有尽到长辈的责任。阿进，我和你说这些，惟一的目的就是要告诉你，你不必为自己做过的和未来所做的任何事内疚。你只要平平安安地长大，就是阿娘最大的骄傲了。"

"我已经长大了！"少年不服气地挣脱长辈的怀抱，端起自己的酒碗一饮而尽，蹬蹬蹬跑下城头。

浑瑊很快回到了军中。又一场厮杀后浑释之和儿子并辔而归，做父亲的小心翼翼地问："还会……恶心想吐吗？"

少年像个大人那样耸耸肩："上个月还吐了几次。现在习惯了。"

不久后李光弼回到朔方，浑瑊又多了一个可以切磋经史韬略的忘年之交。与郭子仪不同的是，李光弼似乎从未将他看成需要护在羽翼之下的晚辈，而是待之以友执间的坦诚；论及时事，也从未讳言对盛世浮华之下暗流涌动的忧虑。少年同他一道盯着毕剥的篝火，若有所思问："会是……像七王之乱那样吗？"

李光弼抿起嘴唇："……但愿吧。"

"还是……更糟糕，像王莽篡汉？像楚汉灭秦？三国逐鹿？还是……"

"这取决于我们。"李光弼看见他不安的神色，微笑着截断，"阿进，不要怕。"

"你怕么？"

"做军人的，哪里认得怕字。只是看着眼前，想到将来，未免有点难过。"

二更的刁斗声响过。李光弼熄了篝火，催促少年入帐睡觉。浑瑊若有所思地叹口气，盖上被子的时候忽然对李光弼说："所以现在更要自在开心呀。就好像明天闹饥荒，更要趁今天大吃一顿。"

李光弼噗哧笑出声："有道理。受教了。"

天宝末年的寒夜，浑释之满心沉重地唤醒熟睡中的儿子："起来吧。点兵了。"

正在渴睡年纪的少年一骨碌起身，眼睛未睁便伸手去摸兜鍪："阿爷不怕。我准备好了。"

他们从振武出发，连拔静边、马邑两座要塞，深入河东镇腹地。然后随李光弼东出井陉夺取常山，在叛军巢穴中楔入第一颗钉。河北诸军团练随即各杀伪官响应朔方军，嘉山大捷后叛军哀鸿遍野，似乎真的如浑瑊最初的想象，会以周亚夫平定七王之乱的速度被翦灭。

然而他们等来的却是潼关失守、天子西狩的消息。朔方军奉新君之命撤离河北战场，一腔热血被六月的暴雨兜头浇灭。撤军路上浑释之父子率军殿后，史思明忌惮李光弼，却怎么也不甘心就这样放走朔方军，鬼鬼祟祟尾随其后伺机骚扰。闷热泥泞的夜里他们又一次击退企图袭营的叛军，浑瑊在泥地里埋伏了半夜，此时虽然又累又困，却已了无睡意。正赶上李光弼带着一队虞候巡营，逐队点名查问口令，以免收兵入井陉时被混进奸细。巡至伤兵营中，却遇上一个小个子被绷带裹得粽子一般，一问三不知，只顾跪地哀求："我不是奸细。我是本地人，你们带我走吧！"

虞候们这些天见多了乞求随军撤退的百姓，怜悯之心渐渐被磨得千疮百孔，皱眉道："前面二十里入井陉口，一路爬山下岭，没人抬你。这小身板……趁早寻条别的活路吧。"

"逆贼害死了我娘。让我跟你们走吧。我自己能走。打仗，运粮，掘灶，喂马，我什么都能干！"

虞候正要说什么，李光弼听见他们的对话，转身过来上下打量着小个子，忽问道："你多大了。姓什么？家里人呢？"

"姓高。十八岁。家里……没有人了。"

"你胡说。"浑瑊冷不防插话道，"我今年十七，你怎么可能比我大。"

李光弼初时只微觉那小卒可疑，此刻才恍然省悟：十七岁的男孩子，嗓音已有几分低沉浑浊，而这孩子分明还是稚嫩童声。

幸而此时军医过来解围，解释说那孩子被逃难的亲戚发卖，浑释之看他可怜，拿一匹绢换来，尚不知行伍规矩。——"浑都督只说收做家奴，谁料眼错不见，竟被他混进先锋队里，连把刀都没有，抱块石头就去拼命。好在都是皮肉伤，倒没大碍。"医者父母心。军医不住地拿眼瞟着李光弼和虞候，生怕他们丢下这个累赘。

这孩子弄不好还是渤海高氏。李光弼一眼瞥见他枕边一卷《左传》，暗自叹息：望族子弟流落至此，怪不得不肯透露身份。而浑瑊则瞪大了眼睛，一阵风抓来父亲数落道："你看不见他还是个娃娃？！你真忍心！"

浑释之也满脸委屈："我见他识字，想给你找个读书的伴儿。一眼没看住他就跑了。"

李光弼忍笑道："你自己不也是个娃娃。十一岁就上阵砍人了。"

"那怎么一样？！"少年解下自己的水囊塞给孩子，心疼得不知怎么才好，"我那时只觉打仗好玩，可现在，现在是真的打起来了……这怎么能比，他的家都没了啊！"

此言一出，周围一圈成年人都收了谑笑，纷纷避开目光。戎马半生，他们当然知道这场刚刚开始半年的战争与过去的一切都不同。这是他们只在史书里读过、只在说话里听过的黑暗时代。过去他们无论胜败，从沙场上下来，总还有一个平凡院落等着为回家的人洗去征尘。而如今这一切安宁温暖正在眼前化为灰烬，他们却收兵撤退，将疮痍弃掷身后。

孩子还没有到取学名的年龄。卖身文书上叫黄芩，是大户奴仆常见的贱名，不知是哪一任主家所取。至于母亲所唤的乳名，他宁愿让它陪那不幸的女人葬在兵火深处，无论怎么问也不曾告诉他人。浑瑊对此心无芥蒂，灵机一动道："左传里我最喜余勇可贾的高宣子。你和他一样扔石头杀敌，就叫高固好不好？"

他欣然点头，从此成了浑瑊身旁形影不离的伴当。起初浑瑊说什么也不肯带他上阵参战，只说"你这么小，安心养伤读书才是正经"。然而他很快发现，高固原先手不释卷的左传汉书渐渐不见了踪影。问起来时，那孩子正刷洗着阿波达干的皮毛，垂手回道："看书容易分心，怕误了分内的事。"浑瑊愣了一下才反应过来，劈手夺下水桶：

“我这就教阿爷烧了你的契据。以后你不许把自己当奴仆！”

孩子抬眼望着小主人，满溢的感激终被浓密的睫毛堪堪遮住。

“我不能无功受禄。更何况是这样的时候。要么服侍你，要么从军，总得做点什么。”

浑瑊拗不过孩子，只得答应教他骑射格斗。“但是你得先答应我，出阵时不许跑到我前面去。”

然而在那之后高固仍将书卷藏在行李深处，所有的闲暇时间都用来习射练武。浑瑊在蕃将中长大，好容易逮着一个知己，讲起列国争霸来滔滔不绝。高固只是静静听着，偶尔淡淡附和。多问几句，便垂下头道：“惭愧，我很久不看书，记得不真了。”

“不爱看了么？”

高固思索了片刻，似乎在努力组织语言——他向来伶俐敏惠，善于应对，像这样的沉吟极为罕见——然后缓缓道：“小时候看书里攻伐谋战只觉得有趣。现在再看，有时难免想到，当时的兵卒民夫，百姓妇孺，过的大约也是这样枕戈待旦朝不保夕的日子。所以孟夫子说‘春秋无义战’，如今才体会到这是很沉痛的一句话。”

这回轮到浑瑊沉默了。他至今仍不清楚高固的真实年龄，却时常感到那孩子的心智远比他更成熟，不知是被多少酸楚乱离磨出来的。彼时他们刚随朔方军回到灵武，北方的夏季已然结束，两个半大孩子在河滩上饮马，浑瑊看着伙伴单薄的身躯，忍不住解下斗篷给对方裹上。高固当然不肯接。正推让间，一个蕃卒匆匆跑来传信：快回营去，又要出兵了。

当时两人一跃而起，都以为将要开赴关中收复长安，直到启程时才发现方向不对。一问郭子仪，原来新君交给他们的第一项任务是北上河曲阻击趁火打劫的同罗叛军。

“毕竟是朔方军的老家，我们不去谁去。”郭子仪解释得有几分力不从心，“至于关中，自有房相公统领禁军讨叛。”

铅云压顶，冰风劈面。逶迤而行的队伍中无人应声。

河曲的这一支同罗叛军，主帅阿史那从礼曾是朔方节度副使李献忠部下，部曲子弟与铁勒诸部多是砸断骨头连着筋的兄弟。而今人事错忤，同袍间白刃相向，剩下的只有因熟悉彼此弱点而格外致命的攻势。几阵下来朔方军凭借兵力优势，渐渐将战线推到黄河以北。眼看胜券在握，却忽然接报说仆固玢麾下千余蕃骑过于孤军深入，中了同罗的埋伏，竟全军被俘。

听到消息的浑城反应最快，当场挺枪道："给我一千骑，我去救他！"

郭子仪按住少年的马："今天太晚了。我们现在占上风，同罗必不敢杀俘。就地扎营，明天我们一起去。"

而仆固怀恩只拿蕃语狠狠骂了一句，捏着拳头走开，再不多话。

第二天凌晨朔方军正点兵时，仆固玢却单人单骑出现在营门口，脸上伤痕狼藉，没有甲胄也没有武器，见到仆固怀恩，扑通一声下马跪倒，累成了一滩泥。

"就你一个回来？"

年轻人点头。

"你的兵呢？"

年轻人欲言又止，最终只深深埋下头。

"你的部将呢？你七叔呢？舍利家的，阿跌家的崽子们呢？"

年轻人衣衫残破，在冷冽的晨雾里打着寒噤。

仆固怀恩拿靴尖挑起长子的下颌："说话！"

仆固玢又是一抖，牙齿咯咯地撞在一起："我们被围了。箭射尽了。马跑不动了。实在，实在没办法了……"

"我问你活着，还是死了？！"

年轻人已经在地上瘫做一团，没有了再倒下去的余地。

"舍利石铁想突围，被他们砍死了。七叔也挨了一刀……我不知道……后来我就被绑走了……"

仆固怀恩缓缓半蹲下来，朝他俯下身。仆固玢以为父亲要将自己拉起来，下意识朝对方伸出一只手。

然而只听啪的一声脆响。仆固怀恩一掌扇得他满嘴溅血，然后轻轻吐出两个字："杀了。"

在场所有人都看得不能再清楚：那两个字不是对仆固玢，而是对一旁的郭子仪说的。

诸军连捷，唯有他一队战败，对骄傲的仆固怀恩来讲已然是家门之耻，更不要说丧军辱国，孤身逃归，放在哪篇军令里也是板上钉钉的一个斩字。道理是这个道理，在场将帅们却有大半是亲眼看着仆固玢出生长大的，纷纷护在年轻人身前替他求情。

"娃娃还小，才刚订亲，自然是想活着回来。"郭子仪率先开口，"怀恩啊，就算把你放在他的位置上，未见得就能更好。"

仆固怀恩额角顿时暴起青筋，正要还口却被浑释之拦住："照孩子说的，应该还有许多将士被生擒。眼下最要紧的是想办法救他们回来。你杀了他，消息传过去，俘虏情知回来也是个死，不如就地降敌。——如此岂不是弄巧成拙。"

怀恩一时无法反驳，满腔愤懑无处发泄，恨得又踢了儿子一脚："兵怂怂一个将怂怂一窝！舍利石铁都不怕死，怎么就你怕？就你怂包，懦夫，软蛋？！"

年轻人已如破败的皮球一般，被踢得晃了几下，再没有任何反应。

众人正拉架，只见一直在浑瑊身后旁观的高固拨开人群径入垓心，朝郭子仪和仆固怀恩分别行个礼："昔秦相百里奚之子孟明视兵败降晋，归国时秦穆公素服郊迎，自数其罪，而继续对他委以重任。后来孟明视再败于彭衙，自入囚车，穆公也还是没有怪罪他。如此三败三战，知耻后勇，终能济河焚舟，成秦霸业。如今国家有难，正是用人之际。仆固小将军虽触军法，与其死于虞候之手，不如暂赦其罪，还让他去把被俘的将士讨回来，将功折过。"

郭子仪听得点头不迭："看看，娃娃读书就是不一样。说得真好。就照他说的办：再给大郎一千骑，今天趁晚去劫营，若能取得阿史那从礼父子首级，不但这事一笔勾销，还能再添个云麾将军，成亲时也风光许多……"

正说着，仆固怀恩还未开口，仆固玢倒先支起摇摇欲坠的身体，朝着父亲和主将拼命摇头："不……我不去……我……你们，你们不如杀了我！"

仆固怀恩不由分说上去又是一巴掌："碎怂！先头不敢死，现在连活都不敢了？！"

"我不去……杀了我吧。你们杀了我吧！老子受够了。这狗日的破仗谁爱打谁打，老子一天也不想再打了！"不过是一支箭从离弦到夺命的短短一瞬，萎靡倾颓的身体中忽然爆发出生机勃勃的愤怒。年轻人蹭的一下站起身，使蛮力挣脱护着他的层层长辈亲朋，朝父亲狠狠吐了口血水，然后头也不回地踏向辕门下虞候行刑的地方。

瞬间的愕然，然后是嘈杂骤起，拦人的劝架的乱成一团。郭子仪在一旁瞠目结舌了半晌，忽然一个激灵，远远朝年轻人喊道："大郎，你是怎么回来的？"

仆固玢又吐了口血水，凄厉地笑出声："法奴放我走的。他爷派他来杀我，他偷偷把我放了。法奴让我答应退军，让我对腾格里发誓，这辈子再也不去打他们了。"

第二天仆骨部骑兵重整旗鼓发动总攻，冲向敌营时再没人敢回顾哪怕一眼。此一战朔方军几乎全歼同罗军，阿史那从礼父子皆被斩，只余数百残兵远遁漠北，再不敢染指唐帝国一草一木。是在庆功宴的喧闹谈笑中高固终于知道仆固玢死前说的"法奴"是阿史那从礼的长子，从小在朔方长大，和仆骨部子侄们情同手足。

高固默默放下杯盘，趁人不注意时离开了庆功宴。他年纪虽小，却也从河北战场的尸山血海里爬过，远不是第一次目睹一个鲜活的生命在眼前身首异处。然而昨日的事他无论如何不能释怀：原本忍辱求

生的仆固玢，因为他一句"戴罪立功"的建言，竟甘心将自己的脖子递
到虞候刀下。

　　阿史那法奴是怎样一个人？和仆固玢有怎样的过往？两人在生命
的最后一天一夜里都经历过什么？又有多少和他们一样的兄弟手足，
骨肉至亲，正在被这场战争毁掉毕生所珍视的一切……高固在营外一
片新坟前站住脚。河曲一带自古便是九姓铁勒的牧场。年轻的殇魂也
算叶落归根。有风自阴山来，铅云密布的夜空里看不见星和月。

　　他在那里不出意外地遇到了浑瑊。也是直到此时高固才意识到：
昨天浑瑊就在他身旁，眼睁睁看着自幼一同摸爬滚打的玩伴被杀，竟
从头到尾不发一语。

　　"死而不义，非勇也。"浑瑊引了句他们都熟悉出处的考语，算是
盖棺论定，"你不要自责。他只是为自己所做的事承担后果罢了。"

　　高固错愕又茫然地望向小主人。自他认识浑瑊起，总以为其人如
溪涧活水，雨后晴空。——却在此刻忽然觉得他们之间隔了层什么。

　　"你……假如是你……遇到他那样的事……"

　　"兵者死地，军令如山，没有什么'假如'。"浑瑊的语调是他从未想
象过的严肃，"你抱起石头去杀逆胡的时候，可曾顾及过性命么？"

　　长久的沉默后，高固说，我们回营吧。

　　白马如霜矛雪剑劈开凛冽夜色。无碑的坟泯灭于广袤的荒野。高
固在小主人鞍后默默叹口气。就算是春秋里的高宣子也曾有孤身逃归
的事迹。有人避死而有人不避，倒未见得全在道德操守，有时仅仅是
因为前者的生命里尚有期待和不舍。

　　而后者没有。

　　当天夜里浑瑊再次从噩梦中哭醒。——对他自己已经不知是第多
少次，对高固却还是第一次。最初的无措之后高固凑近小主人蜷成一
团战栗不止的身体，迟疑地想伸手去顺一顺后背，却最终没有动。后
来浑瑊自己哭醒过来，看见伙伴一手提灯一手拿着水囊，不知已在床

前侍立了多久。

"我又梦见我杀了阿娘。"

红肿的眼睛尚未适应光线。浑瑊机械地接过水囊，喝了一口，又被呛得咳嗽不止。高固有几分手足无措，忙道："我，我只是怕你哭久了会渴……如果你想说什么，我听着。如果你不想，也可以不说。"

浑瑊胡乱抹了把脸。刚才一顿折腾，出了一身汗，现在身体似乎冷静下来，只剩下心脏还跳得突兀。

"不。谢谢你。说出来，就好多了。"

他也无法解释刚才将醒未醒的一瞬间，那句话就那样脱口而出。而此前无论是父亲还是郭子仪，都只知道他有时会在战斗后被噩梦纠缠，却谁也不曾再多问出一个字。

梦里的女人没有脸，甚至可能没有头。可他清晰地知道那是他温柔慈爱的母亲。母亲解开衣襟为他哺乳，而他挺起长枪洞穿了她的胸口。

这个旧魇始自十三岁、似乎早已被岁月治愈；却又在战乱开始一年多之后姗姗来迟地回到他身旁。浑瑊看着烛火里伙伴忧心忡忡的脸，话到嘴边又咽回去，只伸手去熄灭了灯。

"睡吧。明天还要上路。"

高固没有动，又等了一会，见浑瑊真的要睡，只好放下手中东西准备回自己床上。就在他转身时浑瑊忽又道："等打完仗，给我讲一讲你的母亲，好不好。"

第二天浑瑊又好像什么都不曾发生过一样，一早就兴高采烈地将伙伴拉去马厩："阿爷从战利品里给你挑了匹马。"

高固一愣，还没来得及问什么，那人又道："同罗部都是高头大马。他现在小，先让牧子替你养着。等长大了，保管能比郭将军的'滚地锦'还高。"

青白驳色的马驹看上去顶多三岁，却显然久惯鞍笼，或许已不止一次上阵厮杀了。有那么一瞬间高固似乎在马驹眼里看到了与自己相似的迷茫：长大还要多久啊。到那时候，战争会结束吗？

　　高固一度以为那个夜晚留下的谜题如一枚极硬的坚果，只有熬到雪尽春来时才会被萌动的新生命撬开。然而随着朔方军转战关中两京，很快他便有机会收获属于自己的噩梦，在他第一次斩杀与自己年龄相仿的孩子时，在他硬着心肠将新兵从痛哭的母亲身旁拽走时，在他，河阳战场上，向因伤退却的同袍举起横刀时。

　　朔方军溃败于相州，正因为军令不严，士卒擅退；因此李光弼战河阳时严刑峻法，阵前擅退者格杀勿论。然而那是他朝夕相处性命以托的战友，那是重伤之际全凭本能向他求救的一个活生生的人啊。

　　"只要你仅仅将对方当作'敌人''犯人'而不是'人'，杀死一个人就是再容易不过的事。"浑瑊将噩梦后遍身冷汗的伙伴揽在肩头，熟练地顺着后背安抚，"可是有一天，当你发现他们其实也是人，从来都是。从此一切都不一样了。"

　　也是在那一刻浑瑊忽然明白了自己当年对仆固玢那种突如其来的冰冷恨意，以及接踵而来的梦魇：处决一个丧军辱国的懦夫本是最容易的事；然而那是他自幼熟悉的伙伴，他们太熟悉彼此所想所求、所眷恋渴望的一切。那是他随时都可能成为的样子。

　　从此一切都不一样了。

　　于是呢？所以呢？在那之后他们该怎么办呢？高固也没有再问一个字，只是乖巧地点点头，说，我没事了。

　　当年可怜兮兮央求大人们"不要丢下我"的瘦小孩子，如今已能开成石的弓，个头像雨后竹笋一样蹭蹭拔节。青骢马果然出落得骨骼雄峻，而俊美的阿波达干却因腿伤离开了主人。战争磨砺锤打他们，从童稚到少年。锻出坚忍和无畏，也烙下永不能复原的伤疤。而在这一切之后，战争仍望不到尽头。

　　等到高固长到和浑瑊比肩时，朔方军终于与回纥再度联手收复洛阳，长驱北上剿灭史朝义残部。战乱的终结也如其开端一般给人不真实的感觉。时隔七年他们再次在华北平原驻军，浑瑊才第一次问高固："你家里……是在常山么？"

高固摇头："我父辈祖上是渤海人，高祖名侃，高宗朝生擒突厥车鼻可汗，后拜安东都护。可惜后来子孙流散，到祖父时在幽州安家。父亲从军，做到兵马使，却早早亡故。他没有娶妻。我娘身份低微，家里叔伯便诬告她私通仆隶，生下野杂种，以此将我们母子发卖为奴，转身瓜分了父亲的遗产。我阿娘……"说到这里，高固飞快地看了浑瑊一眼，微微低下头："扯远了。"

"接着讲啊。我早就说，等仗打完了，想听你讲令堂。你知道我阿娘死的时候我还不记事。你这么聪明知礼，令堂一定是个极可亲的人。"浑瑊正说到兴头上，忽然站住脚，"对不起……要是你不愿意提，我也没有勉强的意思。"

高固却望着路的远方微微怔了一下。史朝义传首京师后，河北诸郡各立节度使，长达八年的叛乱就算是结束了。班师回朝的路上他们停驻在赵郡城外不知名的乡间，再不需像过去八年里那样枕戈待旦，因此有了闲情出营散步。

"我娘带着我在富人家帮厨，主人觊觎她颜色，主母不容，将她卖进教坊。在那里又被九门县令看上，赎回家里做侍妾。她被卖进教坊时将我寄养在乡下，后来的事都是我零星听到的传闻。天宝末年逆胡南下，九门县令降贼。我娘知道后，半夜里试图勒死他，可惜力气不够，反被制服，第二天便以谋害夫主的罪名在十字街口当众斩首。那是天宝十五载的元日。和安禄山在洛阳称帝是同一天。"

说出来时也极平静，亦如他们脚下这片原野，在荒寒的早春里只是一片无声的灰色。远处的村庄静极了。两人不约而同地朝那个方向走过去。沉默地走了很久，到了那里才发现所谓的村庄早已空无一人，田里残存着积年杂草的尸骸，破败狼藉的墙垣间连野狗都绝迹了。

在漫长的八年里他们无数次凭借对"等打完了仗"的美好憧憬撑过最暗的夜、最痛的伤，而现在，仿佛是在战争真正结束的一刹那，未来碎落一地不成片段。

浑珹一直握着伙伴的手，却始终找不到一句宽慰的话。最后他忽然停下脚步："是在九门县么？我们现在去看看她吧。"

"什么？"高固愕然。

"这里离九门不到百里，我们现在去看看令堂，告诉她，战争结束了。她会高兴的吧。"

高固眸中闪过水光："谢谢你。可是，她没有坟。在那之后我又被卖到常山，没见过她的尸首。连她的一根头发，连她身上的一片布都没有保存下来。"

后来浑珹还是执意带高固去了九门县，在十字街口奠了一杯薄酒。天依然阴沉沉的。两人坐在萧条的坊市间，无言看着街巷房舍的轮廓一点点融于暮色，人间就这样在他们身边消失了。

"仗打完了。你准备去做什么？"

高固对这问题有几分意外："我……不能一直跟着朔方军么？"

"当然能啦。但是你还小，读书又好，你可以去考进士、做宰相啊。"

"那你呢？"

浑珹噗哧笑了："我生在军中长在军中，除了打仗还能做什么。"

"打仗不好么？我想跟着你们继续打仗。"

"我不知道。"浑珹的声调低下来，"有时候……我会想象自己假如没有生在军中，会不会跟着阿娘一起骑在骆驼上，去撒马尔罕，去大秦，一路去看大海。可是我又好像想象不出那样的生活。我不知道怎么形容那种感觉……好像一旦你杀过人，杀过太多人，就有一道门永远地关上了。"

夜色里高固看不清小主人的表情，只凭直觉地感到那人脸上是一种他从未见过的忧伤。当刀剑刺入身体时一个人的全部注意力都集中于殊死搏斗，而当利刃抽离，他们注视伤口，剧痛才刚刚开始。

"有时我觉得，你确实不适合打仗。"高固若有所思地说，然后沉默了很久。他见过太多心如铁石的将领，而浑瑊总是鲜活柔软的，怎样的粗砂砾石也磨不出茧层。

最终他没有解释，只勉强笑道："然而打仗并不是为了杀人，而正相反，是为了保护我们想要保护的人。"

浑瑊分明觉得有什么人说过类似的话。回想了半晌，触手可及的记忆却终于被夜色吞噬。他们现在所坐的位置，天宝末年曾是繁华的街口；如今萧然如鬼域，四下里连一盏灯都看不见。

"我们保护的人，都在哪里呢？"

彼时高固很想说"你保护了我啊"，可是话到嘴边终于没能出口。他只是默然回握住伙伴的手，一同起身返回军营。

早已被战争拖垮的唐帝国为求河北速平，将安史旧部原地拜作封疆大吏，就此埋下其后百余年藩镇割据的隐患。至大历末年，河朔诸镇蠢蠢欲动，不纳贡赋，自除官吏，更欲军政大权父死子继世袭罔替。其后继任的新君却不肯继续姑息，遂借成德节度使去世、其子自代之机发动削藩战争。彼时高固已官至御史中丞，随浑瑊镇守山南西道。浑瑊听说邠宁河中诸道正在源源不断向前线发兵时，连夜唤来部将僚佐，想要上表请战。高固深知主将内心深处终归是朔方军的人，于情于理都无从劝阻，只得默然抿起嘴唇退在一旁。

此时河朔战场聚兵十万，朔方军与神策军赏罚不均、难相统属，情势难免让人想起二十年前的相州之围。而另一方面，高固一直猜测当年浑瑊调离振武；不久后浑释之又荣升羽林大将军，回朝颐养天年，代宗的本意也再清楚不过：朔方军要散就须散得彻底。那么如今……果然不出他所料，主将的一腔热血掷于虚空。奏表虽如泥牛入海，长安却随即传来谁也不曾料到的消息：官军在前线连战不利，唐廷不得不从泾原抽调兵力增援。泾师路过长安时正值苦寒天气，供军的口粮却难以果腹。出身四镇北庭的悍旅怒杀朝廷命官，鼓噪入城大掠坊市。志在鞭挞四海的天子至此却连几千人规模的哗变都不能辖制，惊惶之下出奔奉天。等到消息传入梁州时，泾原节度使朱泚已被乱兵拥立做大汉皇帝了。

　　这一回高固再没有多余的想法，连夜点起先锋军，随主将同至奉天勤王。朱泚叛军接踵而至，蚁聚城下围得水泼不进。城中钱粮早被搜刮一空用来供养逃难至此的皇室和百官，将士缺衣少食，还要勒紧腰带上城血战。浑瑊身为临危受命的副元帅，所能做的也不过是励以忠义而已。

　　攻守最激烈的那几天里高固带着部下防守东壅门，门外地势平阔，飞楼木鹅来去自如，是敌军火力最集中的地方。高固已记不得一天里有几次城门几乎已经被撞开，叛军如决堤的洪水涌进来，他抄起横刀第一个冲上去肉搏。盔甲残破，刀刃卷曲，唯有血肉之躯的战士永不疲倦。累到连疼痛都几乎感知不到的时候他默然加入先行的同袍们的行列，背靠城门颓然坐下，以自己的身躯为破败的防线提供最后一道微不足道的屏障。

　　入夜之后，唤醒他的却是浑瑊兴奋的声音："天！你原来在这里！我找疯了！你知道么，贼军退了！朔方军……李怀光来救我们了！"

　　几近涣散的神志难以消化这许多信息。高固只勉强辨认出这大概是好消息，于是笑了一下："那太好了。"

　　火把移近。浑瑊倒抽一口冷气，这才注意到高固身边东倒西歪的战友们早已是僵硬的尸体。

　　"天啊……你们受苦了……"浑瑊的嗓音顿时就变了，想要架人起身却又不敢冒然动手，慌乱片刻之后先解下水囊，放在脚下踩碎里面的冰，颤抖着递到伙伴唇边，"快喝点水。别睡。医官马上就来。别怕。我们得救了。你不会有事的！"

　　高固又笑了一下："我不会死。"因失血而昏暗的视野里他敏锐地捕捉到主将不自然的动作："你也受伤了。"

　　浑瑊在城上指挥防守时被冷箭射中肩窝。为了不影响士气，当场连哼也没哼一声，一手折下箭杆偷偷扔掉，只作无事发生。至此仿佛才忽然意识到自己受了伤，剧痛眩晕汹涌而至。他也笑了一下，索性与高固并肩坐下，轮流喝着壶里的冰水等待医官。

"我们都还活着。真好啊。"浑瑊的声调重又雀跃起来，"好像当年在河北打逆胡的时候也没有这么凶险过。——不对。那时候好像都不知道什么是凶险，毕竟身后有长辈在，我们只管闭着眼睛冲锋就完了。"

"你指挥得和他们一样好。"高固认真地说。

浑瑊不好意思地笑了一下："我在城头上的时候真的那样想来着。你知道，当所有人严阵以待，站在你面前等你的命令，那种时候是很容易感到孤单惶恐的。于是我就想，假如是我阿爷，二哥，四哥站在这里，他们会说什么？做什么？当年是他们保护我们，现在轮到我们保护他们了。"

听到这里时高固微微有些纳闷：长安陷贼后浑释之一直杳无音信，他们如今又在保护谁呢？可是他没问，只静静听对方说下去。

"然后我听见战报，说你在守东壅门，一下子又不觉得孤单了。我知道无论什么时候都可以信任你。就好像他们谁都不信李怀光会从两千里外这么快赶过来。可我相信。那可是朔方军啊！"

高固轻轻"嗯"了一声，微笑着看着火光里主将脸上暖色的光晕。僚佐带着医官朝他们走过来。高固撑起身体为主将解开伤处附近的肩甲，趁机凑近耳畔，以只有他们两人能听见的声音说："这两天要是面圣的话……不要提朔方军三个字。"

彼时高固不过是出于某种难以解释的直觉，却不幸一语成谶：李怀光倍道兼程，在最艰难的时刻赶到奉天城下退敌解围，满以为立下不世之功。孰料天子受卢杞等近臣挑拨，对勤王之师百般提防，既不出城劳军，又不敢让将士入城面圣。如此迁延数日，尚未受封为功臣的李怀光倒先体会了身为功臣的如坐针毡。而强悍骄矜如他，又哪里会像朔方军前几任统帅那样默然吞下种种不平。兴元元年初，本应与李晟合军收复长安的李怀光不听调遣，在宣慰的使者面前怒摔铁券："人臣反则赐铁券，今怀光不反，而赐铁券，是使之反邪？！"

中使愕然，狼狈而归，带回"李怀光暗通朱泚，谋取奉天"的传言。本就是惊弓之鸟的天子当即决定再幸梁州。浑瑊深夜接到行在戒严的军令，未及整顿部曲，竟见一行火把仓皇南行，一去不返。

来不及消化震惊与困惑，奉天城内守军立刻转战南北，留下几千兵马扼守褒斜道翼护圣驾；主力则连夜至咸阳参与收复长安的会战。那几个月里浑瑊无数次遥望李怀光所部的营垒，旗帜营帐仍如他们同在朔方军时一般无二，而他却再没有机会向昔日同袍道一声感谢。

兴元元年五月，神策军收复长安，浑瑊亦于同日克咸阳，穷途末路的朱泚为部下所杀，关中战乱遂平。浑瑊顾不得回长安寻找父亲和家人的下落，马不停蹄地领军南下恭迎圣驾。行至奉天时接到天子敕诏：长安至梁州沿路散失内人颇多，须别遣一将沿途寻访，以得为限，仍量与资装，速赴行在。

手诏后面附有长长的一串名单，列出每位宫人的年龄相貌，有些还附有图画。浑瑊匆匆扫过那一张张国色天香的脸，抬起头与高固面面相觑：为君者失守宗祧，弃置宫阙；将士血战数月好容易挽回社稷，而那人所关心的第一件事不是如何吊恤死义，慰犒有功，惟一萦怀的竟只有耳目之娱、巾栉之侍。

人主无德，一至于此。

向以恭顺事君的浑瑊至此也难以掩饰情绪："怎么能这样……"

高固也无言以对。君高于天。李怀光激愤之下不用王命，如今已被围在河中府内坐困愁城。前车之鉴近在眼前，他们又能有什么选择？

可让他劝主将顺命为忠，将那些好容易逃出生天的可怜妇人抓回火坑里待罪，他也实在是做不到。

平生第一次他在最需要为主将分忧的时候陷入笨拙的沉默。直到传旨的中使扫兴离场，高固才一个激灵清醒过来：再有一千个不满，一句"臣遵旨"还是要说的。正要去追中使的时候浑瑊忽然拦住了他："让他走吧。"

"这……"

"我亲自到梁州向圣人交待。至于你……"浑瑊警觉地四下里望了一圈，将高固拉到背人处，声音压到最低，"这件事就算我们不答应，圣人多半还会找别人去做。不如你就照着这个名单去找，能找到多少找多少。若有情愿回宫的，就带到行在交差。不愿意的，你带她们去一个地方。——大历年间我们探路褒斜道，在凤州路过一处庄园，那里的主人收养了阿波达干，你还记得这件事么？"

高固愣了一下，勉强点点头："好像有……是在……过了河池关，附近褒水上有座木桥？"

"就是那里。你把宫人们带到那里，主人会收留她们的。"

只一闪念间高固心里便浮起一千个"不妥"。数百宫人加上押送的将卒，万一有人走漏消息，非但浑瑊和他要被问罪，河池关那处庄园也要跟着遭殃……

他从未问过主将，那庄园主人是谁，阿波达干又为何会在那里。浑瑊与他之间无话不说，却偏偏对那天的事三缄其口。他相信，那里一定住着主将最在意、最想要保护的人。

"要不要先问问……"

"事不宜迟。他们一定会答应的。你带两百新兵去，记住只挑新兵，超过二十岁的一个都不要。有人要问，就说是先朝战乱，避地在此的胡商。"

"那你……你到圣人那里，又打算怎么交待？"

抬眼一瞥之下，他便知道浑瑊对此并没有主意。那人只是赌气般竖起眉："我自有打算。难不成圣人还会为这个杀我？"

后来高固听说是翰林学士陆贽苦口婆心再三上表，喻以义理说以利害，最终谏道："散失内人，已经累月，既当离乱之际，必为将卒所私。天下固多美人，何必独在于此。"天子总算开了窍，恩诏不再追究。两人在梁州见面时，浑瑊笑道："你看，我虽然没有好办法，倒有十足的好运气。——你们一路顺利么？"

高固也笑道："末将幸不辱命。那边庄里原已收留了许多流民，两位主人忙得不可开交，向我抱歉说实在没工夫给你捎礼物，只好等打完仗让你多去玩。"他早已猜到了两位老人的身份，却不动声色地转移了话题："——不过倒有一件礼物，是宫人们送你的。"

麻布裹着油纸，油纸衬着绵纸，层层打开的包裹内是一条百纳布衾。团花绫罗间杂着粗麻，却一概针脚细密，整洁无玷。

"她们走得匆忙，身无长物，是每人从衣襟上裁下一片，熬了几个通宵赶出来的。她们说，虽然不敢问恩人姓名，却会一直记得他是世上最勇敢的人。"

"哪里……我没有……"浑瑊满面愧色地接过百纳被。天宝之乱至今二十余年，他们经过太多无可奈何，爱莫能助，冷血的拒绝，违心的残忍；而这微不足道的一点善意与勇气，哪里赎得过。

可他还是忍不住轻轻捧起百纳被，闭上眼睛，闻见了自襁褓中便无比熟悉的香味。

奉天之乱期间，浑释之趁乱逃离京城，一路向北回到朔方，在当年浑部聚居的皋兰州隐姓埋名定居下来。浑瑊护送皇帝回京后受勋"奉天定难功臣"，官拜侍中，几番想将父亲接到身边，老人摇头道："长安太热了。铁勒人生在雪里，在那地方骨头都被烤碎了。"

浑瑊惋惜地一耸肩："那只好等我告老还乡再来陪阿爷了。"

一旁的高固却微微听出了老人的弦外之音：浑瑊如今虽贵为一品，麾下却无一兵一卒。浑释之亲历过这样的困境，深知巾笥于庙堂宁若曳尾于泥涂。可望着正当盛年、眸中热切不减十一岁时的孩子，做父亲的终究没有点破。

变故却比预想的来得快。两年后的夏夜，浑释之被急促的叩门声惊醒。来客脱下帷帽，却是本应在朝中任金吾将军的高固。那人进门不及寒暄，先问："有马吗？要两匹。我的马跑不动了。"

浑释之心里咯噔一声：高固向来机敏沉稳处变不惊，他这样态度，必定是有极糟糕的变故。当下老人也不多话，从厩中牵出最好的马，跟着高固一路南行。那人在马背上断断续续讲出原委：年初吐蕃请求会盟，朝廷以浑瑊为使，盟于原州平凉。岂料吐蕃包藏祸心，伏兵坛下，仪式中暴起发难，杀死唐军将卒官员数百人，擒者千余人，将俘虏尽驱回蕃囚为人质，向唐廷讨要灵、盐、麟、夏四州之地。

老人听说浑瑊登坛时未作防备以致被俘，先皱眉道："怎么那么傻。"说话间道路被涨水的无定河所阻，两人下马涉水，高固叹道："吐蕃连年袭扰，天子不堪其苦，严令侍中务必促成其盟，不得有忤。——之前李太尉便知吐蕃居心不良，几番进谏，因失上意，这半年来被进了多少谗言，直逼得他自求出家为僧。侍中此去结盟，万事都听中使安排，又岂能自专。"

"现在呢？俘虏被押到何处？有消息了吗？"

刚刚淌过急流的高固勒住马，面对老人欲言又止。浑释之催促："我这把年纪了，还有什么不敢听的。只管说。"

"听说俘虏多被囚于鄯州，也有高位者被押送逻些城的。至于侍中，我……其实不太确定。——按朝廷的说法，侍中已在劫盟时不幸殉国。可是阿爷想想，若真如此，吐蕃一定会大肆炫耀。但现在只是我们单方面如此断言，此事极为蹊跷。我疑心他还活着，只是圣人不肯承认罢了。"

浑释之疑惑道："这是什么道理？"

"一者为遮劫盟之羞，二者，若有人质在，圣人就不得不与吐蕃周旋。若是最重要的人质没了，哪怕只是一纸敕诏凭空抹掉名字，圣人说没了就是没了，割地赔款的事自然也无从提起。——吐蕃毕竟远隔千里，就算他们声称侍中还活着，这里也无人敢信；就算他们果真将侍中放回来，从逻些到长安一路上……也有的是机会。"

为将多年，浑释之深察人君生杀予夺之道，却是直到此刻才终于对这四个字有了真切到恐怖的体会。熹微的晨光里老人和马全身湿透，牙齿咯咯作响："他怎么敢！"

高固此刻已冷静下来，继续边赶路边讲出自己的计划："我们先到凤州见两个人。我也不清楚他们能不能帮上忙……可这件事除却我和阿爷，也实在找不到再能信任的人了。然后我打算取道成都潜入吐蕃。眼下我也不知怎样找到他，但终归总要去了再说。"

　　然而他们在河池关扑了个空。郭子仪和李光弼隐居的庄园里只有几个老妪留守，告诉客人："他们去成都了。那个节度使叫韦什么，将军直接到他府上。"

　　建中之乱中韦皋镇守凤翔，与奉天互为表里，他与浑瑊也有几分同袍之情；平凉劫盟的消息传出便扼腕不已。至此又听高固一番分析，沉吟片刻道："汾、淮二公屈尊来找我，也是一样的意思。浑侍中为国尽忠，如今落难，我决不会坐视不管。只是吐蕃君臣凶狠狡诈，又要瞒着上面……韦某恳请将军万勿轻动，从长计议为上。"

　　那厢里浑释之与故人重逢，三个耄耋老人抱在一起笑了又哭。郭子仪反复安慰昔日部将："阿进是有福的孩子，会没事的。会没事的。"

　　浑释之微露赧色："怪他自己大意。害你们跟着受累。万一再有什么牵连……"

　　郭子仪忙止住他："什么话。阿进小时候我还给他换过尿布呢。跟自己的娃娃有什么两样。况且我们这一把年纪，无家无小，就闹出去，又有什么可怕的。"

　　李光弼则抽身出来与韦皋和高固商量对策："高将军想要孤身去逻些城营救阿进，这实在太难了。万一教朝廷知道，将军在京中的家小都难以安身。以我的拙见，人质还需人质换。韦公这些年经营剑南，通和南诏，已然是吐蕃心腹大患。若能擒得那边的要害人物，对外只说杀了，私下里告诉赞普俘虏还活着，要和他们换俘。如此，或有机会悄悄将阿进换回来。"

　　"乞藏遮遮！"韦皋顿时报出宿敌的名字，"我听说平凉劫盟背后主谋是大论尚结赞。他的宝贝儿子这两年就在西川、南诏一带作耗。给我一年时间——半年，半年就好，要是能和灵州、原州守军共同围剿，胜算就更大了！"

　　高固点头："此事就交给我了。——可是，侍中在那边……等得了这么久么？"

郭子仪凑过来道："我可以找人传信过去。阿进会能等到那一天的。"

平凉劫盟是尚结赞政治生涯里第一得意的大手笔，满指望俘虏了最受天子信赖的肱股重臣，唐廷必然割地求和。孰料对面的第一反应竟是宣布浑瑊的死讯。尚结赞将密报扔在黄金打造的枷锁上，干笑道："李家皇帝说你死了。你说，他说的对不对呢？"

囚车里的人质满脸血污，嘴唇干裂，唯有一双蓝眼睛闪耀如星宿海："死有何难。不怕报应的，只管来杀便是了。"

尚结赞倒不信报应，可他亦为人臣。金枷押来的王国贵宾，生死不由他定。

一路押送到逻些城，赞普在盛大的献俘仪式上却好像兴味索然，频频催促左右"快些"、"省了罢"，甚至不曾注意到俘虏身形消瘦面无人色，已经几乎到了油尽灯枯的地步。尚结赞抬眼在御座左右扫上一遍，当即发现僧侣队伍里一张眼生的面孔。一打听，说是大兴善寺来的密宗高僧，眼下正是赞普座前第一得意人。

"唐国来的，怕不是奸细。"

内侍忙道此僧虽在汉地修行，却出身回纥公主。当今唐天子与回纥势同水火，再不必担心她的来路。

尚结赞登时两眼一黑：赞普自即位以来号称潜心奉佛，骨子里却是好色之徒。他拿什么和这女菩萨斗法。

不祥的预感很快落地。正当他提议"浑瑊已成弃子，又宁死不降，不如杀之以绝后患"时，逻些城内盛行起东方阿閦佛转世入蕃的传言，赞普为迎活佛，宣布东方来的囚徒一律不杀，唐国被俘官员里不要紧的那些，索性都放了回去。尚结赞至此方知人君掣肘之事非独唐国，放之四海皆然。然而他甚至来不及抗议，南疆又传来南诏作乱的消息。焦头烂额的宰相只得暂时搁下宫闱内斗，连夜奔赴前线。

当天夜里密宗高僧潜入地牢，在绝食已久的浑瑊面前揭开食盒，里面却无一粒米，只有一排拇指大小的木雕彩绘云台二十八将，一笔笔纤毫毕见，一员员虎虎生威。濒死之人勉强将目光聚焦起来，骤然散大的双瞳中时光倒流，三十年白驹过隙物是人非，却又有什么东西失而复得，从未改易。

"你……你是什么人？！"

僧人不声不响地放下一壶酥油茶，转身翩然而去。

原本以为只是几个边境城栅的癣疥之疾，交锋之后，尚结赞才渐渐意识到事情没有那么简单。南诏自天宝年间与唐交恶，一直臣事吐蕃以求庇护。孰料自韦皋上任西川节度使以来，不断遣使重贿国王左右，竟说得异牟寻心思松动，在领主眼皮底下与敌国暗通款曲。尚结赞闻报大怒，命其子乞藏遮遮领青海、腊城二军兴师问罪。而他们不知道的是，非但南诏，唐蕃交界处西山诸羌、诃陵、弱水等八国酋长皆已为韦皋招抚，临阵倒戈，与唐军联手破峨和城、通鹤军焚定廉城。凡平堡栅五十余所，杀伤逾万。乞藏遮遮力竭陷敌，生死不明。赞普也迫于压力释放了被劫的大部分唐国官员，割地之事再无人敢提。

接到战报的那一刻尚结赞已经猜到了结局，却又好像被独子的生死牵制了全身的筋脉，只能木偶一般被敌人牵着鼻子踏下一串屈辱的脚印：唐军大捷后沿途洒下几万份露布，乞藏遮遮被杀的消息一夜之间传遍两国。遮遮是吐蕃第一等骁将，更是尚结赞一生最大的骄傲。他的死讯一出，无数边境城栅闻风丧胆，款附唐国。而就在尚结赞灰头土脸回到逻些城待罪之际，一名密使送来了腌在大盐里的爱子的耳朵，上面的金环还是二十年前他亲手为孩子戴上的。

数日后尚结赞按约定至嶲州郊外秘密换俘。浑瑊已恢复了几分精神；乞藏遮遮悍勇更不减往日；唯有呼风唤雨的吐蕃宰相一夜白头，连韦皋行的礼都没有还。

浑释之父子团聚后，暂住在郭李家中，周围十里八乡许多出身神秘见识不凡的女子都闻讯前来见恩人。一个曾在尚食局里做面点的宫人，如今已在凤州城里开了酒家，提着食盒赶几十里山路过来。揭开盒盖，里面立着一排面塑人物，戎服披挂，英姿飒爽，比内家宫宴上摆的"素蒸音声部"愈加工巧。浑瑊赞叹之余，以为仍是云台二十八将，猜了几回猜不着。再追问下去，那厨娘先飞红了脸颊，偷偷一指郭子仪。浑瑊恍然大悟，再一看，果然修眉俊眼，两靥含笑，正是郭子仪年轻时的模样。再看下去，李光弼，浑释之，仆固怀恩，那一代名将历历在目。看到最后还有一个年轻将领，仍是半大孩子的样貌，偏坐金鞍拈弓搭箭，正于万人中取贼酋性命。浑瑊望向厨娘，偷偷指向自己，犹有几分难以置信。女子又飞红了脸，含笑点点头。

郭子仪这会也看明白了，凑过来打趣道："这道菜名字有了，就叫'素蒸凌烟阁'。只不知道谁吃起来更暄软。"

那两个月里庄园上下房舍马厩都被浑瑊修缮一新。郭子仪见他闲不住，索性建议新盖一处院子，"将家里人都接来，高固也来，媳妇娃娃都来。过两年我和你四哥不在了，这片地都是你们的。"

浑瑊却好像并不愿接这话茬，只笑道："哪里话。你们都是要活到一百二十岁的。"

当下便将这话头混了过去。事后李光弼私下劝郭子仪："看他的意思，到底不甘心。正当年富力强的时候，总不能把孩子圈在这里给我们养老。"

"你听说了么？年前吐蕃放回来的俘虏，都被囚系北司，到现在连家人也见不到一面。世道如此，他怎么就不开窍！"

李光弼听见这话也颇为震惊。唐廷无能，吐蕃无义，俘虏却有何辜。然而叹息之后他还是说："天子不值得，但世上毕竟有人值得。他不过是和我们当初一样，放不下罢了。"

果然第二天一早，浑瑊就打点起行装来向父亲和主人辞行："高固驻守盐州，麾下正缺个衙将。那里没人认得我，只要改个名字就行啦。"

　　郭子仪还要说什么，李光弼早将他挡在身后，朝浑瑊道："好生照顾自己。万一遇到什么难处，记得还来找我们。"

　　浑释之则什么也没说，提起行李，一路将儿子送到盐州城下。

　　临别时再三承诺的"一定常来"，最终难免因戎马倥偬而落空。浑瑊再次回到河池关时，郭李的庄园已经人去楼空。一应财物早已施散给乡亲们。空荡荡的厅堂中央只摆着两坛骨灰。

　　一坛属于两位故主，另一坛属于他心爱的白马。

　　李光弼留下的信上说，有劳你，带我们回朔方吧。

　　离开家乡三十余年，浑瑊早已不知该如何找到当年郭子仪带他一起修筑的天德军城。幸而浑释之在那里住得久，朔方一镇所有烽燧城池，哪怕只剩下一堆黄土，老人都了如指掌。

　　天德军故城早已在战乱期间废弃，如今只有过往商旅和牧人偶尔停驻。浑瑊凭印象找到了郭子仪当年为自己规划的宅院，房舍花木早已荡然无存，唯有六角石亭的基座兀立雪中，标记着恍若隔世的记忆。父子俩便将郭李的骨灰葬于亭边，遵照主人的遗愿，不封不树，陪葬唯有长河厚土。填平墓穴之后，浑瑊又将刚才拨开的积雪铺回原处，细细扫平。做完这一切时暮色已深，雪落正紧。几十步外回望时，茫茫雪原了无痕迹，只是一片洁白。

　　第二天两人继续北上，回到皋兰州故地，将阿波达干的骨灰安置在浑瑊母亲的墓旁。阴山脚下这片蕃汉杂处的墓园早已在战乱中荒废，胡姬的墓却因浑释之年复一年的扫洒而整饬如初。主墓东边另有一座小小的坟头，也被修整出来，还立了块无字石碑。浑释之指给儿子看："虽然不知道那里是什么人，但我记得那是你修的，就一直替你看着。"

　　浑瑊怔了片刻，缓缓朝那边走过去，渐渐想起这桩陈年旧事，顿觉一股暖流涌上心头，湿了眼眶。

"那是……被我杀死的一个突厥女人。"浑瑊从母亲坟前分了几块贡品，没有多余的杯盘，就放在白雪上，"是在十三岁那年吧……阿娘走的时候我太小，不记得她的样子。在那之后，不知道为什么，我梦见的阿娘就总是那个女人的脸。我……我好像还记得她死前向我伸过手来，仿佛想要摸摸我，还记得她说，我像她死去的孩子……"说到这里他又怔忡地摇头："现在想想，她大约并没有说过这样的话。只是我梦见太多次，就以为是真的了。"

浑释之静静站在儿子背后听他讲述，没有一句多余的话，最后只旋开酒囊，奠在无名死者的墓前。

"这个噩梦持续了很多年，打仗的时候尤其多。直到建中年间，高固和我做了一件很小的事……在那之后，就没有再梦见过她。这些年下来，几乎要忘记了。"

此刻做父亲的很想像多年前那样抱抱儿子，抚着他的后背说些安慰和鼓励的话，然而对方已经比他高出半头来，这样的举动难免有几分滑稽。片刻的迟疑后他还是揽住孩子的肩，拍拍那人坚实挺拔的后背："你是阿娘的骄傲。"

那天父子俩在墓园里聊了很久。招架不住儿子的软磨硬泡，浑释之最后还讲了他与胡姬相识的场景。

"开元年间，浑部就住在就在西边十几里外的草场。春天赛会，我力气大，就去和人角抵，九姓铁勒里的年轻人都打不过我。夺了冠军之后赤着膀子披红挂绿地游街，有人起哄说，那边有个胡姬一直盯着我看。"

"你阿娘那年十七岁，跟着商队来贩毛皮，恰好路过赛会。她偏坐在马上，花袄花裙，戴着帷帽，也看不清容貌，心里却分明知道她美得很。"

耄耋老人的脸上浮起罕见的红晕。浑释之又灌了口烈酒，垂下头不好意思地笑："后来她说，她也不懂角抵，看不出胜负，只是见我兴高采烈载歌载舞的样子，觉得很开心，就看住了。"

雪停了。云间斜斜布下几道余晖。天国触手可及。

　　"我还记得那天她骑的马。全身雪白没有一丝杂毛，和阿波达干一模一样。"